21世纪文学之星丛书 2016年卷

评论集

后"茶馆"时代的艺术观察
—《茶馆》再解读及其他

范党辉／著

作家出版社

作者简介:

范党辉,女,1980 年生,河北邯郸人。中央戏剧学院戏剧学博士,现供职于中国作家协会。

2000 年开始发表文学作品。著有话剧剧本《朦胧中所见的生活》及《巧合,抑或殊途同归——〈安魂曲〉与中国戏曲》《现代意识关照下东方戏剧美学探索》《今月曾经照古人——从〈吴王金戈越王剑〉看舞台的可阐释空间》等戏剧影视理论评论文章多种。

目 录

第二部分　后"茶馆"时代的艺术考察

总　序

袁　鹰

　　中国现代文学发轫于本世纪初叶，同我们多灾多难的民族共命运，在内忧外患，雷电风霜，刀兵血火中写下完全不同于过去的崭新篇章。现代文学继承了具有五千年文明的民族悠长丰厚的文学遗产，顺乎20世纪的历史潮流和时代需要，以全新的生命，全新的内涵和全新的文体（无论是小说、散文、诗歌、剧本以至评论）建立起全新的文学。将近一百年来，经由几代作家挥洒心血，胼手胝足，前赴后继，披荆斩棘，以艰难的实践辛勤浇灌、耕耘、开拓、奉献，文学的万里苍穹中繁星熠熠，云蒸霞蔚，名家辈出，佳作如潮，构成前所未有的世纪辉煌，并且跻身于世界文学之林。80年代以来，以改革开放为主要标志的历史新时期，推动文学又一次春潮汹涌，骏马奔腾。一大批中青年作家以自己色彩斑斓的新作，为 20 世纪的中国文学画廊最后增添了浓笔重彩的画卷。当此即将告别本世纪跨入新世纪之时，回首百年，不免五味杂陈，万感交集，却也从内心涌起一阵阵欣喜和自豪。我们的文学事业在历经风雨坎坷之后，终于进入呈露无限生机、无穷希望的天地，尽管它的前途未必全是铺满鲜花的康庄大道。

绿茵茵的新苗破土而出，带着满身朝露的新人崭露头角，自然是我们希冀而且高兴的景象。然而，我们也看到，由于种种未曾预料而且主要并非来自作者本身的因由，还有为数不少的年轻作者不一定都有顺利地脱颖而出的机缘。其中一个重要的原因，乃是为出书艰难所阻滞。出版渠道不顺，文化市场不善，使他们失去许多机遇。尽管他们发表过引人注目的作品，有的还获了奖，显示了自己的文学才能和创作潜力，却仍然无缘出第一本书。也许这是市场经济发展和体制转换期中不可避免的暂时缺陷，却也不能不对文学事业的健康发展产生一定程度的消极影响，因而也不能不使许多关怀文学的有志之士为之扼腕叹息，焦虑不安。固然，出第一本书时间的迟早，对一位青年作家的成长不会也不应该成为关键的或决定性的一步，大器晚成的现象也屡见不鲜，但是我们为什么不在力所能及的范围内尽力及早地跨过这一步呢？

于是，遂有这套 "21 世纪文学之星丛书" 的设想和举措。

中华文学基金会有志于发展文学事业、为青年作者服务，已有多时。如今幸有热心人士赞助，得以圆了这个梦。瞻望 21 世纪，漫漫长途，上下求索，路还得一步一步地走。"21 世纪文学之星丛书"，也许可以看作是文学上的 "希望工程"。但它与教育方面的 "希望工程" 有所不同，它不是扶贫济困，也并非照顾 "老少边穷" 地区，而是着眼于为取得优异成绩的青年文学作者搭桥铺路，有助于他们顺利前行，在未来的岁月中写出更多的好作品，我们想起本世纪20年代和30年代期间，鲁迅先生先后编印《未名丛刊》和"奴隶丛书"，扶携一些青年小说家和翻译家登上文坛；巴金先生主持的《文学丛刊》，更是不间断地连续出了一百余本，其中相当一部分是当时青年作家的处女作，而他们在其后数十年中都成为文学大军中的中坚人物；茅盾、叶圣陶等先生，都曾为青年作者的出现和成长花费心血，不遗余力。前辈们关怀培育文坛新人为促进现代文学的繁荣所作出的业绩，是永远不能抹煞的。当年得到过他们雨露恩泽的后辈作家，直到鬓发苍苍，还深深铭记着难忘的隆情厚谊。六十年后，我们今天依然以他们为光辉的楷模，努力遵循他们的脚印往前走去。

　　开始为丛书定名的时候，我们再三斟酌过。我们明确地认识到这项文学事业的"希望工程"是属于未来世纪的。它也许还显稚嫩，却是前程无限。但是不是称之为"文学之星"，且是"21世纪文学之星"？不免有些踌躇。近些年来，明星太多太滥，影星、歌星、舞星、球星、棋星……无一不可称星。星光闪烁，五彩缤纷，变幻莫测，目不暇接。星空中自然不乏真星，任凭风翻云卷，光芒依旧；但也有为时不久，便黯然失色，一闪即逝，或许原本就不是星，硬是被捧起来、炒出来的。在人们心目中，明星渐渐跌价，以至成为嘲讽调侃的对象。我们这项严肃认真的事业是否还要挤进繁杂的星空去占一席之地？或者，这一批青年作家，他们真能成为名副其实的星吗？

　　当我们陆续读完一大批由各地作协及其他方面推荐的新人作品，反复阅读、酝酿、评议、争论，最后从中慎重遴选出丛书入选作品之后，忐忑的心终于为欣喜慰藉之情所取代，油然浮起轻快愉悦之感。"他们真能成为名副其实的星吗？"能的！我们可以肯定地、并不夸张地回答：这些作者，尽管有的目前还处在走向成熟的阶段，但他们完全可以接受文学之星的称号而无愧色。他们有的来自市井，有的来自乡村，有的来自边陲山野，有的来自城市底层。他们的笔下，荡漾着多姿多彩、云谲波诡的现实浪潮，涌动着新时期芸芸众生的喜怒哀伤，也流淌着作者自己的心灵悸动、幻梦、烦恼和憧憬。他们都不曾出过书，但是他们的生活底蕴、文学才华和写作功力，可以媲美当年"奴隶丛书"的年轻小说家和《文学丛刊》的不少青年作者，更未必在当今某些已经出书成名甚至出了不止一本两本的作者以下。

是的，他们是文学之星。这一批青年作家，同当代不少杰出的青年作家一样，都可能成为 21 世纪文学的启明星，升起在世纪之初。启明星，也就是金星，黎明之前在东方天空出现时，人们称它为启明星，黄昏时候在西方天空出现时，人们称它为长庚星。两者都是好名字。世人对遥远的天体赋予美好的传说，寄托绮思遐想，但对现实中的星，却是完全可以预期洞见的。本丛书将一年一套地出下去，十年二十年三十年五十年之后，一批又一批、一代又一代作家如长江潮涌，奔流不息。其中出现赶上并且超过前人的文学巨星，不也是必然的吗？

岁月悠悠，银河灿灿。仰望星空，心绪难平！

1994 年初秋

序

生命的热爱

胡 平

范党辉的《后"茶馆"时代的艺术观察——〈茶馆〉再解读及其他》能顺利通过"21世纪文学之星丛书"的编选程序，我在编选前毫不怀疑。但早些时候，当我最初翻阅她的书稿时，还是引起一阵惊讶，发现这位小同事竟然在学术上有如此功底。

范党辉在作协创联部工作已有多年，和我不是一个部门，所以相知有限，打交道也不算多。我印象中，她总是在办公桌后忙碌，一叠叠工作材料堆在面前。她抬起头来打招呼，圆脸上一定堆满灿烂的笑容，笑得极清纯，似乎也笑得涉世未深。弄清她姓名后，我认定她将来一定当官，却没去想她是要做学问的。很长时间过去了，有一次，在创联部组织的一个会上，大家闲谈到当下的电视剧，坐在一边的她忽然插进几句，讲了她的看法。只那么两三句，就使我大为诧异，像"一匹马从骑者坚定的骑姿中认出他的经验"一样，认识到她对电视剧或戏剧是颇为内行的。再以后，我听说她热衷戏剧，直到现在看到她的专著。实际上，有时候看一个人的学问，不需要看专著，听几句话也能了解。

这也许是迄今为止对老舍《茶馆》做出的最系统解读的一部著述，它建立在前人对中国当代话剧和《茶馆》大量研究阐释的基础上，仅从书稿后列出的参考文献数量上，就能看出作者在这一选题上的罕见投入，也能感觉到，她投入的还有巨大的热情——没有这份热情，是不可能把作品写得如此丰富充沛的，书稿中观点十分密集，每一个点上都留有继续展开的余地。

选取这个命题是睿智的。《茶馆》不是一部普通名著，而是归纳中国话剧百年的最重要代表作。至今，没有第二部作品能替代它的艺术地位，没有第二部作品能像它那样得到持续不断的演出、重排、改编、阐释，因而，围绕《茶馆》发生的无穷探究，就不能不牵带出对整个当代话剧史的反思与重述，意义非常。而这种探究又是很具体的，甚至是可感和生动的，避免了一般戏剧史写作的空疏。作者从选取这个角度起，已经成功了一半。

譬如，书稿中关于主题诠释史的部分，就兼有深度和趣味。作者详细收集资料，一一列举分析了《茶馆》在不同历史时期被赋予的不同意义，比照出另一类理论景深。同样是这部作品，其主题最初被框定为"诅咒已被埋葬的时代，又唱出旧时代的挽歌"，以后，不断演变，被陆续解释为"反映旧时代的镜子、折射黎明的曙光"；"埋葬旧时代、呼唤新中国"；"揭示从清王朝至蒋政权的专制政体高压下的国民性"；"以传统文化为凭吊对象，为人世间那些被时代加以淘汰的美好生活方式唱一曲挽歌"；"不仅要为旧时代唱一曲挽歌，还意在呈现旧时代的市民公共空间"，等等，不能说这不是一种被提醒的耐人寻味的文学现象。无疑，经典作品的价值，存在于不断诠释和开掘之中，但它竟然可以适应于不同价值观的考量，满足于不同艺术需求的索取，甚至经历过文化清洗的筛选，像蒙娜丽莎的微笑一样遗世独立和自给自足，正显示了《茶馆》的力量所在。也只有《茶馆》，能够在作品和戏剧史间建立如此绵长的对应关系，而作者的这种考察方式，提供了对《茶馆》的新的研究视角。

范党辉对《茶馆》生成机制、主题思想、审美结构、文化形态、演剧诗学、历史影响、现实困境等的研究是全方位的，我尤其赞赏她对作品艺术质地的分析，因为这种分析深入了作家的原创过程，并且到位，已超出一般批评家的认知领域。她认为，西方文学传统善于讲故事，重过程，重具体细节，中国传统叙事文学重论述人物状态与人物关系。《茶馆》偏重人物状态的描画超过对事实描绘的叙事策略，正源自中国传统文学的美学思想。在这一点上，它与受西方戏剧观影响更深的曹禺的《雷雨》很有差别。她认为《茶馆》的叙事视角，属于中国传统艺术审美的散点透视，并具体将剧本第一幕划分为十个叙事单元，说明出场人物的布局是按空间逻辑行进的，所有人物是并置与平行的，而不是像西方戏剧按照时间逻辑呈现。这些阐述内容，在我看来，便直接是剧作法了，启发剧作者如何分辨中国传统样式和西方样式，如何养成重"人"重"言"的创作思维。

此外，作者对《茶馆》舞台艺术，包括舞美设计等的分析也是内行的，毫不含糊的。她对于这部经典戏剧的总结是从文学到艺术、从创作到接受、从历史到现实的，大概少有人做得这么全面，不由使我开始困惑，她怎样能做到这些。

读到她为此写的自述我才明白，她原来早已将生命融入戏剧。她早就成为北京人艺的忠实观众，一位人艺的青年演员后来成为她的先生。她和先生是首都剧场、实验剧场的常客，许多次在排练场听导演说戏。读博后，她看过、读过、研究过的剧本、演出和录像数以千计。我想，从书的内容上看，她和先生也应该从事过创作。这其中投入的时间、精力与情绪，当然只能以"生命"来形容。

她以自己的生命来热爱一件事，这件事是肯定能做好的，其中包括写出这部著作。书稿在学术上的品质，可以从翻开第一页看到第一段文字时领略到，就像我那年在会议室里听到她的两句插嘴。

2016 年 6 月 28 日

第一部分

《茶馆》再解读

经典作品价值的永恒性，只存在于对经典的不断地阅读、发掘与诠释之中。本文借鉴当代文学史研究领域"重述文学史"、"历史化"和再解读的研究方法，跳脱出"反映论""本质论""进化论"等预设理论窠臼，力求重返历史现场、文学现场，打开已有视野遮蔽的空间，重新发现《茶馆》，诠释《茶馆》。在这里，《茶馆》不仅仅是文学的《茶馆》（文本），更是舞台的《茶馆》（演出）。作为戏剧文学的《茶馆》为舞台的《茶馆》提供了"指令形式"，舞台的《茶馆》对文学的《茶馆》进行了卓越精绝的艺术开掘与创造。卓绝的舞台演出推动文学的《茶馆》成为"十七年"文学的扛鼎之作。近六十年经演不衰，使《茶馆》成为一首在舞台上流动着的"诗"。《茶馆》是"演"出来的经典，不是"读"出来的经典。《茶馆》是中国话剧百年演剧史上的最高峰，代表了中国百年话剧艺术的最高成就。

而关于《茶馆》主题的诠释，六十年一路看下来，几乎就是思想与价值观念的变迁史。那么《茶馆》之所以永恒，历久弥新，果真是因为"葬送"与"喜迎"间的时代更迭？果真是因为"京味儿文化"、"帝都礼俗"和乡土文化挽歌？或者是因为北京人艺一众艺术家们舞台创造的超拔高度？

后《茶馆》时代的北京人艺，一方面继承了《茶馆》京味儿现实主义话剧的衣钵，创作出了一批优秀剧目，独创一派；另一方面，"茶馆派"艺术的模式化、僵化之态日渐显现。北京人艺陷入巨大的"影响的焦虑"之中，陷入因循守旧的"茶馆模式"不能自拔，戏剧文学、导演、表演、舞美艺术等均已陷入创造力匮乏的窘境。在《茶馆》红火热闹的高票房背后，如何遏止其日渐式微的艺术表现力和创新能力是个不容忽视的大问题，也是本文对《茶馆》进行重新阐释、再解读最为关注并试图回答的问题。《茶馆》这座艺术高峰六十年仍未被超越，可谓中国话剧的悲哀。《茶馆》已经成了北京人艺这座世界级优秀剧院艺术创新的桎梏和枷锁。

　　本文将《茶馆》的艺术构思、剧本创作、导演创造、舞台呈现、演出状况、观众反响、学术讨论与研究、剧目的复排与修改、历史影响与现实困境等视作一个有机整体，以宇宙（世界）、作品、作者、观众四元系统作内结构，通过对近六十年时间中《茶馆》演剧史、阐释史进行考察，对《茶馆》生成机制、审美结构、文化形态、演剧诗学、历史影响与现实困境等进行整体性描述。本文将《茶馆》作艺术观察样本，选择总体化、历史化的叙事策略，既将《茶馆》作为一种社会象征性行为，关注作品周边的社会、政治、文化与历史环境，也十分注重《茶馆》的内在形式和审美价值，从每个文学事实与舞台细节中发现普遍的原理。总之，本文是从文本出发，整理、拼接历史碎片，企图还原、接近文学的真相和艺术的真相。

绪　论

第一节　问题与方法

　　从新中国建立到文化大革命开始，1949 年至 1966 年这十七年中，在文艺与时代、政治的复杂关系中，中国戏剧思潮渐趋左倾，渐趋激进。在高度一体化的文艺体制下，话剧创作观念渐趋单一化、概念化、公式化。政治规训下的政策宣传、对新政权的歌颂成为时代的主调。苏州大学王尧教授说："新中国建国以来，社会主义之所以会产生危机，很重要的一个原因，就是执政党和政府把新中国视作一个扩大版的解放区来治理的，所有政治上的操作方式、文化管理、文学制度、文化危机的产生，知识分子改造等问题都来自于此。这个扩大版的解放区意识弥漫在我们整个政治制度和精神生活里面，根深蒂固。"① 以北京人艺为例，1952 年 6 月新成立的北京人民艺术剧院在建院第一年上演的剧目有《麦收之前》《夫妻之间》《喜事》《赵小兰》等四个剧目，1953 年排演了《妇女代表》《第一台抽水机》等剧目②，

---

　　①　参见杨晓帆、虞金星：《当代文学研究的"历史化"研讨会纪要》，《文艺争鸣》2010 年 1 月上半月刊。

　　②　参见北京人民艺术剧院网站（www.bjry.com）北京人艺 1952 ~ 1966 年演出年表。

这些剧作显然是以延安解放区的"工农兵"风尚为审美目标，首先是政治正确，符合"文艺为工农兵服务"的文艺大方向。如今，这些话剧同"十七年"时期的绝大部分话剧一样，包括老舍在1949年回国后创作的《春华秋实》《青年突击队》《西望长安》《女店员》《红大院》等，都已经无法搬上舞台，艺术价值和文化价值也都存疑。但《茶馆》是个例外。当人们想在高度体制化的年代中，搜寻是否有能够超越时代展现文人独立思索的文艺作品时，《茶馆》便成了赫然的明证，甚至成为了民间立场和"潜在抵抗"的代言者。在暗淡的历史簿上，《茶馆》抹上了一道高贵与尊严的亮色。一部《茶馆》充满了不可承受的历史之重。

《茶馆》文本的诞生似乎是历史的偶然。众所周知，《茶馆》是脱胎于老舍创作的一部应景歌颂新中国颁布新宪法的无名话剧（后来命名为《秦氏三兄弟》）。根据曹禺、焦菊隐等人的建议，由其中一场旧茶馆里的戏延展而成。1956年12月，老舍完成剧本创作。文学本1957年7月首刊于《收获》创刊号。《文艺报》1958年1月第1期刊登了赵少侯、陈白尘、林默涵、王瑶、张恨水、李健吾、张光年等文学艺术界专家与《茶馆》导演焦菊隐、夏淳的座谈意见。1958年3月29日，北京人艺首都剧场首演，共演出四十九场。7月10日，因文化部副部长责问其"政治第一，还是艺术第一"而停演。1963年5月，"加红线"修改后《茶馆》重新演出，周恩来总理看了彩排并给予肯定，演出五十三场后，因政治压力再次停演。文革极左思潮中，《茶馆》被视为"毒草"打入另册，厄运无可避免，《茶馆》沉寂在"历史的垃圾堆"中。自1979年2月《茶馆》复排第一幕以来，一发不可收，观众对《茶馆》的热情势不可当，直至今日。从1980年9月开始，《茶馆》走出国门，到西德、法国、瑞士、日本、新加坡等地演出，收获一片赞誉，被称为"史诗

性戏剧的典范""东方舞台上的奇迹"①。《茶馆》是第一部走出
国门巡演的中国话剧,且一炮而红,赢得了欧美戏剧同行的广
泛认可与尊重,开启了中国话剧与西方戏剧界高水平的平等交
流与合作机制。应该说,《茶馆》访欧成功,既开阔了《茶馆》
艺术家们的眼界,又极大地鼓舞了演员们的艺术创作自信,潜
移默化中滋养、提升了演员们的表演。1982 年谢添将《茶馆》
从舞台搬上银幕,进一步扩大了《茶馆》的社会影响,电影对
表演艺术的不同要求与训练,进一步矫正、滋养、提高了演员
们的表演,使《茶馆》艺术家们的表演更为真实自然,达到
"入诗入画"的高度。1992 年 7 月 16 日,于是之、蓝天野、郑
榕、英若诚等老一代表演艺术家的告别演出,堪称中国话剧演
出史上的"绝唱"。1999 年 7 月,林兆华重排《茶馆》尝试有
所创新,试图在自然主义与象征主义之间,寻找恰当的表达方
式。尽管学界与观众都不认同,但其探索精神并非毫无价值,
其对传统的叛逆和"另起炉灶"的意义还未尽显而已。2005 年,
在观众的呼声中,北京人艺"原汁原味"地恢复了焦版《茶
馆》。新焦版《茶馆》延续了《茶馆》的票房"传奇",每逢演
出一票难求,即便是在春节前后的演出"淡季",北京人艺的
《茶馆》永远是不用忧虑票房的。1958 年至今,《茶馆》演出场
次已超过六百五十场,是中国当代话剧史上最上座的话剧②。新
焦版《茶馆》日臻成熟,曾远赴美国等地巡演,曾到上海、深
圳、天津、郑州、青岛等全国各地巡演,每到一地演出盛况空
前。2007 年国家大剧院戏剧场首次试演出,第一个在这个国家

————————————

① [德] 乌苇·克劳特:《东方舞台上的奇迹》,文化艺术出版社
1983 年第 1 版。

② 根据北京人艺统计资料,2014 年 2 月 20 日,《茶馆》演出第六百
五十场。

级的艺术殿堂亮相的戏剧作品就是《茶馆》，其中的象征意味不言而喻。无论学界业界还是观众心中，《茶馆》早已成为中国话剧演出成就的最高代表。

在高度一体化的文学体制下，在作家"赶任务""配合""歌德"的政治规训下，《茶馆》何以诞生，何以成功，何以停演，又何以能从两度停演的"异类"一跃而成为久演不衰的舞台经典，其中蕴涵的演进关系与生成机制，都是值得探索的问题。近六十年里，《茶馆》不是静止的存在。只有对《茶馆》演出形态的改易、变迁情况进行考辨，对近六十年时间中学界、业界有关《茶馆》的研究分析的改易、变迁情况进行考辨，才可以回答《茶馆》究竟是怎么样的一部作品。《茶馆》的演出史和阐释史上的任何轻微的改易与变迁，都是与彼时代的意识形态和历史想象密切关联。十七年中，对《茶馆》的认识与评价，免不了拷问其思想本质和阶级立场。如《茶馆》"作品没有真实地全面地揭露出各个历史时代的本质，作者没有把反动派必然灭亡，人民革命必然胜利的前途贯穿在整个剧本中，剧中出现的人物，其阶级性格是极模糊的。正由于这个剧在思想内容上存在着严重缺陷，因而，在客观效果上必然产生消极的影响"①。一直到改革开放初期1980年，还可以在报端看到对《茶馆》的主题思想的批评，如"看不到谁是历史前进的主人"② 的评论。1980年后，随着北京人艺《茶馆》剧组巡访欧洲大获殊荣归来，学界、业界对《茶馆》关注焦点逐渐转移到戏剧本体论上。如在一批学者的努力下，北京人艺整理出版了《〈茶馆〉的舞台艺

---

① 署名"刘芳泉、徐关禄、刘锡庆等集体写作"：《评老舍的〈茶馆〉》，1959年《读书》第2期，第6页。

② 朴滋霖：《〈茶馆〉的不足》，《鞍山师专学报》1982年第1期，第96页。

术》①，对《茶馆》文学构思、导演构思进行阐释，对演员的创造和舞台创造各个环节进行总结梳理，是不可多得的第一手的艺术史材料。同时，学界对《茶馆》的主题意蕴、创作观念、艺术特征等研究与分析不断深入，如冉忆桥《带笑的葬歌——谈围绕〈茶馆〉争议的几个问题》②、苏叔阳《惶惑的思考——谈〈茶馆〉所体现的戏剧观》③、马风《寓言：对〈茶馆〉的解读》④、罗章生《论茶馆派及其民族特色》⑤ 等。20 世纪 90 年代以来，在文学界关于"重写文学史"思潮影响下，学界不断有对老舍《茶馆》尤其是其主题意蕴进行重新诠释的声音。如洪忠煌认为茶馆的主旨是"揭示从清王朝至蒋政权的专制政体高压下的国民性"⑥。周光凡认为《茶馆》是以传统文化令人怀念的一个象征物——作为公共空间的茶馆——为凭吊对象，为老北京甚或人世间那些被时代风暴不分青红皂白地加以淘汰的美好生活方式唱一曲挽歌⑦。曾令存对《茶馆》文本深层结构进行了再解读，认为《茶馆》是一部充满矛盾与裂缝的作品，借这些"小人物"的哀乐与命运，演绎了一个巨大的历史主题和一种已逝去的文化。"《茶馆》文本隐含的双线结构：埋葬三

---

① 蒋瑞等：《〈茶馆〉的舞台艺术》，中国戏剧出版社 1980 年版。

② 冉忆桥：《带笑的葬歌——谈围绕〈茶馆〉争议的几个问题》，《上海师范大学学报》1980 年第 1 期。

③ 苏叔阳：《惶惑的思考——谈〈茶馆〉所体现的戏剧观》，《中国现代文学研究丛刊》1988 年第 2 期。

④ 马风：《寓言：对〈茶馆〉的解读》，《中国现代著名作家研究》1993 年 1 期，《首届国际老舍学术讨论会综述》。

⑤ 罗章生：《论茶馆派及其民族特色》，《学术论坛》1989 年 6 期，第 49 页。

⑥ 洪忠煌：《〈茶馆〉主题新释》，《烟台大学学报》1991 年第 2 期。

⑦ 周光凡：《〈茶馆〉的主题真的是"葬送三个时代"吗?》，《上海戏剧学院学报》2005 年第 3 期，第 38 页。

个时代（显在）与对一种逝去的文化的挽悼（潜在）。"① 也有
学者借助西方社会学、历史学理论研究成果在多学科背景下，
对《茶馆》中的公共空间、市民社会等进行社会学考察等，如
李相银、陈树萍《市民社会的重新发现——〈茶馆〉新论》，
"就《茶馆》而言，它不仅要为旧时代唱一曲挽歌，还意在呈现
旧时代的'市民公共空间'。当老舍试图'叙述三个时代的茶馆
生活'时，茶馆便被赋予了'市民公共空间'的气质。茶馆的
没落既是旧派市民逐渐离开公共空间的过程，又是现代与传统
对垒的过程"②。凤媛的《"茶馆"重塑与老舍1949年后的创
作》，文章认为《茶馆》折射出国家权威对民间社会日常生活的
侵占和挤压，茶馆作为一种城市日常空间的功能被一再压缩和
简化，彰显了老舍努力成为"社会主义新人"的政治焦虑和
"老北京人"的人格底色的复杂纠结③。这些描述都跳脱出了追
问本质与意义的陈旧边框，从更为宽泛的视野对《茶馆》的多
元价值进行重新诠释，拓展了我们对《茶馆》艺术世界的理解
与认识。

总的来说，所有有关《茶馆》的研究中，无论是对文学事
实和舞台呈现进行现象学研究还是戏剧史学意义上的爬梳，《茶
馆》文本研究与《茶馆》舞台研究常常是相割裂的。鲜有将有
近六十年历史的"案头的《茶馆》"——戏剧文学和"场上的
《茶馆》"——演出艺术作历史化、总体化考察。当代文学史研
究者将《茶馆》视作"十七年"社会主义文学的重要收获，视

① 曾令存：《〈茶馆〉文本深层结构的再解读》，《中国现代文学研究
丛刊》2009年第5期，第90页。
② 李相银、陈树萍：《市民社会的重新发现——〈茶馆〉新论》，
《戏剧艺术》2007年第11期。
③ 凤媛：《"茶馆"重塑与老舍1949年后的创作》，《中国现代文学
研究丛刊》2012年第9期，第135页。

为老舍文学创作的一个重要组成部分来叙述，多侧重意识形态批判和作家主体精神考辨等。在这些文学与文化研究中，戏剧被看作文学或诗的一种形式，其潜在逻辑是"戏剧的价值在于剧作，演出只不过是剧作的包装"①，他们的研究很少涉及到《茶馆》的舞台诗学与演出形态。这是将戏剧文学看成与小说、诗歌一样的"完成品"，忽视了戏剧剧本的剧场性、流动性和未完成性。而舞台艺术研究者则多侧重《茶馆》导演、表演、舞台美术等具体艺术实践层面的研究分析，多就事论事，缺少文学史研究者深厚理论背景和宏阔视野下的思辨能力。

《茶馆》的成功，就在于剧本创作和舞台创作之间的密不可分的整体性。剧本和舞台呈现之间的缝隙，正是本文研究的空间和基础。一个再完美的剧本，没有舞台创作与呈现，它只是写在纸上的文学，还不是戏剧。它永远只是个半成品，只是具备了成为优秀戏剧作品的可能性，至多是具有了潜在的戏剧价值。"戏剧是一种群体性活动，它离不开演员的扮演，观众的参与以及演员与观众共享的空间。所以，戏剧只能活在剧场里，活在演员的表演中，活在演员与观众的直接交流中。"②马丁·艾思林也曾说过："戏剧之所以成为戏剧，恰好是由于除言语以外那一组成部分。"③契诃夫的《海鸥》遇到丹钦科和斯坦尼斯拉夫斯基前后截然不同的观众反响，绝佳地诠释了舞台呈现的魅力④，而且这段戏剧史佳话中丹钦科导演艺术和斯坦尼演剧体

──────────

① 胡妙胜：《评〈西方演剧史论稿〉》，《戏剧艺术》1990 年第 3 期，第 102 页。

② 同上。

③ ［英］马丁·艾思林：《戏剧剖析》，罗婉华译，中国戏剧出版社1981 年版，第 6 页。

④ 海鸥的前后境遇，见丹钦科《文艺戏剧生活》，焦菊隐译，中国戏剧出版社 1982 年版，第 18 页。

系，正是焦菊隐导演创作重要的思想资源和艺术参照系。所以
在历史化、总体化、多维立体的阐释观下，将五十七年的《茶
馆》舞台艺术的生成与演变作为一个整体样本进行考察研究，
将其不断改易、变化、演进的艺术历程视作一条曲折、蜿蜒、
前进的河流，从入海口一直追溯到源头，滥觞之所，必然会有
新的发现与启示。作为真实事实的历史，在我们的阅读与诠释
过程中变得活跃。我们只有通过文本阐释，才能无限接近"不
在场"的历史与真实。我们通过文本阐释，让沉默的历史开口
说话。詹姆逊说："每一个阅读行为、每一个局部阐释实践，都
是两种不同的生产方式相互冲突和相互审查的媒介物。"① 历史
化，既意味着回到历史现场，也意味着回到评论家的历史现场。
程光炜教授谈当代文学"历史化"时说："我理解的历史化，不
是那种能对所有文学都有效处理的宏观性工作，而是强调以研
究者个体历史经验、文化记忆和创伤性经历为立足点，再加进
'个人理解'和充分尊重作家与作品的历史状态的一种非常具体
化的工作。"②

　　在本文中，《茶馆》不仅仅是文学的《茶馆》（文本），更
是舞台的《茶馆》（演出）。作为戏剧文学的《茶馆》为舞台的
《茶馆》提供了"指令形式"③，舞台的《茶馆》是对文学的
《茶馆》的深化和立体展现。杰出的舞台演出艺术推动文学的
《茶馆》成为"十七年"文学的扛鼎之作。本文将从《茶馆》
最初文学构思、创作观念、剧本解读、初稿的修改、导演创作，

————————

　　① ［美］弗雷德里克·詹姆逊：《晚期资本主义的文化逻辑》，张旭
东译，三联书店1997年版，第190~191页。
　　② 程光炜：《当代文学的"历史化"》，北京大学出版社2011年版，
第232页。
　　③ ［美］苏珊·朗格：《情感与形式》，刘大基译，中国社会科学出
版社1986年版，第373页："剧本具有首要作用，它提供了指令形式。"

演员再现和舞台布景、效果、灯光等演出部门的创造，文艺理
论评论、观众对舞台演出的解读、转译、修正、深化、完善，
以及其历史影响和现实困境等视作一个有机整体，以艾布勃拉
姆《镜与灯》宇宙、作品、作者、观众四元系统[1]作内结构，
通过对近六十年时间中《茶馆》演剧史、阐释史进行多个侧面
的观察与思考，力争对《茶馆》生成机制、审美机制、文化形
态、历史影响和现实困境等进行崭新的整体性描述。同时，本
文不会把虚构的《茶馆》当成历史和现实生活的反映，而是把
《茶馆》本身看成是现实的存在，历史本身的一部分，本文也不
限于追述和阐释《茶馆》现象的发生，也不止于归纳《茶馆》
的意义和总结其艺术特征，还会尝试揭示历史文本后面的运作
机制和意义结构，以观照当下的北京人艺戏剧创作现状。《茶
馆》不仅是一面历史之镜，也是烛照现实之灯。

第二节　主要观点与章节设计

在"十七年"戏剧史视野下，《茶馆》是一个独异的存在，

---

① ［美］艾布拉姆斯在《镜与灯》中提出了作者、宇宙、读者、作
品等文学四要素的说法："每一件艺术品总要涉及四个要点，几乎所有力
求周密的理论总会大体上对这四个要素加以区辨，使人一目了然。第一个
要素是作品，即艺术品本身。由于作品是人为的产品，所以第二个共同要
素便是生产者，即艺术家。第三，一般认为作品总得有一个直接或间接地
导源于现实事物的主题——总会涉及、表现、反映某种客观状态或者与此
有关的东西。这第三个要素便可以认为是由人物和行动、思想和情感、物
质和事件或者超越感觉的本质所构成，常常用'自然'这个通用词来表
示，我们却不妨换用一个含义更广的中性词——宇宙。最后一个要素是欣
赏者，即听众、观众、读者。作品为他们而写，或至少会引起他们的关
注。"参见《镜与灯——浪漫主义文论及批评传统》，郦稚牛、张照进、童
庆生译，北京大学出版社 2004 年版。

是政治与艺术角力的产物，是诞生于知识分子与社会主义文化
体制之间的同意与妥协、合谋与对抗的"磋商—交换"的复杂
机制①。从《秦氏三兄弟》到《茶馆》舞台演出的过程是一次
多方合力完成的中国式"戏剧构作"的成功实验。《茶馆》诞
生，是在1957年前后"百花时代"文学艺术领域短暂的宽松氛
围下，作家创作过程中主体意识得以回归后，艺术创作本能与
艺术规律对"主题先行"式的艺术创作模式的一次胜利突围。
无论其生成过程还是主题意蕴都具有独特性、丰富性和复杂性。
《茶馆》的生成，既是历史个案，也是时代的共名。按照老舍
"一个大茶馆就是一个小社会的"的说法，《茶馆》的诞生记也
是时代风貌的一次全记录。

　　《茶馆》是对近半个世纪旧中国强烈的社会批判与文化批
判，呈现了剧作家心头挥之不去的现代性焦虑与国民性焦虑。
同时，又是对乡土中国、市民社会中礼俗文明、世态人情的眷
恋与哀挽。《茶馆》呈现了晚清以来中国现代化进程中狂飙突进
的现代性与散淡裕如的乡土世界之间的紧张与对抗。《茶馆》隐
含着对现代、文明的美丽新世界的向往，但是这种向往是含蓄
的、潜在的、不明确的，并未超出一个自由主义作家乌托邦想
象，所以在一个自由主义作家的社会理想的驱动下的艺术创作
并不总是与执政党的政治纲领与所倡导的社会主义现实主义方
法相吻合，这种思想领域潜在的对抗性与矛盾性，才是《茶馆》
1958年、1963年两度停演，文革中遭受厄运的根本原因。这种
不吻合与不融洽也造成《茶馆》第一幕与第二、三幕之间的不
协调。《茶馆》第一幕与第二、三幕之间区隔明显：第一幕着力

　　① 刘复生：《启蒙文学史观的合法性及其限度——以程光炜〈历史
的转轨〉为例看当代文学史写作的观念问题》，《当代作家评论》2007年
第1期，第110页。

营造了浓郁的乡土人情和市井文化氛围。第二、三幕是外来文明粗暴入侵下的旧世界旧时代所面临的"不断破坏"和"每况愈下"，尤其是第三幕，带有强烈主流意识形态中美与丑、正与邪、敌与我二元对立的叙事痕迹。《茶馆》矛盾地游移在文学与政治、批判与眷恋、"人的文学"与"人民文学"、自由意志与体制管控对峙的矛盾中。

老舍赋予了《茶馆》恒久的文学价值和文化魅力。没有老舍深厚的文学功力和独特的艺术创造力，就不会有《茶馆》，就没有北京人艺的京味儿现实主义传统。老舍所写《茶馆》中文学气质的规定性对北京人艺的导、表演艺术和剧院风格产生着决定性影响，而北京人艺对老舍剧本创造性的开掘与处理，推动老舍迈入世界级戏剧家之列。如果没有北京人艺，就没有一流的剧作家老舍。老舍用鲜活的乡土记忆、真切情感体验将个人叙事、日常叙事汇聚、拓展、升腾为独特的宏大叙事，并逸出国家主流意识形态范畴，创造出具有高度象征意味的京味儿现实主义戏剧诗学。《茶馆》对情境、氛围和时代腔调的营造，在中国话剧史上成功地全面地实践了本土化、民族化的审美体系。世态、情状、氛围就是老舍话剧艺术的审美制高点。《茶馆》最成熟、最成功的审美选择，就是"悲凉"的基调，"衰退"的情绪和沉郁的末世氛围。就审美方式和审美精神来说，《茶馆》接续了中国古典小说的悲剧气氛。重人物、重生命言说的叙事策略，散点游目、散点透视的叙事法则，松散连缀的叙事结构和循环往复的时间修辞术，《茶馆》在形散神聚中，勾勒出一幅世态长卷。在以小见大中，接续、拓展了中国传统文化中"生命—文化—体悟"式的美学追求①。

---

① 杨义：《中国诗学的文化特质和基本形态》，《中国社会科学院研究生院学报》2002 年第 5 期，第 45 页。

如果说，1936 年的《雷雨》代表了中国现代话剧的成熟，是因为《雷雨》的出现，标明中国人已经娴熟掌握了话剧这种 "舶来品" 的话语方式：典型的命运悲剧、严整的三一律、精巧锁闭式结构，强烈的戏剧冲突、诉诸同情与恐惧的卡塔西斯作用，通过情欲的宣泄净化观众心灵并陶冶情操。1958 年的《茶馆》，超越《雷雨》代表了中国话剧的新高度。《茶馆》的出现表明中国人已经成功创作出自己独特的话剧话语方式。《茶馆》不仅是中国人讲述中国故事，其叙事方式、审美心理和文化形态、哲学观照都是中国式的，《茶馆》创造出了中国独特的民族戏剧诗学。如果说《雷雨》的审美观是思辨分析，是理性的；《茶馆》则是经验和直觉的，体现了独特的生命—文化—感悟式的中国诗学传统，这是一种介于感性与理性之间的哲学观，由体悟达到终极关怀。从中国话剧百年戏剧发展演进情况看，在世界戏剧史视野下，选一部代表性的中国话剧，那么必是《茶馆》无疑。中国话剧从萌芽、生发到成熟纵贯整个 20 世纪，20世纪前五十年，中国话剧创作的高峰是《雷雨》，后五十年话剧创作的高峰是《茶馆》。

导演焦菊隐对《茶馆》的成功起到了关键作用。可以说没有焦菊隐就没有《茶馆》，焦菊隐从剧本的构思阶段就参与意见，并对剧本价值走向的改变起到了关键性的作用。焦菊隐 "戏剧诗" 的导演观念，民族化的审美追求，对斯坦尼体系演剧方法的本土化改进，将《茶馆》推入世界一流舞台演出行列。如果没有真实深刻、细腻鲜活、精彩异常的《茶馆》舞台演出，很难想象《茶馆》剧作会成为十七年文学的经典之作、巅峰之作。是焦菊隐卓绝的导演艺术和于是之、蓝天野、郑榕、英若诚等演员们的鲜活再现，还有优秀的舞台美术和音响效果设计师，共同创作了一部史无前例也后无来者的舞台奇迹。焦菊隐的导演艺术和北京人艺一众艺术家的舞台创作，使《茶馆》成为中国话剧史上本土化、民族化难以逾越的高峰。《茶馆》使焦菊隐成为新中国"十七年"话剧导演成就最高的艺术家,《茶馆》也成为了焦菊隐导演学派的代表作。我们需承认,《茶馆》是"演"出来的经典,不是"读"出来的经典。"戏剧只能活在剧场里,活在演员的表演中,活在演员与观众的直接交流中。"① 从这个意义上说,是《茶馆》精彩的剧场演出让《茶馆》走进了观众的心,赢得口碑赞誉,走出国门,走向电影银幕、电视荧屏。常演常新的舞台演出堪称首功,有学者如余秋雨曾说,《茶馆》的导演艺术和表演功力是远超过剧作的。《茶馆》成就了剧作家、导演、演员、舞美设计师和北京人艺这座剧院。一个好的剧本就是一块璞玉,经过各个舞台创作部门的取舍、雕琢、修饰,到评论家和观众的赏鉴与品评,才会散发出浑然天成的气质与光泽。英若诚曾说:"《茶馆》不容易演,只有几个名演员不行,这里需要一个真正的剧团。"② 这句话里就隐含着《茶馆》成功的全部秘密。

后《茶馆》时代的北京人艺,一方面,背靠大树好乘凉,接续了京味儿话剧的衣钵,创作出了一批优秀现实主义剧目,独创一派;而另外一方面,随着英若诚、童超、张瞳、林连昆、于是之等老一代艺术家的故去,北京人艺也逐渐陷入"影响的焦虑"③ 之中,京味儿现实主义和北京人艺演剧学派后继乏力,陷入因循守旧的"茶馆模式"不能自拔,文学、导演、表演、舞美艺术等已陷入创造力匮乏的窘境。进入新世纪以来,尤其

---

① 胡妙胜:评《西方演剧史论稿》,《戏剧艺术》1990 年第 3 期,第102 页。

② [德] 乌苇·克劳特:《导演、演员访问记》,《东方舞台上的奇迹》,文化艺术出版社 1986 年版,第 170 页。

③ [美] 哈罗德·布鲁姆,《影响的焦虑》,徐文博译,三联书店出版社 1989 年版。

是近几年，从《茶馆》的复排演出、演职人员的调整与变化、
《小井胡同》《天下第一楼》《甲子园》等京味儿话剧的演出、
复排、演职人员的调整变化等情况看，北京人艺演剧学派预势
渐现，创新能力堪忧。当前《茶馆》的舞台演出，导演手法循
旧如旧，表演水平参差不齐，不少演员的表演有自然主义与奇
观主义倾向的偏差。舞台美术和音响效果，甚至是舞台监督等
工作，都与《茶馆》老艺术家们的创作初心，渐行渐远。或许
是创作心心态上的潦草敷衍，或是能力不足而力不从心，总之，
《茶馆》导、表演艺术从 1980 年代中后期的顶峰时刻，一路丢
盔弃甲、节节败退下来。在艺术表现力、感染力的衰减中，最
宝贵的艺术创作传统也在不易察觉中一丝一缕地流失。靠祖荫
"吃老本"的"啃老族"，注定是坐吃山空，一代不如一代的。

1988 年《茶馆》访沪时，上海的文艺界就曾对《茶馆》模
式化和潜在的僵化趋势表示过疑虑，抛开京沪话剧界"北焦南
黄"的"双雄"心态，文化上京派、海派由来已久的相互"羡
慕嫉妒恨"的复杂情感，这种质疑今天看来依旧是振聋发聩，
可谓高瞻远瞩。《茶馆》不断被赞誉、被吹捧，不断被模仿、被
移植，六十年仍未被超越，这一现实，才是中国话剧的悲哀与
沉重枷锁。《小井胡同》《天下第一楼》《全家福》《窝头会馆》
《甲子园》等等，今天的北京人艺依旧盛装重唱《茶馆》里的老
调，《窝头会馆》已经算是制作精良，导演、表演水准上乘。不
过与《茶馆》比，何如？超过《茶馆》了吗？还是没有。概因
全是对《茶馆》艺术的"改良"而缺乏"革命性"，没有另起
炉灶，没有独辟蹊径，没有建立起新的演剧范式，其探索性、
开放性、思辨性还不如 20 世纪 80 年代的小剧场戏剧实验。

北京人艺的艺术创作如何走出《茶馆》影响的焦虑，在红
火热闹的高票房背后，如何遏止其日渐式微的艺术探索能力是
个不容忽视的大问题，也是本文对《茶馆》进行重新阐释、再

解读试图回答的问题。文革过后，1979 年《茶馆》以原班人马重新演出后，有境外学者赞叹"《茶馆》每一场演出都像一次意志自由和戏剧重生的宣言"①。曾经是催生出"自由意志和戏剧重生"的伟大剧院，不应该成为自己青春理想的反对者，经典化的《茶馆》不应该成为踯躅不前、畏首畏尾的"保皇派"。北京人艺需要前进，需要超越自己，需要新的《茶馆》，新的老舍、焦菊隐、于是之们。

---

① 陈浩：《茶馆到台北》，《中国时报—人间副刊》2004 年 7 月 1 日。转引自张羽：《〈茶馆〉在台湾——从接受美学的角度看台湾观众对〈茶馆〉的客观接受》，《台湾研究集刊》2005 年第 1 期，第 84 页。

第一章 《茶馆》生成机制考察

第一节 《茶馆》前本考察

关于老舍《茶馆》文学构思的来源，一直有多种版本。有《一家代表》说、《人民代表》说，还有"普选"说、《报喜》说等。直到 1986 年 4 月，舒乙整理老舍手稿，在一摞手稿中发现了一个署有"剧稿·茶馆"四字的大黄信封，里头装着的是一个鲜为人知的四幕六场的剧本。这就是《茶馆》的前本——现已经命名为《秦氏三兄弟》，舒乙称之谓"《前茶馆》"。《秦氏三兄弟》作为《茶馆》的前本，发表于《十月》杂志 1986 年第 6 期上，后收录到《老舍全集》戏剧卷。但是各种历史文献资料中，有关《茶馆》的前本，不同时期有多种不同的说法。有必要进行梳理澄清，一是厘清真伪，以正视听；二是考辨《茶馆》诞生的具体细节，发现有价值的因果联系。

一、《一家代表》说

关于《茶馆》的前身是《一家代表》说，曾出现在多人的回忆文章中。如林斤澜回忆："话说初稿写了出来，叫做《一家代表》，交给北京人民艺术剧院的时候，'小小'运动已经过去了，别的大运动已露苗头，配合宣传告吹。剧院也曾开排，没劲，收了。这个稿子都写了些什么，现在大家印象模糊。和凌家原型有多少关系，也不清楚。"①

陈徒手在《老舍：花开花落有几回》一文中写道："1956年8月，曹禺、焦菊隐、欧阳山尊等人听老舍朗读《一家代表》剧本，曹禺敏感地注意到其中第一幕茶馆里的戏非常生动精彩，而其他几幕相对较弱。经过商量，曹禺他们认为不妨以茶馆的戏为基础发展成一个多幕剧，通过茶馆反映整个社会的变迁。"②

事实上，这两段表述是有误的，混淆了《一家代表》与《前茶馆》的内容。《一家代表》是老舍1951年为了配合北京市人民代表会议选举而作的一个多幕剧。剧作选取1948年至1951年新中国诞生前后这段时间，借北京一位中学校长程善恒一家四口均被选为北京市人民代表之事，热情讴歌了新中国的自由与民主。1985年出版的《老舍剧作全集》第四卷收有这部《一家代表》。第四卷卷首编者做了以下简单的说明："话剧《一家代表》写于一九五一年，《北京文艺》第三卷第一期至第二期（一九五一年十月至十一月）只发表了第一幕，这次据手稿将全剧补全"③。在《一家代表》剧本之后，附有一篇老舍写的《我怎样写了〈一家代表〉》创作谈④。他开宗明义："《一家代表》是我今年夏天写的一个话剧。它有两幕、六场、一景。借着这短短的话剧，我希望能尽一点扩大民主政治影响的宣传责任。

---

① 林斤澜：《〈茶馆〉前后》，《读书》1993年9期，第52页。

② 陈徒手：《人有病天知否——1949年后中国文坛纪实》，人民文学出版社2000年9月版，第76页。

③ 老舍：《老舍剧作全集》（第4卷），中国戏剧出版社1985年版，第2页。

④ 老舍：《我怎样写了〈一家代表〉》，《老舍剧作全集》（第4卷），中国戏剧出版社1985年版，494页。

民主政治是咱们新国家建国的基础，顶要紧，所以我明知难写，而不能不写。"老舍又说："北京的确有这样的事—— 一家的父母子女四口人都光荣地做了市人民代表会议的代表。但是我并没有去照抄这件事，我要写的是剧本，不是新闻报道。"① 然而，这个剧本还是因为图解政治和宣传意味过浓，艺术性和观赏性明显不足。北京人艺在粗排之后，放弃了演出。六年后，老舍在作协的一次发言中说："我曾写过《一家代表》，此剧已粗粗排完，曹禺看了对我说，不行啊！不要公演了吧？我马上收兵，丝毫没闹情绪。"② 舒乙先生在《由手稿看〈茶馆〉剧本的创作》一文中说："老舍写过一部叫《一家代表》的话剧，又叫《报喜》，成于一九五一年。和《茶馆》的创作年月距离甚远，没有任何关系。《一家代表》是给北京人民艺术剧院写的，排演了，但未公演。"③

总之，《一家代表》跟《茶馆》内容相去甚远，没有任何关联和承袭。唯一的联系或者相似之处是《一家代表》的创作初衷。《一家代表》的创作，也是为了配合政治宣传。配合的是"普选"——北京市人民代表大会选举。或许因为《一家代表》与《前茶馆》——《秦氏三兄弟》，都是配合普法、立宪相关主题的创作初衷，又都曾经拿给北京人艺粗排或者朗读，因此以讹传讹，在不少当事人口中，《一家代表》就成了《前茶馆》。

在 1985 年中国戏剧出版社出版的《老舍剧作全集》中，收录有《一家代表》而无《秦氏三兄弟》。概因《秦氏三兄弟》

————————

① 老舍：《我怎样写了〈一家代表〉》，《老舍剧作全集》（第 4 卷），中国戏剧出版社 1985 年版，第 494 页。

② 老舍：《为了团结》，此文为老舍 1957 年 8 月 7 日在中国作协召开的第十三次会议上的发言。刊《文艺报》1957 年第 20 期。

③ 舒乙：《由手稿看〈茶馆〉剧本的创作》，《十月》1986 年第 6 期，第 137 页。

的文稿，直到 1986 年春，才被舒乙在整理老舍手稿时发现。1999 年，人民文学出版社出版的《老舍全集》中，《一家代表》和《秦氏三兄弟》则均已收录其中。

二、《人民代表》与《秦氏三兄弟》

关于《人民代表》说，则见胡絜青《关于老舍的〈茶馆〉》一文："老舍在写《茶馆》之前，写过一个叫《人民代表》的多幕话剧，也是准备交给北京人民艺术剧院排演的，可是，《人民代表》没有成功，它没有正式演出。老舍毫不惋惜地把它扔进了废纸篓。"① "写《茶馆》的时候，特别是在第一幕里，老舍就借用了《人民代表》的某些情节，《茶馆》的第一幕显得扎实和简练，是不无道理的。可以说，在某种程度上，《人民代表》的失败孕育了《茶馆》的成功。"② 1979 年后，老舍夫人胡絜青的这个表述被广泛转载、转述，即认为是《茶馆》的前身是《人民代表》。北京人艺第一任党委书记、副院长赵起扬在《老舍与〈茶馆〉》一文中回忆：

> 那是 1957 年春天，老舍把他新创作的一部歌颂新宪法的四幕六场话剧交给北京人艺。这个戏表现的时间跨度很大，从 1898 年到 1948 年，前后 50 年。作者的意图，是想写出新中国成立以前，在历届政府的统治下，立宪政府是怎样失败的。这个戏的名字叫什么，老舍还没有考虑好。我们仔细研究了这个本子，尽管

---

① 胡絜青：《关于老舍的〈茶馆〉》，《〈茶馆〉的舞台艺术》，中国戏剧出版社 2007 年版，第 284~285 页。

② 同上。

这是一部应景戏，如果演出，也要花费很大的力气对
剧本进行加工和修改，因为这还是一个不很成熟的本
子。但其中第一幕第二场在一家茶馆里的戏，写得十
分精彩，真能让你拍案叫绝。这场戏气魄很大，虽然
人物众多，但几句话就能勾出一个人物，个个栩栩如
生。二十几分钟一小场戏，生活气息浓郁，情节动人。
色彩斑斓，是大手笔的写法。可惜，很可惜！

　　这一小场戏只是单摆浮搁，前不沾村，后不着店，
其中只有两个人物和后边事件的发展有关，绝大部分
人物都在以后的戏里消失了。①

　　赵起扬是人艺创始人之一，著名的人艺"四巨头"之一，
也是《茶馆》艺术创作与排演工作的积极参与者、见证者，他
对《茶馆》导演人选的确定，剧本修改、排练、演出做出过重
要贡献。他在上述文章中回忆起的《茶馆》前本这部还没有名
字的剧本时，与胡絜青所言《人民代表》的内容基本一致，与
舒乙发现的四幕六场的老舍手稿（后定名《秦氏三兄弟》）内容
基本一致，也与焦菊隐先生1957年《文艺报》举办的《茶馆》
座谈会中提到的初稿内容是相符的。

　　1957年12月19日，在《文艺报》举办的《茶馆》座谈会
上，焦菊隐谈《茶馆》前本时说："第一幕是作者原来写一个关
于普选的剧本初稿中的第一场，原来是写弟兄三人，一个是谭
嗣同派，一个保皇党，另一个主张实业救国。主张实业救国的
就是现在的秦仲义。""我们读过后，觉得通过茶馆这样一个地
方，是能够反映出整个时代的变迁的，后来，老舍同志认为，

_____

　　① 赵起扬：《老舍与〈茶馆〉》，《新文化史料》1994年第3期，第
33页。

索性就写茶馆。"① 这就是《茶馆》前本的大致内容。在《茶馆》前本中，老舍是以天津著名工商业资本家凌其峻一家为原型，写不同立场和不同政治抱负的秦伯仁、秦仲义、秦叔礼兄弟三人，历经戊戌维新、辛亥革命、北伐战争到解放前夕，追求民主立宪而不竟。叙事策略是逆向思维，通过否定之否定，侧面赞颂了共产党新中国颁布新宪法之丰功伟绩。

　　《茶馆》的研究者洪忠煌在最近一篇文章中说："老舍在写《茶馆》之前，曾于 1956 年写了一个未获上演机会的剧本《人民代表》，此剧沿用《龙须沟》的新旧（社会）对比式的结构模式，前几幕写旧中国的国会议员和国会大选，最后一幕写解放后的'民主选举'，以此来反映新中国的第一部宪法的颁布和第一届全国人民代表大会的召开（1954 年）。《人民代表》剧本主题显然是表现'民主政治'，意在歌颂新中国的红色政权。"② 此番言论洪忠煌也是援引自《中国新闻》1986 年 5 月 8 日刊登的有关《人民代表》的资料。《秦氏三兄弟》，这个《茶馆》前本的手稿与定稿，我们是看到了的。而这个被称为《人民代表》的多幕剧，底稿是什么模样谁也没有见到过，至今仍是转述中的"口口相传"。《人民代表》和《秦氏三兄弟》是不是就是同一个文本或者同一个文本的不同修改版本呢？笔者以为这是极有可能的。《人民代表》与《秦氏三兄弟》，立意高度相似，内容上存在大量重叠、相似之处。判断《人民代表》与《秦氏三兄弟》是同一个底稿的不同修改版本，甚至是同一底稿的不同名字，不无道理。之所以出现《一家代表》《人民代表》乃至后

――――――――――

　　① 焦菊隐：《座谈老舍的〈茶馆〉》，《〈茶馆〉的舞台艺术》，中国戏剧出版社 2007 年版，第 192 页。

　　② 洪忠煌：《〈茶馆〉——批判性的史诗剧》，《浙江艺术职业学院学报》2013 年第 11 卷第 4 期，第 20 页。

来命名的《秦氏三兄弟》等各种不同的前本说，概因老舍当年在人艺朗读剧本初稿时，"这个戏的名字叫什么，老舍还没有考虑好"①。

第二节　1956 年的重要转折
——《茶馆》创作的双重契机考察

有关《茶馆》的最初构想，老舍起意书写旧都茶馆里的日常生活，最早可以追溯到 1946～1949 年，老舍在美国时期。也就是说《茶馆》第一幕中热闹的 "茶馆生活"，是早就生长在老舍的心胸之中的。

建国之初，曾与老舍在北京文联共事过的著名作家林斤澜，在《〈茶馆〉前后》一文中写道：

> 偶听康濯说起，开国之初，老舍从美国回来不久，一天，和作家协会几位负责人一起（康濯——记得名姓），在北京饭店楼下客厅接待外宾。外宾走后，讲究喝茶的老舍指着茶水说，刚喝出味儿来，稍坐坐，聊聊（当时还没有作兴侃字）。品茶中间，可能就是由茶引发思路，老舍说起他在美国看了个戏出来，是夜里，是异国的马路，忽然想起古老中国的一个戏剧场面，可就一场，过后怎么也构不成一个戏。康濯的记性还是不错的，说，这场戏就是后来《茶馆》的第一幕。②

----

① 赵起扬：《老舍与〈茶馆〉》，《新文化史料》1994 年第 3 期，第 33 页。

② 林斤澜：《〈茶馆〉前后》，《读书》1993 年 9 期，第 52 页。

陈徒手在《人有病，天知否》的采访纪实中，讲到康濯去世前与其在病房闲谈。其间，谈到老舍酝酿创作《茶馆》的一个细节：

> 那时老舍正在写《茶馆》，受当时公式化、概念化影响，写起来不顺畅。老舍说，在美国时就考虑写一个北京的茶馆，写一个时代。他描述了第一幕情节，大家一听叫好，第二幕写了民国、国民党时代。老舍发愁的是怎么写下去："最大的问题是解放后的茶馆怎么写？现在茶馆少了，没有生活了。想去四川看看，但不能把四川搬到北京来。戏拿不出来呢？"我们说："老舍，别写这一幕了。"他很惊讶："不写可以吗？""当然可以。""不写就不写。"他把手杖一立，起身说："走，解决了我一个问题，我要回去写了。"（1990年12月13日康濯口述）①

然而，即便老舍早有了关于《茶馆》的体验与想象存于心胸，却并未能直接跃然于纸上。1949年12月，老舍受周恩来之邀，从美国返回生机勃勃的新中国，并被祖国崭新的精神面貌所鼓舞，以前所未有的政治热情，真心实意地讴歌新时代、赞美新政权。1950年到1956年这几年中，老舍的文学创作是以配合政治宣传为要务的。"北京市政府为劳苦大众去修奇臭的龙须沟了，我就写了《龙须沟》；曲艺演员得到了解放，我就写了《方珍珠》。"②

---

① 陈徒手：《人有病，天知否——1949年后中国文坛纪实》，人民文学出版社2000年版，第76页。

② 老舍：《热爱今天》，刊于《北京文艺》1959年10月号。转引自《老舍全集》（第18卷），2013年，第55页。

老舍说"一九四九年年尾，由国外回来，我首先找到了一部
《毛泽东选集》。头一篇我读的是毛主席《在延安文艺座谈会上
的讲话》。"① 毛泽东的《在延安文艺座谈会上的讲话》是新中
国文艺政策的风向标。《讲话》最重要的精神就是文艺须为工农
兵服务，文艺应当服从于政治。老舍说："首先，我决定了态
度：我要听毛主席的话，跟着毛主席走！听从毛主席的话是光
荣的！"②

一、作家：政治热情的衰减与创作理性的修复

老舍的"不禁狂喜"和"自我更新"的自觉不是偶然，也
不是个别的。新中国成立之初，共产党对待知识分子相当宽厚，
不仅维持其解放前的工作、生活原状，甚至优待有加。台湾学
者陈永发认为，共产党通过"包"下来的政策，变成知识分子
的衣食父母，使那些名声显赫的知识分子颇有知遇之恩的感觉。
这种知恩图报的情绪在高级知识分子中间相当普遍③。老舍在回
国之初的两年，对新社会的赞颂是发自内心的。1951 年，老舍
看到修整一新的龙须沟，感佩新政府为人民谋福祉的姿态，成
功创作了话剧《龙须沟》，并赢得了北京市政府颁发"人民艺术
家"的赞誉称号。由此而生发出了更多"歌德"作品：1952
年，他为配合"三反五反"而创作《春华秋实》，不厌其烦十易
其稿。1955 年，为配合歌颂社会主义劳动竞赛，他创作《青年
突击队》。为了配合公安部领导关于揭露政治骗子的倡议，他创

---

① 老舍：《毛主席给了我新的文艺生命》，《人民日报》1952 年 5 月
21 日第 3 版。转引自《老舍全集》（第 14 卷），2013 年，第 488 页。
② 同上，第 489 页。
③ 沈志华：《处在十字路口的选择——1956～1957 年的中国》，广东
人民出版社 2013 年版，第 5 页。

作了《西望长安》。1958 年，他继续配合城市人民公社宣传，创作了《红大院》；1959 年，为了配合大跃进，他创作了《女店员》。这期间，《春华秋实》的反复修改，伤害了他的政治热情，老舍开始有所反思，创作姿态也有所调整，这种政治热情的衰减与创作理性的修复，使得《茶馆》的创作成为可能。

在新中国成立的前五年里，老舍真诚地写下了《我们在世界上抬起了头》《感谢共产党与毛主席》《认真检查自己的思想》《为人民写作最光荣》《毛主席，我选举了您!》等这样的文章。他热烈地写下："北京解放了，人的心和人的眼一齐见到光明"①；"到今天，我已经在北京住了一年。在这一年里，我所看到听到的都证明了，新的政府千真万确是一切仰仗人民，一切为了人民的。只就北京的建设来说，证据已经十分充足了"②；"我怎么不感谢毛主席呢? 是他，给北京带来了光明和说不尽的好处哇"③；"我热爱这个新社会。我渴望把自己所领悟到的赶紧告诉别人，使别人也有所领悟，也热爱这个新社会。政治热情激动了创作热情，我非写不可，不管我会写不会"④。

北京大学钱理群教授和中国社科院学者赵园都曾说，要研究老舍在 1949 年后的创作，应该放在更大的视野和时空中去分析其深层次原因。除了回报共产党礼遇有加的知遇之恩这种功利因素外，老舍一直是个爱国主义者，有强烈的民族意识。他延续着自己抗战时期坚持的"国家至上"的观念，新中国成立，

---

① 老舍：《我热爱新北京》，《人民日报》1951 年 1 月 25 日，转引自《老舍全集》（第 14 卷），2013 年，第 437～439 页。

② 同上。

③ 同上。

④ 老舍：《生活，学习，工作》，《北京日报》1954 年 9 月 20 日。转引自《老舍生活与创作自述》，人民文学出版社 1982 年版，第 413 页。

他对共产党完成国家的独立统一是由衷地拥护的。[1]

沈志华在《处在十字路口的选择——1956～1957 年的中国》一书中说，在 1951 年秋天开始的知识分子思想改造运动，对于多数知识分子来说，与其说是顺从，不如说是欢迎。他们因感恩而承认自己需要改造，需要学习，甚至为此而羞愧而真诚地自我检讨[2]。老舍也不例外："为了写成象样子有思想性与艺术性的作品，我老热心地参加北京文艺界的学习——政治学习与业务学习。在学习中，苏联的文艺理论与作品给了我很多很多的好处，使我对社会主义现实主义的文艺创作方法得到更明确一些的认识。"[3] "也许有人要问了：一个老作家还要去学习，接受批评，难道不有失身份么？我说：勤于学习，勇于接受批评是光荣，而不是丢脸，是勇敢，而不是自卑！在一个新社会里，有什么比急起直追，争取吸收新知识新经验更可贵的呢？假若我在新社会里不肯前进，冷笑着放下笔墨，我不但失去身份，而且失去生命——写作的生命。"[4] 老舍在新中国成立后的十七年期间，共写下了二十八部剧本，超过二百多万字的作品，是他文学创作的又一个高产期。然而除了《茶馆》和《正红旗下》，其他作品的艺术价值甚为寥寥。不得不说，其中很重要的一个原因是这位"人民艺术家"心头悬挂的"政治第一"这把达摩克利斯之剑，呵退了一个自由主义作家的艺术自觉。而《茶馆》和《正红旗下》的成功，很大程度上是因为这位"人

---

① 参见程光炜：《文化的转轨——鲁郭茅巴老曹在中国》，光明日报出版社 2004 年版，第 193 页。

② 沈志华：《处在十字路口的选择——1956～1957 年的中国》，广东人民出版社 2013 年版，第 6 页。

③ 老舍：《生活，学习，工作》，《北京日报》1954 年 9 月 20 日。转引自《老舍生活与创作自述》，人民文学出版社 1982 年版，第 413 页。

④ 同上。

民艺术家"的艺术自省和自由主义精神的"折返"①。

共产党和知识分子之间的"蜜月期"并不长，从 1951 年 5 月开始，先是全国性地批判电影《武训传》，接连批判梁漱溟、批判胡适资产阶级唯心主义、批判俞平伯红学研究……政治批评使知识分子倍感压力，到 1955 年声讨胡风和肃反运动时，知识界空气空前低沉，不一定人人自危，不过的确是人人谨言慎行。毋庸讳言，老舍几乎参加了文艺界所有的政治批判②。作为中国作协副主席、北京文联主席的老舍，肯定需要表达自己与"党和人民一致"的坚定立场。这样坚定的政治立场，一直贯穿在老舍从《方珍珠》到《秦氏三兄弟》的创作之中。

跟紧时代步伐，在积极改造思想，追求政治正确的这五年中，老舍从一腔热情中不断沉淀下的迟疑、困惑和思索，都在呼唤和等待《茶馆》的到来。如 1954 年，在中国文联主席团和中国作协主席团联席（扩大）会议上老舍的发言："旧日衙门里那种信任谁、怀疑谁的态度不应存在于我们的团体里、事业里……"，"批评这个武器若只拿在一部分人手里，他们便会专制"，"我相信发言的不是单纯地揭发别人的错误，而是愿意自己在这次斗争

---

① 孙洁：《世纪彷徨：老舍论》有"老舍在新中国时期也有过数次面向自由主义的折返"之说。

② 参见傅光明：《老舍在历次政治运动中的角色》："从批判俞平伯的'学术错误'开始，到批判胡适的资产阶级唯心主义思想，再到批判胡风'反革命集团'，批判'丁、陈反党集团'，批判章伯钧、罗隆基、徐燕荪、吴祖光、赵少侯、刘绍棠、邓友梅、从维熙等人的右派言论。无论是否自觉自愿，在有关的批判会上，作为与会者的老舍，须'痛斥'批判对象，表达自己与'党和人民一致'的坚定立场；有时，还须以一位文艺界的代表、具有某项领导者的身份，在报刊上公开发表措辞激烈的批判文章。"《口述历史下的老舍之死》，山东画报出版社 2007 年版。

中学习"①。这时候的老舍的发言中有了深沉的思索,思索中有
对政治运动迟疑和对真理的自我探寻。与1951年激情澎湃的
"歌德派"② 之间已经有了很大的隔阂。离开这五年文艺界知识
分子的境遇,直接去描绘1956年的"百花齐放"时期宽松氛围
对作家的影响,这样的研究难脱视野的局限。正是世态炎凉对
照与跌宕起伏在敏锐地刺激作家艺术创作的神经。

二、百花齐放:"争鸣的目标是真理"

　　1956年1月14日,在周恩来的主导下,中共中央关于知识
分子问题会议的召开,预示着中共开始对执政以来的知识分子
政策进行调整。周恩来提出"动员和发挥知识分子的力量"③。
1956年4月,毛泽东在中共中央政治局扩大会议上,正式提出
在科学文化工作中,应该实行"百花齐放,百家争鸣"的方针,
艺术问题上"百花齐放",学术问题上"百家争鸣"④。双百方

---

　　①　傅光明:《老舍在历次政治运动中的角色》,《口述历史下的老舍
之死》,山东画报出版社2007年版。

　　②　老舍在回国之初,热情高涨。他曾经站在全国人民代表大会的讲
台上慷慨激昂地表示,我本是无党派的人,可是我今天有了派,什么派
呢?"歌德派"。歌颂共产党的恩德之意。

　　③　沈志华:《处在十字路口的选择——1956~1957年的中国》,广东
人民出版社2013年版,第6页。

　　④　1951年,中国国内关于京剧的发展问题出现了争论,有的主张全
部继承,有的主张全部取消,毛泽东为此题词:"百花齐放,推陈出新",
主张对待京剧艺术要去其糟粕,取其精华,加以继承。1953年,毛泽东就
历史研究工作的方针,提出要百家争鸣。在此基础上,1956年4月28日,
毛泽在中共中央政治局扩大会议上说:"百花齐放,百家争鸣",我看这应
该成为我们的方针。艺术问题上百花齐放,学术问题上百家争鸣。5月2
日,毛泽东又在最高国务会议第七次会议上正式提出实行"双百方针"。

针一经提出，便在知识界、文学界引起轰动，显出了当时国内民众对发展科学技术、繁荣文化艺术的强烈渴求。5 月 26 日，中宣部部长陆定一代表中共中央在中南海怀仁堂向一千多位文艺界和科学界人士作了《百花齐放，百家争鸣》的报告：

> 我们所主张的'百花齐放，百家争鸣'是提倡在文学艺术工作和科学研究工作中有独立思考的自由，有辩论的自由，有创作和批评的自由，有发表自己的意见、坚持自己的意见和保留自己的意见的自由。
>
> 对于文学艺术工作，党中有一个要求，就是"为工农兵服务"，今天来说，也就是为包括知识分子在内的一切劳动人民服务。社会主义现实主义，我们认为是最好的创作方法，但并不是唯一创作方法；在为工农兵服务的前提下，任何作家可以用任何自己认为是最好的方法来创作，互相竞赛。题材问题，党从未加以限制。只许写工农兵题材，只许写新社会，只许写新人物等等，这种限制是不对的。文艺既然要为工农兵服务，当然要歌颂新社会和正面人物，同时也要批评旧社会和反面人物，要歌颂进步，同时要批评落后，所以，文艺题材应该非常宽广。在文艺作品里出现的，不仅可以有世界上存在着的和历史上存在过的东西。文艺作品可以写正面人物和新社会，也可以写反面人物和旧社会，而且，没有旧社会就难以衬托出新社会，没有反面人物也难以衬托出正面人物。因此，关于题材问题的清规戒律，只会把文艺工作窒息，使公式主义和低级趣味发展起来，是有害无益的。至于艺术特征问题，典型创造问题等，应该由文艺工作者自由讨论，可以容许各种不同的见解，并在自由讨论中逐渐

达到一致。①

　　《百花齐放，百家争鸣》发表后，旋即引起了全国文艺界、知识界大讨论，思想空气空前活跃。钱谷融《论文学是"人学"》、巴人《论人情》等文艺理论引领了当代"人学"潮流，并产生深远历史影响。钱谷融说没有了人情味儿的作品，就只剩空洞的政治说辞。巴人认为文艺为阶级斗争服务最终目的还是解放全人类，解放人类本性，不应将人性和阶级性简单对立。这些文章都隐含着对人和人性的肯定与呼唤，承接并闪耀着五四精神的光芒。这期间，一批优秀文学艺术作品次第诞生，如王蒙的《组织部来了个年轻人》、刘宾雁的《在桥梁工地上》等，史称"百花文学"。戏剧界也开展了一系列的活动，破除清规戒律，推陈出新，如《洞箫横吹》《布谷鸟又叫了》等"第四种剧本"的现实主义创作倾向，无疑是对文学创作中流行的唯题材论、三突出、二元对立等伪现实主义风潮的抵抗与矫正。

　　"百花齐放"所释放出来的思想解放的气息，迅速地感染了老舍，甚至可以说是释放了老舍内心的枷锁，将他从局促、尴尬的创作状态中松绑。1957 年 5 月 12 日，《剧本》杂志刊登了记者白林对老舍先生的一段采访——《老舍谈剧本的"百花齐放"》，从这篇文章中可以窥见老舍在百花期间的创作心澜："毛主席在这个时期提出'百花齐放、百家争鸣'是极其英明的。现在应该大胆的放，应该反对艺术创作中的清规戒律，鼓励各种不同的流派"，"现在剧本创作还应该大胆的放，对于那些思

---

　　① 参见《陆定一文集》，本文是陆定一于 1956 年 5 月 26 日在怀仁堂的讲话。1956 年 6 月 13 日，这篇讲话在《人民日报》上发表。

想不反动、艺术性强的剧本应该发表出来"①。这之后的一两年
时间中，老舍的杂文、随笔中，充满着蠢蠢萌动的明媚春光。
"大家一定能够写出些象样子的作品，反映民族春天的花明柳
媚。我们的春天应该是百花齐放的春天，不管有什么困难，也
要百花齐放，春满乾坤！"② 在百花时期，老舍也开始总结与反
思自己 1950 年以来的创作成败，渐趋理性地审视政治与文艺的
复杂关系。1956～1957 年间，老舍创作的《谈讽刺》《论悲剧》
《救救电影》《创作与自由》几篇文章彰显出"人民艺术家"面
向自由主义的"折返"，彰显了老舍艺术创作自主精神的回归。

　　这期间的几篇谈创作的文论，义正辞严，掷地有声，一改
他惯有的谦恭、和蔼、学习、改造的低姿态。他指出作家应该
享有充分的创作自由，应该允许作家用他选择的方式写他爱写
的东西。文艺创作规律应该得到尊重。

　　　　作家的责任是歌颂光明，揭露黑暗。只歌颂光明，
　　不揭露黑暗，那黑暗就会渐次扩大，迟早要酿成大患。
　　讽刺是及时施行手术，刮骨疗毒，治病救人。是，它
　　的手段也许太厉害一些。可是良药苦口利于病，治病
　　有时候需要下猛药。拥护我们的社会制度不等于隐瞒
　　某些人某些事的丑恶与不合理。文艺追求并阐明真理，
　　不该敷衍、粉饰。为了真理，我们歌颂先进的人物，
　　鞭挞落后的人物。（《谈讽刺》）③

———————————

　　① 白林：《老舍谈剧本的"百花齐放"》，《剧本》1957 年第 6 期，
第 85～86 页。
　　② 老舍：《百花齐放的春天》，《人民日报》1958 年 2 月 17 日。转引
自《老舍全集》（第 16 卷），2013 年，第 401 页。
　　③ 老舍：《谈讽刺》，刊载《文艺报》第 14 期，1956 年 7 月 30 日。
转引自《老舍全集》（第 17 卷），2013 年，第 680 页。

我并不想提倡悲剧，它用不着我来提倡。二千多年来它一向是文学中的一个重要形式。它描写人在生死关头的矛盾与冲突，它关心人的命运。它郑重严肃，要求自己具有惊心动魄的感动力量。因此，它虽用不着我来提倡，我却因看不见它而有些不安。是的，这么强有力的一种文学形式而被打入冷宫，的确令人难解，特别是在号召百花齐放的今天。

我们反对过无冲突论。可是，我们仍然不敢去写足以容纳最大的冲突的作品，悲剧。是不是我们反对无冲突论不够彻底，因而在创作上采取了适可而止与报喜不报忧的态度呢？假若这是真情，那么，谁叫我们采取了那个态度呢？我弄不清楚。(《论讽刺》)①

老舍的字里行间透露着对行政干预作家创作的反感。他鼓励作家坚持艺术真理，谁知道这是不是一种不吐不快与自我鞭策呢：

我也希望他们坚强一些，在创作剧本时要求自己不写电影八股；在修改时，不必尽信人言，自己须有个主张。我们都要加强，而不是放松政治思想学习。但是，怎样地表现政治思想，自己心里必须有底，不可生拉硬扯。假若某干部强派我们非添一个呆如木鸡的人物不可，我们便须给他讲讲何谓艺术。双方合作是必要的，但合作不是谁比谁更有权柄的意思。

我希望大家都说说心腹话，想想好主意，救救电

---

① 老舍：《论悲剧》，《人民日报》1957年3月18日。转引自《老舍全集》（第17卷），2013年，第723～724页。

影吧。(《救救电影》)①

1957 年 1 月 16 日，老舍的《自由和作家》一文在《人民中国》（英文版）第 1 期上发表。1957 年的老舍已经跟那个自称"歌德派"的老舍截然不同，文章中他直言不讳地批评政治对文学创作的凌驾：

> 一部文学作品肯定是政治宣传的一件武器。但应该是具有影响力和吸引力的。文学要遵从其自身的规律。没人肯读那种说是文学，其实满是政治词句的作品。
>
> 在过去几年里，作家无论长幼，努力在思想上提高自己，并自觉主动地从事学习。但是政治概念不能和真实生活割开。政府的政策是根据人民真正的需要而制定的。如果作家们在他们的作品中简单地片面地强调政治，而看不到根据真实生活的经验写作的重要性，作品自然会受到损害：充满千篇一律的概念和干巴巴的公式。在过去几年里，文学领域中一直存在公式化和概念化的毛病。
>
> 胆量和创作是不可分的。没有创造性，就只有唯唯诺诺的照抄，成了文学衰退的必然征兆。
>
> 过去几年里，我们有很多善意的批评，但是也有不讲理的打棍子。打棍子鼓励不了好作品；只能毁掉作品。
>
> 社会主义现实主义是公认的进步的写作方法。但

---

① 老舍：《救救电影》，《文汇报》1956 年 12 月 1 日。转引自《老舍全集》（第 17 卷），2013 年，第 697 页。

　　这难道是说，所有其它的写作方法都是不好吗？依我看不是这样。(《自由和作家》)①

　　剧作家身上的自由主义精神在此刻复活了。一个追求"用他选择的方式写他爱写东西"的人回来了。孙洁称之为老舍身上自由意志的"折返"，笔者以为是这五年间压抑甚久的作家创作自主的冲动与释放。作家自由创作意志的回归，是《茶馆》在老舍的笔底"一挥而就"的内在契机。

　　《茶馆》第一幕与第二、三幕之间有很大的不统一和不协调。这种不协调，是剧作家内心矛盾的彰显，是知识分子与社会主义文化体制之间的同意与妥协、合谋与对抗的"磋商—交换"的复杂机制下的矛盾产物②。《茶馆》矛盾地游移在文学与政治、批判与眷恋、"人的文学"与"人民文学"、自由与体制化之间。如中国人民大学学者杨庆祥所言："如果说我们在第一幕中读到的是一个'自由自在'的三四十年代的老舍。那在第二、第三幕中我们读到的就是一个在1949年后被体制同化并产生身份认同的老舍。这个老舍，他始终无法抛弃通过'揭露旧社会，讽刺旧社会'而为'新社会'作证词的思维方式。"③

　　百花齐放，为《茶馆》的产生提供了恰当的环境条件。可以说，百花时代短时的自由空气，是刺激和诱导《茶馆》诞生的外部契机。但是，宽松的政治环境并不意味着一定会出现优

---

　　① 老舍：《自由和作家》，原刊《人民中国》（英文）1957年1月。转引自《老舍全集》（第14卷），2013年，第623~624页。

　　② 刘复生：《启蒙文学史观的合法性及其限度——以程光炜〈历史的转轨〉为例看当代文学史写作的观念问题》，《当代作家评论》2007年第1期，第110页。

　　③ 杨庆祥：《〈茶馆〉的矛盾》，网络资料，转自老舍纪念网，参见北大中文论坛。

秀作品,而高度一体化、体制化的环境也不一定就不会出现时代的杰作,中国古代专制时代不也有《水浒传》《西游记》《红楼梦》《金瓶梅》和《儒林外史》吗。超越高度体制化的创作管控,作家创作自主精神的复苏是《茶馆》创作的内部契机。不过,仅仅有艺术自觉意识的复苏就一定有优秀作品的出现吗?也未必。一部佳作的诞生,除了外部环境、作家的主观意志,还有客观的生活资源、文学资源、思想资源的充分准备。

第三节 妙手岂是偶得——老舍的文学准备

有宽松的政治气氛和作家创作的自主意识,都是在为《茶馆》文本的诞生创造条件和铺设道路。而《茶馆》之所以出现的根本原因,还是要窥看《茶馆》剧本生成的本源——老舍对现代历史和北京文化的体悟、观察与描绘能力。论《茶馆》的诞生,必须回到作家创作本体上来。只有回顾老舍文学创作的经历,方可看清楚老舍文学创作为《茶馆》提供的文学滋养和思想训练。没有老舍先生的小说世界,便不会有《茶馆》世界里的形形色色。老舍抗战话剧、曲艺创作积累的经验与教训,对《茶馆》的出现所产生的积极影响。

舒乙曾写过一篇名为《理解老舍先生其人其文的五把钥匙》的文章,大意是说理解老舍有五个关键词,一是北京人,二是旗人,三是穷人,四是域外生活,五是所处时代①。的确,老舍首先是北京人。老舍一生的创作总是围绕着他生于斯长于斯的"北平"。再者是底层旗人的族群身份,生长于清末民初"三千年未有之变局"中,老舍笔下总也离不开家与国的主题,总脱

---

① 舒乙:《理解老舍先生其人其文的五把钥匙》,《新文化史料》1999 年第 1 期,第 25 页。

不开悲欣交集的基调。钱理群说，理解老舍，离不开他生命中
的几个基本点"一个是国家、民族，一个是平民、下层人民，
一个是文化"①，老舍笔下最有力量的作品就是关于北京城里匍
匐在地、酸辛讨生活的祥子、王利发这样的小人物的生生死死。
最鲜活的人物，正是"啼笑皆非"的"邪年头"里的"形形色
色"，"滚滚横流水"中的"茫茫末世人"②。"茫茫末世人"五
字，是破解老舍小说和戏剧创作秘密的钥匙，也是破解《茶馆》
成功秘密的钥匙。

一、《茶馆》与老舍小说的互文性

法国符号学家克里斯蒂娃说，"任何文本都是对其他文本的
吸收与转化"③，老舍的小说与话剧创作的互相关系，尤为密切。
茶馆人物的思想轨迹和社会行为，都可以在老舍小说世界的芸
芸众生里找到"前本""秘史"和"族谱"。

1949 年以前，是老舍文学创作的前期，其主要创作样式是
小说。从 1928 年出版长篇小说《老张的哲学》开始，接续出版
长篇小说《赵子曰》《二马》《小坡的生日》《猫城记》《离婚》
《骆驼样子》等，出版了短篇小说集《赶集》《樱海集》《蛤藻
集》等。从 1928 年到抗战开始的这段时期，老舍从一个域外教
书谋生闲暇习文的文艺青年，渐渐向中国现代文学创作的中心

① 转引自程光炜《文化的转轨——鲁郭茅巴老曹在中国（1949 ~ 1976)》，光明出版社 2004 年版，第 193 页。
② 老舍：《昔年》："我昔生忧患，愁长记忆新；童年习冻饿，壮岁饱酸辛。滚滚横流水，茫茫末世人。倘无共产党，荒野鬼为邻!"《人民文学》1977 年第 10 期。
③ 克里斯蒂娃：《符号学》，转引自秦海鹰：《互文性理论的缘起与流变》。《外国文学评论》，2004 年第 3 期，第 19 页。

位置靠拢，逐渐走向个人小说创作的高峰。这一时期的老舍感
时忧世，以轻松的笔调和讽刺的手法对世界进行独到的观察与
敏锐的反应。其作品氛围幽默是"表"，沉郁为"里"。孙洁的
《世纪彷徨：老舍论》将这一时期老舍的创作主题归纳为"国事
难堪""文化思索""人生质询"①。多年以后，这十二个字成为
了话剧《茶馆》回溯而上的思想源头。小说创作中开掘的社会
议题和捏弄成形的人物形象为《茶馆》创作提供了丰沛滋养。
如短篇小说《断魂枪》《老字号》《新韩穆烈德》等，着力于勾
勒老派人物的心灵轨迹，渲染旧日安闲的生活氛围，着力于呈
现市民阶层中的老规矩、旧道德和所面临的现代性冲击。这种
笔调，与裕泰茶馆的改良，与王利发的人生轨迹休戚与共。无
论是《老字号》《断魂枪》还是《茶馆》，这其中有着相似的时
代蕴涵，都从中折射出时代的倒影。裕泰茶馆的不断改良和
《老字号》三合祥的恪守古礼，恰如一个硬币的正反面。不论是
积极进取的顺势改良，还是不流俗不改旧地恪守古制，在面临
三千年未有之大变局下的乡土中国里，传统商业经营的结果却
是高度一致的，无论是茶馆还是商店，都在现代性的冲击下走
向衰亡。王利发的城市商业者形象，与《老字号》和《新韩穆
烈德》中描绘的传统商业文化和商业道德是血脉相通的，互为
注解。老舍小说人物际遇，为《茶馆》中的诸多茶客提供了详
尽的"前史"。《茶馆》中聊聊几语的茶客们，在老舍的小说世
界中，能寻找到数千言甚至数万字的"人物小传"。如《茶馆》
中合买媳妇的逃兵老林和老陈。在老舍创作的短篇小说《也是
三角》中，就曾对这两个底层人物的悲剧心理进行过细致摹状。
这篇小说成为演员表现这两个人物形象时重要的文学参考和心
理依据。北京人艺的老演员，从老舍先生的朗读、口头解读与

---

① 孙洁：《世纪彷徨：老舍论》，百花洲文艺出版社 2003 年版。

小说阐释中，获得了有关这两个逃兵"合买媳妇儿"的荒诞故事和悲剧现实的最深沉、最透彻的体悟，所以才能在舞台上塑造出了令人生厌又令人心酸的逃兵悲剧。而如今，北京人艺舞台上的年轻演员，没有读出逃兵的悲剧性来，也就演不出人物的悲剧性来。今天《茶馆》的演出中，饰演这两个逃兵的演员，确实对人物的同情，是带着对人物的嘲讽和批判在表演，呈现出闹剧化、狂欢化的后现代文化特质，不得不说，这是对京味儿现实主义的一种间离与偏差。

再如《骆驼祥子》中，勤恳本分的青年三轮车夫祥子，无论如何抗争也抗不过"个人主义的末路鬼"的悲剧命运，这个人物的灵魂与《茶馆》世界里的王利发、松二爷、康六们是心灵相通的。"祥子还在那文化之城，可是变成了走兽。一点也不是他自己的过错。"① 同理，刘麻子和唐铁嘴难道就只是他们自己的过错吗？老舍先生让刘麻子枉死在大令的砍刀下，不也是个黑暗的悲剧吗，有谁的生命是可以随便地枉死呢？《骆驼祥子》中屡次写有军阀恶兵掠夺去祥子的车，侦探讹诈他的积蓄，到了《茶馆》，恶兵、特务、侦探还在敲诈、勒索着王利发、刘麻子们。

《茶馆》中的逃兵、巡警、洋奴、纤手、流氓、打手、贫民等形形色色的人物，与《老字号》《柳家大院》《也是三角》《兔》《断魂枪》《新韩穆烈德》《我这一辈子》《骆驼祥子》里头的形形色色，他们是街坊、是亲戚，他们共同生活在既高贵又贫贱的北京城，共同生活在老舍的艺术世界中。可以说，没有老舍小说世界里生动、真切的人物群像和洗练、鲜活的北京方言的训练与储备，也就不会有《茶馆》的京味儿和"世俗图卷"。在《骆驼祥子》的创作中，老舍开始尝试大量使用北京口

---

① 老舍：《骆驼祥子》，《老舍代表作集》，浙江文艺出版社 1997 年版，第 210 页。

语："在平日，我总以为这些词汇是有音无字的，所以往往因写不出而割爱。现在，有了顾先生的帮助，我的笔下就丰富了许多，而可以从容调动口语，给平易的文字添上些亲切，新鲜，恰当，活泼的味儿。因此，《骆驼祥子》可以朗诵。它的言语是活的。"① 从《骆驼祥子》到《四世同堂》再到《方珍珠》《龙须沟》，几番历练与淘洗，《茶馆》中老舍的人物口语，不仅是亲切与鲜活，而且是充满了潜台词的势能和力量，具有了高度的象征性和隐喻特征。

二、抗战戏剧的失败——一次关于话剧形式的洗礼

老舍在抗战时期开始转向话剧和通俗文艺的创作。40 年代抗战时期是中国话剧的黄金时代，话剧成为抗敌文艺的排头兵。老舍是一个积极的爱国者，出于"国家至上"的理念和宣传抗战的需要，老舍先后创作了《残雾》、《张自忠》、《大地龙蛇》、《归去来兮》、《国家至上》（与宋之合作）、《桃李春风》（又名《金声玉振》，与赵清阁合作）、《谁先到了重庆》等七部话剧。他说："战争的暴风把拿枪的，正如同拿刀的，一齐吹送到战场上去；我也希望把我不象诗的诗，不象戏剧的戏剧，如拿着两个鸡蛋而与献粮万石者同去输将，献给抗战……"② 这些话剧作品，多以褒扬抗日英雄，颂扬国家统一、民族团结，鼓舞士气为主，也不乏有针砭流弊，国民性批判的内容。但是，这几部戏结构均比较松散，缺乏必要的戏剧张力与节奏，失之于主题

---

① 老舍：《我怎样写〈骆驼祥子〉》，《老舍生活与创作自述》，人民文学出版社 1982 年版，第 48 页。

② 老舍：《三年写作自述》，《抗战文艺》第 7 卷第 1 期，1941 年 1 月，转引自《老舍文集》（第 17 卷），2013 年，第 272 页。

概念化、冲突公式化、人物脸谱化。浓郁的生活气息和鲜活的方言口语本来是老舍作品的强项，但是老舍抗战戏剧作品中丧失了其"已然成型的文学性格——成熟的幽默特色和以写北京市民生活为标识的文学风格"①。这些戏剧成老舍自己所反对的"抗战八股"。老舍一直有强烈的自省和自遣意识："说句老实话，抗战以来的文艺，无论在哪一方面，都有点抗战八股味道。可是细心一想呢，抗战八股总比功名八股有些用处，有些心肝。"② 老舍对国家主义的趋近，是对其原有自由作家身份的一次有意疏离，这与老舍在 1949 年之后由衷歌颂新中国的国家主义倾向如出一辙。

《国家至上》等这些并不成功的话剧，也并非全无价值，老舍在总结这些话剧失败的原因时说，"我不明白舞台的诀窍，所以总要不来那些戏剧的花样"，又认为戏剧技巧固然重要，但是"过重技巧，也足使效果纷来，而并不深刻"，老舍实则是"不愿模仿别人，而失去自己的长处"，他的心思是"跟我写小说一样，我向来不跟着别人跑，我的好处与坏处总是我自己的"③。这些话剧创作实验均以失败告终，却为老舍拽出了要走一条独特的个人化的话剧创作之路的决心。他不愿跟在他人后面模仿那种诉诸强烈戏剧冲突的话剧，而须走自己的路并拼出自己的长处。其中《谁先到了重庆》一剧，依旧是抗战保家卫国的主题，值得注意的是该剧中老舍的视线又重新回到了他熟悉的"北平"，人物也回归到北京市民，尽管戏剧技巧依旧简单，但是人物语言口语化，富有生活气息。孙洁认为老舍"在北平这

---

① 孙洁：《世纪彷徨：老舍论》，百花洲文艺出版社 2003 年版。

② 老舍：《制作通俗文艺的苦痛》，载 1938 年 10 月 15 日《抗战文艺》第 2 卷第 6 期。转引自《老舍全集》（第 17 卷），2013 年，第 155 页。

③ 老舍：《闲话我的七个话剧》，《老舍全集》（第 17 卷），2013 年，第 379 ~ 380 页。

一特定的描述环境和北平人这一特定的描写对象中寻回了自己
的艺术自信"①，《谁先到达重庆》将老舍的目光带回了北平，
"为《四世同堂》和《鼓书艺人》的写作进行了适当的热身"②。
到了《方珍珠》《龙须沟》《茶馆》的时候，老舍的戏剧焦点重
新落在他熟悉的旧时代里的底层艺人、胡同居民和泡茶馆的茶
客身上。回到他熟悉的环境气氛，熟悉的习俗与文明中，在一
片烂熟于心的市民生活中，老舍终于将自己小说的塑造人物的
优势和语言鲜活深刻的优势发挥到话剧剧本的创作上来，重在
描摹世态人情冷暖变化，独自开创了京味儿戏剧这种新的话剧
文化形态。可以说独辟蹊径，的确是没有跟着别人跑。

三、1949 年以后的几部戏：练笔与伏笔

1949 年归国后，老舍进入文学创作的另一个重要时期。从
1950 年到 1966 年，老舍共创作了二十八部话剧剧本，近两百万
字。话剧是老舍文学创作后期选择的主要文体。一方面是，共
产党从延安时期开始，即十分重视戏剧的宣传力量，在话剧大
众化、民族形式探索方面有积极的推动作用。新中国成立后，
话剧被认为舆论宣传的重要阵地，是最能展现执政党思想政策
的一个艺术样式。经过抗战戏剧黄金时代的洗礼，老舍认为话
剧的宣传与教育作用最直观，见效快，且不受限于识字能力和
文化水平。"话剧是用活人表演活人，可以教观众直接受到教
育，登时受到感动与影响。"③ 回国后，老舍创作的第一部话剧

———————————

　① 孙洁：《世纪彷徨：老舍论》，百花洲文艺出版社 2003 年版。
　② 同上。
　③ 老舍：《生活，学习，工作》，《北京日报》1954 年 9 月 20 日，转
引自《老舍生活与创作自述》，人民文学出版社 1982 年版，第 413 页。

作品是《方珍珠》。接下来就是《龙须沟》。《方珍珠》和《龙须沟》的创作，从戏剧结构、人物塑造、语言锤炼、情境营造等方面为《茶馆》埋下伏笔，成为《茶馆》成功的"练笔"，最有力的"热身"。

《方珍珠》根据老舍的小说《鼓书艺人》改编而成。《方珍珠》立意通过民间艺人在旧时代的悲惨命运跟在新社会中翻天覆地新变化之间两相对照，"从而解释何谓翻身"，进而达到赞颂的目的。老舍本拟写四幕，前三幕是解放前，末一幕是解放后，因戏剧界友人们的意见而增写了"解放后的光明"。《方珍珠》的写作为老舍积累下的成功经验有三点：一是"写我所熟悉的人与事"，写的是旧人旧事，老舍烂熟于心的"北平"和曲艺艺人。对熟悉生活的回归，从《谁先到了重庆》，到《四世同堂》，在《龙须沟》和《茶馆》得以延展、提升。二是摆脱了"舞台腔"，充分使用鲜活的北京口语。旧艺人的语言定然鲜活生动而不是知识分子式的书面语，老舍从《四世同堂》《鼓书艺人》到《方珍珠》，不断开挖起北京方言这座语言宝藏，直至《茶馆》中淬炼成脆生生、响当当的人物语言，堪称字字珠玑，一字万钧。三是日常生活审美化叙事策略。老舍决心"一心一意把真的生活写下来"[1]，谢绝政治口号、政策标语的表演。王朔曾写过一篇评说老舍的文章，他说最感佩的是老舍作品对北京话魅力的彰显，"北京话的后面总是反映北京人的精神状态和生活态度"[2]。《龙须沟》在艺术上最重要的成就也就是，底层百姓的日常生活的审美化。这是方向性的叙事策略，为《茶馆》埋下很大的伏笔。老舍夫人胡絜青曾说："《方珍珠》的艺术成

---

① 以上几句引语，均出自老舍《谈〈方珍珠〉剧本》。《老舍全集》（第16卷），2013年，第282页。

② 王朔：《我看老舍》，《无知者无畏》，春风文艺出版社2000年版。

就并不惊天动地，但是它是老舍创作道路上的新的起点。有了《方珍珠》，老舍有了新经验，有了心气儿，他兴致勃勃地走进了一个崭新的创作时代。"① 心气儿和志向，对一个作家来说，太重要了。《龙须沟》是《方珍珠》的"下一站"，是《方珍珠》积累的创作经验的进一步升级。

《龙须沟》是命题文章，奉命歌颂。对于这项颇受总理重视的写作任务，老舍比创作《方珍珠》时，有了更大的"心气儿"，艺术技法上也有了更新的探索。在"创造出几个生动的人物"和"活的语言"两大创作优势之上，老舍有了新收获：一是固定写一个小院儿，凑够小杂院的人；二是不一定有个故事，"写一些印象就行"②。这两条创作原则是老舍艺术自我的一次"思想解放"：展现小杂院的人跟"臭沟"的关系，既刻画人物又完成政治使命；用小杂院中人与人的关系，展现人情世故、展现精神风貌。这种有别于"佳构剧"强调冲突和悬念的戏剧，老舍自称为"不像戏的戏"，即我们现在所说的重在描画日常风俗世界的散文体戏剧。《龙须沟》是一次成功的世态群像戏剧实验，待到创作《茶馆》这部更加"不像戏的戏"时，老舍的心态是从容裕如，得心应手的。小说、话剧、曲艺创作，成功的、失败的，都是文学资源的宝库。

《龙须沟》之后，老舍奉命创作反映三反五反运动的剧本《春华秋实》（原名《双面虎》）。这是一部创作过程最为痛苦、最为纠结的作品。老舍写了一年多，改了十二遍，现存的修改稿就有五六十万字之多。且不论艺术质量优劣，从奉命创作到多次奉命修改，中间历经数次推倒重来。各方面都提出不少不

---

① 胡絜青：《大鼓艺人和方珍珠》，《剧本》1979 年第 2 期，第 19 页。

② 老舍：《〈龙须沟〉写作经过》，《老舍全集》（第 17 卷），2013 年，第 544 页。

容拒绝的修改意见，送来了不少的文件资料和创作指示，参与
意见者上至彭真、胡乔木、周扬、吴晗、薄一波，下至铁厂工
人、演员与普通群众。说白了，这部剧就是要宣传当代政策，
一定要符合政策精神。此时的剧本，已经成为各路意见"乱炖"
在一起的"大杂烩"，哪里还有艺术性可言。一方面他是强写自
己不熟悉的工农生活和不熟悉的人物，创作上本就捉襟见肘，
极易概念化。另一方面他对政治运动和宣传政策，并不十分清
楚。各路强加意见，又均需要消化、吸收和呈现。对于一个视
创作为生命的作家来说，内心的苦痛可想而知。这是老舍不能
承受之重，其内心的郁结，在《春华秋实》之后多次提及。1957
年的5月，老舍接受记者采访，谈到《春华秋实》时说："此剧
本一遍又一遍修改，越修改越像'五反'运动的过程了。……
这样的修改就和原来的创作构思相差很远，也当然不能改好。"①
老舍先生接着说："如果《剧本》月刊将来能发表一个剧本的几
次修改稿，从初稿到最后的定稿，就可以看出过去有些教条主
义的批评对剧本创作的危害有多大了。"② 其中久久无法缓解的
心结与巨大的委屈可见一斑。也因此，老舍开始反思自己概念
化的戏剧创作，开始拾起失落的自由精神。才会写下：

　　在我一心想把革命斗争的事实变成血肉丰满的艺
术作品时，我的政治理解和生活经历的局限却妨碍了
我。我的作品显得空洞平淡——因为我在写我并不熟
悉的事情。相当一批成名的作家都有这种困扰。
　　行政干预无论动机多么好，都必然会妨碍创作真

①　白林：《老舍谈剧本的"百花齐放"》，《剧本》1957年第6期，
第85~86页。
②　同上。

正的艺术。

　　应该允许一位作家用他选择的方式写他爱写的东西。①

第四节　因缘和合——一次成功的中国式"戏剧构作"实验

　　1980 年代,《茶馆》访欧后,英若诚有篇《赴欧演出随想》的文章,谈及德国剧院的文学师制度:

　　　　德国的文学师的制度,这是他们话剧界特有的。他们的剧院除了院长、导演、总导演这些我们都有的以外,每个剧院有个文学组,其中有个总文学师。这个文学师职责很明确,从选择确定剧本到向演员讲解、介绍、分析剧本的时代背景,主题思想,文学价值,以及演出以后,跟观众联系,收集反映,宣传文章怎么写等,凡是文字工作,都由他负责。②

　　所谓文学师,或文学总监、文学顾问,就是如今很时髦的"戏剧构作"中戏构人的角色。这个文学总监的角色,是站在剧院的宏观角度上来掌控一个剧院的剧本文学走向,把握剧本的选择、创作走向,关系到一座剧院的艺术风格。文学总监的使

---

　　① 老舍:《自由与作家》,《人民中国》(英文)1957 年 1 月。转引自《老舍全集》(第 14 卷),2013 年,第 623 – 624 页。
　　② 英若诚;《赴欧演出随想》,转引自《〈茶馆〉舞台艺术》,2007 年版,第 270 页。

命，其实是对剧本的文学性、艺术性进行整体把握与诠释。这个工作是在导演舞台创作之前的。

英若诚接着说："（上述文学师制度）这点对我们很有启发。这我就想过，像北京人艺这个单位是有点得天独厚，院长曹禺是文学大师，原总导演焦菊隐，先后担任北京师范大学外国文学系主任、文学院院长，文学底子厚。我们恰好就碰上这两位大师，这就使得人艺对文学问题比较重视。"① 英若诚先生对北京人艺 1980 年代的艺术创作与艺术交流贡献良多。上述文字，显示了他对北京人艺文学资源与思想资源的重视与思考。《茶馆》一剧最终彰显出北京人艺文学资源与思想资源的"聚变力"。《茶馆》的文本与演出的生成过程，是老舍、焦菊隐、夏淳、曹禺、赵起扬，包括于是之、童超等人集体讨论与争鸣的结果。显示了文学与思想碰撞所产生的巨大能量，显示了百花时代艺术自由与争鸣所能赢得的最大弹性空间。从最初侧面赞颂新宪法的"主题先行"，到"自由老舍"的重新发现，再到舞台上中国作风、中国气象的精彩呈现，1956 年到 1958 年 3 月，从案头的《秦氏三兄弟》到场上的《茶馆》。这其中的改易过程是一次多方磋商、妥协、合力完成的一次"戏剧构作"的实验。

一、焦菊隐领衔的文学策划案

在这段时间，剧作家经历了从由衷赞颂、奉命赞颂到艺术良知再发现的过程。这个艺术创作良知短暂的回归，得益于北京人艺曹禺、焦菊隐等一众艺术家的启发。北京大学洪子诚教授在《中国当代文学史》中说："北京人艺一代卓越艺术家（导

---

① 英若诚；《赴欧演出随想》，转引自《〈茶馆〉舞台艺术》，2007年版，第 270 页。

演焦菊隐、夏淳,演员于是之、郑榕、黄宗洛、英若诚等),对
确立该剧在当代的"经典"地位,起到重要的作用。"① 洪教授
注意并肯定了舞台演出与戏剧文学之间的密切互动关系,尤其
是舞台艺术家对《茶馆》艺术空间的拓展。

前文中已有提及,《秦氏三兄弟》的创作,老舍采用史诗般
结构,通过秦伯仁、秦仲义、秦叔礼三兄弟历经戊戌政变、辛
亥革命、北伐、国共内战几个重要历史时期的际遇,展现三兄
弟不同的抱负、性格以及命运,侧面显示出立宪民主之不易。
《秦氏三兄弟》的创作动机,与《方珍珠》《龙须沟》并无二
致,是通过光明之新社会与黑暗之旧社会的对照,表达对民主
自由新政权的渴望。尽管只是从戊戌年写到 1948 年,没有正面
大肆颂扬新社会,但是对比结构与否定之否定的逻辑是明显的。
老舍创作《茶馆》时,也还是没有摆脱为新社会作证言的思维
逻辑,也还是否定之否定的路数。"新旧社会对比既是他结构作
品的方法,也是他的历史观。"②"《茶馆》的叙述动机来自于对
建立现代民族国家的强烈渴望,和对一个不公正社会的强烈憎
恨。"③ 只是在《茶馆》的文本不断修改的过程中,三幕戏里的
三个时代,每况愈下、渐次衰败、渐趋荒诞的氛围,使剧作逐
渐与时代共名,走向轮回往复的存在悲剧。评论界一直有未出
现的《茶馆》"第四幕"的争论。从某种意义上,我们的时代,
正是流动上演着《茶馆》第四幕。至于这第四幕的基调,是遵
循社会主义现实主义昂扬的光明的尾巴,还是更为沉郁悲凉的
荒诞世界,并未有定论。老舍《茶馆》文学本,焦菊隐、夏淳
的不同演出台本,以及林兆华演出本等,不同人对《茶馆》的

---

① 洪子诚:《中国当代文学史》,北京大学出版社 1999 年版,第 149 页。
② 同上。
③ 同上。

不同解读，呈现出不同的历史观，也就有着各自不同的"第四幕"。

1956 年 8 月，老舍将一部没定名的剧本，拿到北京人艺朗读，曹禺、焦菊隐、赵起扬等人认真听了以后，一致认为第一幕第二场在茶馆里的戏十分精彩，其他部分较弱。焦菊隐提出了一个十分大胆的意见。据在场者赵起扬后来回忆起焦菊隐：

> 他认为要改好这部戏，需要动大手术，也可能改好以后，已经变成另外一部戏了。他主张以第一幕第二场小茶馆的戏为主发展成一部多幕剧。茶馆这样的地方，是能反映整个社会变迁的。内容也可以是现在这部戏的内容，但要所有的事件都在茶馆里。①

曹禺、焦菊隐、赵起扬登门去跟老舍谈，没想到老舍爽快地同意了这个大修改的意见，并且很喜欢这个意见，答应三个月后交出剧本。而且他们还在老舍先生家喝酒对这个新思路进行了一番庆祝。"北京人艺为了改好那部未起名的话剧，想方设法地去寻找如何才能发挥老舍先生之所长，提出一个几乎重新写一个本子的方案也无所顾忌。"②

演员叶子后来回忆焦菊隐时说："焦菊隐不像个导演，他是水平最高的批评家、欣赏家，品味最高。"正是批评家、欣赏家焦菊隐的高品位对《茶馆》产生了重大影响。尽管他是导演，但是在抓剧本的环节，曹禺、焦菊隐两人对《茶馆》的关键性意见，其实是承担起了所谓文学师，"戏构人"——剧院剧目排

---

① 赵起扬：《老舍与〈茶馆〉》，《新文化史料》1994 年第 3 期，第 33 页。

② 同上。

演理念指导者的作用，相当于一座剧院的文学总舵手。尽管焦
菊隐是这个戏的导演，也是北京人艺的总导演，但是他在剧本
创作前期的作用是相当于文学顾问和文学统筹的。正如英若诚
所言："我们恰好就碰上这两位大师，这就使人艺对文学问题比
较重视。"① 如果没有曹禺的艺术直觉和肯定，没有焦菊隐的关
键性修改意见，没有赵起扬对剧目的认同和导演人选的坚定支
持，《茶馆》就不会出现了。老舍全集里将只有一部并不成熟的
《秦氏三兄弟》。

《秦氏三兄弟》的第一幕第二场，稍加增删，移植过来成为
了《茶馆》的第一幕。众多人物基本上是原班人马，只删去了
原作中的秦三爷，增加了唐铁嘴儿和康顺子。对话也几无修改，
稍微进行了延续和充实。马五爷从《秦氏三兄弟》中沙子龙
（《断魂枪》主角）式的传统文化守护者变成了信洋教吃洋饭的
洋奴。尽管细微之变，人物基调从慨叹而为讥讽。王掌柜戏份
儿大增成为贯穿主线的人物，性情进行了充分的丰富化、复杂
化处理。根据舒乙对老舍手稿的考察："这场茶馆的戏，字迹潦
草，快笔疾书，一气呵成。茶馆中的人物，他信笔写来，嬉笑
怒骂，皆成文章。"② 第一幕中洋溢着浓郁的旧都风情与文化气
息。第二幕和第三幕的创作，与第一幕细致的白描有些不同，
作家否定意识明显，对人物的处理也渐趋漫画与讽刺，艺术性
不如第一幕。

---

① 英若诚：《赴欧演出随想》，《〈茶馆〉的舞台艺术》，文化艺术出
版社 2007 年版，第 270 页。

② 舒乙：《由手稿看〈茶馆〉剧本的创作》，《十月》1986 年第 6
期，第 137 页。

二、排演者对文学性的挖掘与阐释

焦菊隐排演《茶馆》的时候，要求每一位参与者都要写创作日记，无论演员还是舞美设计。北京人艺排戏，参演者观察生活、体验生活，为人物写小传和相互 "说戏" 的传统保留至今，每个演职人员都从自己的角色出发，对剧本进行校正、丰富与完善。关于《茶馆》第三幕，演员于是之提出了至关重要的一个建议："三个老头儿话沧桑"。据于是之回忆：

> 老舍先生的稿子几次读给我们听，现在我只记得有一稿最后落在茶馆说书上。说书人是革命者，以说书的面目宣传革命，不幸暴露，王掌柜掩护革命，救了说书人和听书人，自己饮弹牺牲。老舍先生问我对剧本还有什么意见。我那时只有一点：我希望戏的最后有一小段几个老头话沧桑的戏，然后王利发就拿着一个他常用的道具进屋上吊去了。我说的不大气足，老舍先生'嗯嗯'两声就没别的了。①

但一周后，老舍的剧本按照于是之的意见改了，而且不是一小段，"而是王利发、秦二爷、常四爷三位老人一生掏心窝子的话，是他们最后的倾诉，又说出了他们迟到的顿悟"②。现在这一段已成为《茶馆》里悲凉氛围的高峰，成为最精彩传神的一场戏。这个修改，至关重要的是，改变了全剧的文脉和气脉，

---

① 王宏涛，杨景辉：《演员于是之》，北京十月文艺出版社 1997 年版，第 150 页。

② 同上。

从潜在的昂扬变为隐隐地低回，将宣传讴歌新时代的笔锋转为
了黯淡沉郁的生命悲剧。焦菊隐和于是之的两个关键性建议，
唤回了30、40年代创作《骆驼祥子》时的那个老舍以及他的艺
术良知、审美自觉。

在具体排演过程中，焦菊隐导演又提出一个重要建议，建
议老舍先生增添大傻杨一角来说"数来宝"。如今的《茶馆》文
学本，结尾均附录大傻杨这三段"数来宝"。大傻杨一角的增
添，推动着《茶馆》向更为现代的方向前进。点题、间离、隐
喻、象征，全有了。又如在第一幕结尾"将！你完了"，这句演
员排练时碰撞出来的"闲笔"，焦菊隐导演采纳了演员的创意，
老舍也虚心地接受了，并将这句创造性的"闲话"加入了文学
本中，使得剧作象征的气氛浓郁。

就文学含量和艺术完整性而言，《茶馆》剧作与世界一流剧
作还是有一些距离的。就对人生经验的传示，对人物命运的处
理、思想资源的挖掘等方面，《茶馆》并未超越过老舍的小说
《断魂枪》和《骆驼祥子》。但是，话剧是演出来的，并不仅仅
依靠文字。话剧最可爱的地方也在这里，文学剧本只是话剧的
"上半场"，"下半场"还拥有多种"修补""更新""转译"的
无限可能。焦菊隐和北京人艺的艺术家们，对老舍剧本进行了
创造性发现与挖掘，推动《茶馆》迈向世界一流话剧之列。曹
禺曾说："舞台上的《茶馆》焕发了剧本的全部光彩"①，"《茶
馆》的生命，依附在它的环境上，而环境的真实生动的再现，
体现了舞台美术设计、美工、灯光、效果的惊人成就"②。焦菊
隐对《茶馆》的导演阐释与处理，于是之、蓝天野、郑榕、英

---

① 曹禺：《曹禺谈〈茶馆〉》，《〈茶馆〉的舞台艺术》，中国戏剧出
版社2007年版，第188页。

② 同上。

若诚、童超等艺术家的表演,效果设计师冯钦的音响创造,是世界一流水平的。甚至可以说,他们导演水平和表演水平是超过了剧作水平的。如果没有北京人艺卓越的艺术家们,就没有一流的剧作家老舍。诚如英若诚所说:"《茶馆》不容易演,只有几个名演员不行,这里需要一个真正的剧团。"这句话里就隐含着老舍与北京人艺这个真正的剧院的密切互动。

当然,这样的论述并无损于老舍的艺术功勋。不是谁都能顺手拈来三大段朗朗上口的"数来宝",不是谁都能写下三个老头儿无限苍凉的"掏心窝的话",也不是谁的"兜里有大把现成的人物"和"一条胡同的全部人马"①。没有老舍深厚的文学功力和独特的文学发现力、创造力,就不会有《茶馆》,就不会有今天北京人艺的京味儿现实主义传统。老舍赋予了《茶馆》恒久的文学价值和文化魅力。老舍所赋予《茶馆》的文学气质及其规定性,对北京人艺的导表演艺术和剧院风格产生着决定性影响。苏珊·朗格在《情感与形式》中说:"剧本具有首要作用,它提供了指令形式。"②焦菊隐在《关于讨论"演员的矛盾"的报告》一文中说"一个剧院的风格不是凭空而来,它是长期形成的。首先是选择剧目③,"剧院风格的基础是剧目,是剧作家的风格。它不是主观规定的,而是自然形成的"④。偶然也罢,巧合也罢,《茶馆》和老舍最好的作品的关键词,正好对应上了"北京人民艺术剧院"名字中的三个限定词。老舍作品最大的艺术特点是地域风土人情——"京味儿",对应上"北

---

① 王朔:《我看老舍》,《无知者无畏》,春风文艺出版社 2000 年版。

② [美]苏珊·朗格:《情感与形式》,刘大基译,中国社会科学出版社 1986 年版,第 373 页。

③ 焦菊隐:《焦菊隐文集》(第 4 卷),文化艺术出版社 2005 年版,第 119 页。

④ 同上。

京"二字；善写底层市井百姓，对应上"人民"；老舍作品蕴含的文学价值和艺术高度，对应上了"艺术"二字。这既是巧合，也是必然。

再把目光放在更广阔的历史文化背景中，从 1956 年《秦氏三兄弟》起笔到 1958 年《茶馆》首演，60 年代诚惶诚恐的"加红线"与停演，文革期间被批判为"毒草"，1980 年在西欧巡演被媒体奉为"奇迹"与"典范"，新世纪以来，《茶馆》依旧成为中国话剧的金字招牌。从异类到经典，《茶馆》成为十七年文学史上作家艺术良知与独立意识一息尚存的宝贵物证。一部经典文本在不同时期的不同面貌，成为时代空气的绝佳脚注。从这一点来看，《茶馆》的每一次修改，每一场演出，都意义重大。《茶馆》已经成为当代戏剧史上的"活化石"。

第二章 《茶馆》审美机制考察

第一节 "人的文学"与"人民文学"之间
——《茶馆》的叙事主题考察

美国学者蒲迪安说，叙事就是作者通过讲故事的方式把人生经验的本质和意义传示给他人①。《茶馆》作为叙事的艺术，究竟传达什么样的人生经验和本质呢？1958 年 4 月，老舍先生在《茶馆》演出前后，有两句谈及《茶馆》主旨的话：一是"用这些小人物怎么活着和怎么死的，来说明那些年代的啼笑皆非与形形色色"②，二是五十年来社会大变动是"通过一个茶馆和下茶馆的小人物来反映，并没正面详述那些大事"③。1958 年 5 月，老舍在《答复有关〈茶馆〉的几个问题》里说："一个大茶馆就是一个小社会"④，"用他们生活上的变迁反映社会的变

---

① ［美］蒲迪安：《中国叙事学》，北京大学出版社 1996 年版，第 5 页。

② 老舍：谈《茶馆》，《中国青年报》1958 年 4 月 4 日。

③ 同上。

④ 老舍：《答复有关〈茶馆〉的几个问题》，《〈茶馆〉的舞台艺术》，中国戏剧出版社 2007 年版，第 3 页。

迁，不就侧面地透露出一些政治信息么"①。从笔者搜集的史料看，老舍先生谈《茶馆》的创作，多是在讲"变迁"，并未讲"埋葬三个旧时代"这样的话，这一点可以通过查阅《老舍全集》来印证。但是在1958年，政治日益左倾，"大跃进"方兴未艾，"政治信息"已经不是编剧所说的"侧面暗示"就可以的，而是焦菊隐、夏淳导演工作必须正面迎上的时代要务。

1958年《茶馆》排练时，焦菊隐导演对剧本的阐释与解读，北京人艺博物馆保存并整理出来了。焦菊隐在分析文本时说，这个戏主要是揭露旧时代，《茶馆》是"一曲旧时代的葬歌"，"老舍先生带着对新社会的欢欣与热情，以冷嘲热讽的态度，揭露了三个已经过去了的旧时代"②。在当时的政治气氛下，焦菊隐个人也刚刚经历过政治运动的历练，就在《茶馆》排演四天之前，他还在北京人艺的同事面前，做了痛彻心扉甚至痛哭流涕的自我检讨。如非赵起扬同志的果敢与信任，焦菊隐几乎是不大有机会参与到《茶馆》导演工作的。焦菊隐的《茶馆》导演工作，可以说，是在用艺术能量与导演本领来向众人证明自己的存在价值，排遣掉他人对自己在政治上的疑虑。所以在文本解读上，正面迎上时代政治最强音是他的唯一选择。毋庸讳言"加红线"和政治正确一直没有离开焦菊隐的思维视野，否则《茶馆》会更加深刻。即便加红线，依然无损《茶馆》的舞台魅力。《茶馆》的文学价值与舞台艺术价值远远超过了政治与时代。

---

① 刘章春主编：《〈茶馆〉的舞台艺术》，中国戏剧出版社2007年版，第3页。

② 同上，第11页。

一、《茶馆》 主题诠释考察

在《茶馆》首演之后，张庚在《人民日报》发表文章认为：
《茶馆》作者的情绪是埋葬过去那些可诅咒的时代，又是在写一
首旧时代的挽歌，"作者悼念的心情太重。他对旧时代是痛恨
的，但对旧时代里的某些旧人却有过多的低徊凭吊之情"①。现
在看来，这个解读比较客观，《茶馆》尤其是第一幕的确存有强
烈的挽歌情怀，但是在当时，"挽歌"与"凭悼"之评语，让
《茶馆》与焦菊隐、夏淳承受了不小的压力。比张庚更加激进的
看法是《茶馆》这部"作品没有真实地全面地揭露出各个历史
时代的本质，作者没有把反动派必然灭亡，人民革命必然胜利
的前途贯穿在整个剧本中，剧中出现的人物，其阶级性格是极
模糊的。正由于这个剧在思想内容上存在着严重缺陷。因而，
在客观效果上必然产生消极的影响……在剧中也出现了不少迎
合小市民阶级的庸俗趣味"②。这个论断代表了当时"左"的一
部分人的意见，基本上是从阶级斗争为纲的意识出发，而不是
艺术本身来评价《茶馆》，令《茶馆》蒙受了不白之冤。不过，
这并不是全部。在 1963 年"加红线"之后，《茶馆》再次上演，
在媒体上也有中肯的声音："我听到个别的观众说，后面太低沉
了，应该把抗日战争后革命人民的正面的东西多表现一些，来
镇住那个低沉的调子才可以振奋人心。但是我必须说，这是完
全不必要的。因为剧作者在《茶馆》中，除了把这一面反映旧
时代的镜子，完美地创造出来之外，并且用新时代的眼光，指

① 张庚：《〈茶馆〉漫谈》，《人民日报》1958 年 5 月 28 日。
② 署名"刘芳泉、徐关禄、刘锡庆等集体写作"：《评老舍的〈茶
馆〉》，1959 年《读书》第 2 期，第 6 页。

出了大力的道路，让人仍可以从那个黑暗的年代，看到黎明的曙光。"① 可见，在那个年代，对《茶馆》的评价，并不是全然的否定，《茶馆》的舞台光彩是无法遮蔽的事实，《茶馆》在观众中的反响与口碑都是不错的。这些不同看法，只能一起证明：无论赞许者、反对者，都注意到了《茶馆》深沉的时代内涵。

改革开放，极左思潮得以纠正，1979 年《茶馆》复排，学界开始挣脱出从阶级立场对文艺作品进行"左"/"右""黑"/"红"的简单划分，开始摆脱"题材决定论""进化论"等固有思维模式。在戏剧舞台和理论研究领域，启蒙精神重现，失落已久的"五四"精神开始回归。人们再一次迈进重新发现"人"、发现"生活"的艺术旅程。1979 年的《文艺研究》刊登郭汉城的文章《〈茶馆〉的时代与人物》，他说《茶馆》中"一股巨大的生活激流的力量，紧紧地吸引住我"②，并且得出结论，认为《茶馆》是一部无产阶级的深刻的革命现实主义的作品，不是资产阶级批判现实主义的作品。1983 年，吴伯威发表文章认为，以往的评论只说《茶馆》埋葬了三个旧时代并不全面，"埋葬旧时代，呼唤新中国"才应该是《茶馆》主题的明确表述③。时代和社会环境变化了，相应地，对《茶馆》的诠释也在时空的主调之下，不断地重新修订。此外，1980 年《茶馆》访欧、1983 年访日收获的评价尤其是学术性的评述，也对国内学界对《茶馆》的认知，产生了重大影响。如彼得·布鲁克对北京人艺现实主义表演方法和民族形式的充分认同与肯定，法

① 司徒慧敏：《旧时代的镜子，新时代的眼光》，《戏剧报》1963 年第 9 期，第 43 页。

② 郭汉城：《〈茶馆〉的时代与人物》，《文艺研究》1979 年第 2 期，第 36 页。

③ 吴伯威：《论〈茶馆〉的思想与艺术》，《东北师大学报》1983 年第 5 期，第 2 页。

国《费加罗报》刊登皮埃尔·马卡布鲁的文章认为和契诃夫一样，老舍描写的是过渡，是变化，是决裂①。这些从西方戏剧传统、从戏剧艺术本体出发的评价中肯、客观，令当时的《茶馆》剧组和北京人艺，乃至中国话剧界备受鼓舞，激发了《茶馆》艺术家们强烈的艺术自信与自豪感，也对学术界理论界产生了不小的影响。老舍夫人胡絜青女士就曾著文《〈茶馆〉载誉归来后给我们提出的问题》："《茶馆》的历史不长，却经历了几度波折，从一诞生就成为文艺批评讨论的对象。今天，当《茶馆》在中外文艺园地中不可否认占有一定位置之后，从文艺理论和文艺批评上怎么评价这部作品的任务并没有完成。例如，《茶馆》算现代剧还是历史剧？怎样认识它的现实主义意义，是社会主义现实主义还是批判现实主义？它对体现'百花齐放'的方针有没有值得深思的地方。"② 又如刘厚生有一篇十分重要的文章《〈茶馆〉——艺术完整性的高峰》，认为《茶馆》毫无疑义地是半个世纪以来中国话剧舞台上出现的第一流作品中最前列的几个之一。《茶馆》是现实主义的巨大胜利，是话剧民族性的巨大胜利，是演出艺术完整性的高峰③。

　　1990 年代后，关于《茶馆》主题的阐释，不仅关注剧作思想与意义，而且开始积极关注审美价值。1991 年，研究者洪忠煌著文认为茶馆的主旨是"揭示从清王朝至蒋政权的专制政体高压下的国民性"④。2013 年，他再次著文认为《茶馆》"并非

　　① ［法］皮埃尔·马卡布鲁，《富有戏剧性，更富有社会性》，转引自《东方舞台上的奇迹》，文化艺术出版社 1983 年版。

　　② 胡絜青：《〈茶馆〉载誉归来后给我们提出的问题》，《文艺研究》1981 年第 1 期，第 41 页。

　　③ 刘厚生：《〈茶馆〉——艺术完整性的高峰》，《人民戏剧》1980 年第 9 期，转引自《〈茶馆〉的舞台艺术》，2007 年，第 258～263 页。

　　④ 洪忠煌：《〈茶馆〉主题新释》，《烟台大学学报》1991 年第 2 期。

忆苦思甜式的表现歌颂性主题的宣传剧，而应当被看作批判性的史诗剧。此剧主题是对国民性的揭示批判。这使《茶馆》在话剧舞台上堪与鲁迅小说《阿Q正传》相媲美"①。北大研究者周光凡认为《茶馆》"以传统文化令人怀念的一个象征物——作为公共空间的茶馆——为凭吊对象，为老北京甚或人世间那些被时代风暴不分青红皂白地加以淘汰的美好生活方式唱一曲挽歌"②。曾令存对《茶馆》文本深层结构进行了再解读，认为《茶馆》是一部充满矛盾与裂缝的作品，借这些"小人物"的哀乐与命运，演绎了一个巨大的历史主题和一种已逝去的文化。"《茶馆》文本隐含的双线结构：埋葬三个时代（显在）与对一种逝去的文化的挽悼（潜在）。"③

进入新世纪以来，不少学者借助西方社会学、文化学、历史学等理论研究成果在多学科背景下，对《茶馆》中的公共空间、《茶馆》与市民社会的关系等进行社会学考察。如李相银、陈树萍的《市民社会的重新发现——〈茶馆〉新论》一文认为，《茶馆》"不仅要为旧时代唱一曲挽歌，还意在呈现旧时代的'市民公共空间'。当老舍试图'叙述三个时代的茶馆生活'时，茶馆便被赋予了'市民公共空间'的气质。茶馆的没落既是旧派市民逐渐离开公共空间的过程，又是现代与传统对垒的过程"④。凤媛的《"茶馆"重塑与老舍1949年后的创作》一文认

---

① 洪忠煌：《〈茶馆〉——批判性的史诗剧》，《浙江艺术职业学院学报》2013年第11卷第4期，第20页。

② 周光凡：《〈茶馆〉的主题真的是"葬送三个时代"吗?》，《上海戏剧学院学报》2005年第3期，第38页。

③ 曾令存：《〈茶馆〉文本深层结构的再解读》，《中国现代文学研究丛刊》2009年第5期，第90页。

④ 李相银、陈树萍：《市民社会的重新发现——〈茶馆〉新论》，《戏剧艺术》2007年第11期。

为:《茶馆》折射出国家权威对民间社会日常生活的侵占和挤压，茶馆作为一种城市日常空间的功能被一再压缩和简化，这彰显了老舍努力成为"社会主义新人"的政治焦虑和"老北京人"的人格底色的复杂纠结①。这些论文，都有着更广阔的理论背景和更为宽泛的学术视野，跳脱出了陈旧的边框，对《茶馆》的多元价值进行了全新的诠释与开掘。无论是文学界还是戏剧界对《茶馆》的诠释都还在进行着。老舍曾说;"争鸣的目标是发现真理。"经典作品的价值，只存在于不断地诠释与阅读之中。

安徽学者方维保认为茶馆是一则民族语言，《茶馆》所展示的风雨飘摇、危机四伏的社会，不仅是老中国的末日图景，作为一个民族寓言，它也昭示了中华民族在通往现代社会过程中，所承受的坎坷而痛苦的命运②。的确，《茶馆》描绘出了老大帝国的末世场景，全剧弥漫着苍凉的末世气氛。三幕戏的气氛与基调由最喧闹热烈而渐趋寥落，第一幕出现的所有人物的际遇都是不幸的，运势是衰退的。裕泰茶馆的经营空间不断收缩，王利发的改良是"越改越凉"，最后家里的孩子连口"热汤面"都吃不上。意气风发的秦二爷的实业救国梦碎彻底认输，铮铮铁骨的好汉子常四爷只能卖个花生仁儿糊口，松二爷饿死了，庞太监也是饿死的，刘麻子是枉死的……所有人物饱尝辛酸，除了特务爪牙"二灰"。三幕下来，人物的心气儿都消散了，日子节节败退，悲剧氛围是轮回往复的。精明、勤勉、圆滑小市民如王利发者也只能于悲愤中发出生命中最后的一声呼喊"我可没做过缺德的事，伤天害理的事，为什么就不叫我活着呢"③。

———————————

① 凤媛：《"茶馆"重塑与老舍1949年后的创作》，《中国现代文学研究丛刊》2012年第9期，第135页。

② 方维保：《〈茶馆〉："世变"、"民生"与民族寓言》，《文学评论》2012年第3期，第189页。

③ 老舍：《茶馆》（第三幕），人民文学出版社1994年版。

尽管微不足道，这是庶民的呼告，是弱者的反抗，微弱地抵抗命运，微弱地抵抗时代。三个老头自祭自奠的哀鸣之后，平静地行礼再见，有着"白茫茫一片大地真干净"的萧索安然。

二、《茶馆》主题的矛盾性和永恒性

《茶馆》既是对近半个世纪旧中国强烈的社会批判和文化批判，又是对乡土社会、市民社会中礼俗文明和传统文化的眷恋与哀挽。一方面，老舍对外洋入侵、国家衰败、民族灾难等世间乱象相当敏感，通过茶馆里充满荒诞色彩的日常细节叙事，对所处时代进行了冷峻的审视与思考。如老太监买媳妇，破产农民卖儿女，巡警特务肆意敲诈勒索，"大令"滥杀无辜，"邪年头儿"里民不聊生，坏人们如鱼得水等等。作者借正直刚强的常四爷这个最接近老舍理想人格的旗人传达对时代的忧虑："咱们一个人身上有多少洋玩意儿啊"，"乡下是怎么了？会弄得这么卖儿卖女的"，"我看大清国要完"。第二幕是更加的无奈，李三儿不无嘲讽地说出时代真相："改良，改良，越改越凉。冰凉！"从军阀时代到了国民党时代，未见好转愈发地悲凉，鼓书艺人都无以为业："这年头就是邪年头，正经玩意儿全得连根烂！"又如老舍笔下追寻立宪民主的两位人物《秦氏三兄弟》里的秦伯仁和《茶馆》里的崔久峰，对于国家与革命的抱负相似，两人的履历表近似，但对时代、对未来所持的看法已经截然不同。在《秦氏三兄弟》中秦伯仁是期盼革命洗礼的："五十年革命的教训，教我看明白：不死人，中国没法变好！不拼命，革命没法成功！"在《茶馆》里，前国会议员崔久峰心灰意冷说出："死马当活马治？那是妄想！死马不能再活，活马早晚得死！"

另一方面，《茶馆》中尤其是第一幕，老舍为中国舞台创造了"乡土北京""文化北京"和"艺术北京"，第一次将特征鲜明的"京味儿"风格带入话剧史。《茶馆》呈现了晚清以来中国现代化进程中狂飙突进的现代性与以老派北京市民阶层为代表的散淡裕如的传统精神世界之间的紧张与对抗。在现代进程、殖民文化双重冲击与挤压下的乡土中国，国家秩序、文化秩序不断崩坏，老舍在描述这种崩坏的笔触中脱不开他自己与北京文化血脉相通的情感联系。老舍在严峻的批判意识中，也附带有对北京文化、老派北京人独有的风流态度的诗意想象，对行将消失的礼俗文明是满心的留恋。松二爷那样的旗人，艺术化的闲适生活，裕如自在的状态，乡土文明沉积下来的礼尚往来、人情世故。字正腔圆的北京语音语调，怡情养性的花鸟鱼虫，不厌其精的珍玩珠宝……零零碎碎的积攒起来的北京风土与人情。赵园说老舍写乡土北京，既不是风俗志，也不是文化博物展览，是一个"中国现代知识分子以其心理的全部丰富性对北京文化的理解、认识、感受与传达"①。

再者，《茶馆》里有着潜在的革命力量，如富国裕民的主张、学生运动的兴起、西山革命者的存在等等。《茶馆》隐含着对现代、文明的美丽新世界的向往，但是这种向往是含蓄的、潜在的，不明确的，并未超出一个自由主义作家乌托邦想象，所以在一个自由作家的社会理想驱动下的艺术创作并不总是与执政党的政治纲领与所倡导的社会主义现实主义方法相吻合，这也是《茶馆》1958 年、1963 年两度停演，文革中遭受厄运的根本原因。这种不吻合也造成《茶馆》第一幕与第二、三幕之间的不统一和不协调。《茶馆》第一幕与第二、三幕之间区隔明显：第一幕着力营造了浓郁的乡情世故和文化氛围。第二幕、第三幕是外来文明粗暴入侵下的"礼崩乐坏"，美与丑、善与恶、正与邪二元对立的叙事特征明显。《茶馆》矛盾地游移在文

---

① 赵园：《北京：城与人》，上海人民出版社 1991 年版，第 25～26 页。

学与政治、批判与眷恋、"人的文学"与"人民文学"、自由意志与体制管控的对峙与矛盾中。

在谈论了《茶馆》的矛盾性之余，我们要回答一个问题。《茶馆》何以不朽？或者说《茶馆》主题的永恒性，究竟是什么？在北京人艺的舞台上历经六十年而常演常新，除了于是之们精绝伟大的表演艺术，焦菊隐深刻入微的导演艺术，更为重要的是《茶馆》的主题的深刻性和永恒性。而这个深刻性与永恒性，既不是所谓的埋葬三个王朝，旧时代的必然消亡，也不是因为所谓的京味儿文化和帝都生活掠影等等，这些因素，并非不存在，自然可以有这样方向性的多元解读。不过这些元素，都是《茶馆》这座中国话剧地标建筑的"外立面"和"软装潢"，而不是《茶馆》剧作和演出艺术价值的"承重结构"。

这个"承重结构"，在今天看来，更多的是人与环境的永恒矛盾，人在飘摇或动荡或安稳的庞大而坚硬的社会结构中的尴尬处境。抛却所有文学史、社会主流意识形态既定灌输给公众的主题诠释，拉开更长一段时间距离，我们以极其个人的眼光考察王利发"惨淡而执着"的个人生活，松二爷的被"时代大手"打翻在地的个人悲伤故事，刘麻子的"一个人的荒诞生活"，甚至是"二灰""逃兵"的人生……你可能会发现，《茶馆》之所以会永恒，是因为我们今天的日常生活中，"王利发"还在，"松二爷"还在，唐铁嘴和小唐铁嘴还在，刘麻子和小刘麻子还在，"二灰"还在，甚至"大令"也还在。

不过这些"小人物"换了名字，换了装束，换成了不同的方言……譬如王利发他可能改名叫涂自强，刘麻子他可能叫聂树斌，也可能叫呼格吉勒图，而唐铁嘴可能叫"大师王林"，仁波切……

《茶馆》的永恒性和深刻性，不在于这部巨作葬送了什么，埋葬了什么，眷恋了什么，怀念了什么，而恰恰是送不走的，藏不了的,代代承袭下来的,人所无可逃离的磨难,人在任何社会和时代中都不得不承担、不想要承重的负重。人,都在各自的时代图谱上艰难前行,或者画一个歪歪扭扭的 Q,这样的人字符号,或者留下一句"生命快要结束了,可我好像还没有生活过"……更或者,什么都没有,了无痕迹。

第二节 中国传统美学的延伸
——《茶馆》的叙事艺术考察

我们在考察《茶馆》叙事美学时,经常从西方戏剧本体演进论来窥看《茶馆》,谈戏剧观念与戏剧形态、戏剧构成要素(冲突、悬念、场面等),谈《茶馆》与布莱希特史诗剧的联系,谈《茶馆》与契诃夫剧作、高尔基剧作的联系,谈曹禺剧作与老舍剧作的比较研究……但是很少从中国古典文学和中国传统文化角度来看《茶馆》里的审美结构和文化形态。

中国明清古典小说及民间曲艺对老舍先生创作的影响十分深远,远超过西方戏剧形态对其影响。老舍小说继承中国传统文化美学思想,当然也吸收了西方叙事文学的丰沛滋养,抗战期间的话剧创作也经历了西方戏剧技巧的多番锤炼,所以在《茶馆》创作中,东方审美和西方技艺两者有机地结合起来了。

从戏剧史上看,《茶馆》的剧作结构与曹禺的《北京人》、夏衍的《同一屋檐下》的结构方式有沟通,与契诃夫《海鸥》《万尼亚舅舅》《樱桃园》、高尔基的《在底层》的剧作结构方式有相似处。劳逊曾在《戏剧与电影的剧作理论与技巧》中将这种戏剧结构称之为"人像展览式",是在锁闭式结构和开放式结构之外的第三种。这个结构方式不以冲突与情节见长,而意在描绘形形色色的人物形象和精神面孔。张兰阁在《戏剧范型——20世纪戏剧诗学》中,将这类"人像展览式"戏剧命名

为散文体戏剧①，也有学者称之为"无动作的情调剧""史诗式
戏剧"，李健吾所言"图卷戏"也是这个意思。散文体戏剧，强
调对日常生活的摹仿，打破了亚里士多德《诗学》定义戏剧
"对一定长度的事件的摹仿"的思维局限。在艺术观念上，《茶
馆》追求日常生活的审美化，其审美机制是营造氛围和情调，
叙事策略是"塑造人物"，结构上不再追求戏剧冲突与悬念，策
略上也超越了卡塔西斯作用。《茶馆》是散文体戏剧的中国典
范，其审美制高点正是浓郁的旧都文化氛围和老派情调。

张兰阁认为散文体戏剧的出现，是文学对戏剧产生了积极
影响的结果。托尔斯泰、巴尔扎克对风俗场景的细腻描绘，莱
蒙托夫、屠格涅夫对日常生活和内心感觉的描写，带来了全新
的审美趣味，投射在戏剧中，催生了新的戏剧美学渴望。车尔
尼雪夫斯基"美是生活"的美学观的浸淫影响，包括导演艺术、
舞台美术的日趋成熟，使人看到了舞台上日常生活式戏剧的可
能性。张兰阁还认为俄罗斯两位艺术巨匠丹钦科与斯坦尼斯拉
夫斯基历史性地相遇，是散文体戏剧产生的重要契机，《海鸥》
第一次在戏剧舞台上呈现了"不像戏"的日常生活戏剧的盎然
诗意②。这是将《海鸥》作为散文体戏剧的肇始者，围绕契诃
夫剧作的精神脉络和文化谱系来展开的论述。契诃夫与丹钦科、
斯坦尼斯拉夫斯基的故事的中国化版本便是老舍与焦菊隐。

一、重"人"重"言"的叙事策略·连缀式叙事结构

《茶馆》在叙事方法上，以人物为中心，以人物带故事，重

①　张兰阁：《戏剧范型——20世纪戏剧诗学》，北京大学出版社2009
年版。
②　张兰阁：《戏剧范型——20世纪戏剧诗学》，北京大学出版社2009
年版，第101页。

"人"而轻"事"。老舍自己的话是:"以小说的方法去述说。"
按戏剧话语形态来说,就是非戏剧性的散文化的戏剧范型。这
种叙事方法暗合并接续了中国古典小说的叙事传统。《茶馆》选
择裕泰茶馆作为人物活动的固定场所,三幕戏截取不同历史时
期的剖面,每一幕中有若干个相对独立的叙事单元,连缀成篇,
谋篇成局,牵扯出五六十个人物,营造出浓郁的生活场景。

从中国文学叙事传统来看,《茶馆》的叙事结构与《水浒》
《西游》《红楼梦》《儒林外史》等明清小说的结构范式上有颇
多沟通,尤其是思维方式与精神脉络。《茶馆》的叙事方法与老
舍小说创作以及中国明清小说叙事有着剪不断的血脉联系。老
舍在自己的文论《事实的运用》一文中提出了"人与事相互为
用"的叙事诗学主张。尽管是谈小说,但是关于人物与事实的
理解和相互关系,完全适用于《茶馆》的叙事策略。在《茶馆》
中老舍充分发挥了小说创作的优势,充分发挥了其捏弄人物形
象、勾勒一众人马的超强本领。老舍说:"小说中的人与事是相
互为用的。人物领导着事实前进是偏重人格心理的描写,事实
操纵着人物是注重故事的惊奇与趣味。"①

> 重人或重事,必先决定。中心既定,若以人物为
> 主,须知人物之所思所作均由个人身世而决定;反之,
> 以事实为主,须注意人心在事实下如何反映。前者使
> 事实由人心辐射出,后者使事实压迫着个人。若是,
> 故事才会是心灵与事实的循环运动。事实是死的,没
> 有人在里面不会有生气。最怕事实层出不穷,而全无

---

① 老舍:《事实的运用》,《老舍全集》(第16卷),人民文学出版社
2013年版,第222页。

联络，没有中心。一些零乱的事实不能成为说。①

老舍先生又说："小说，我们要记住了，是感情的纪录，不是事实的重述。"《茶馆》的叙事妙法，尽在"重人"和"感情的记录"这几字之上。情感的记录，写下心灵的变迁，就是时代的轨迹。王利发、松二爷稀松平淡的生活中的只言片语，喧闹茶馆中零零碎碎的人生片段都是永恒的，艰难时世，插科打诨中字字藏真理，句句珠玑连缀成鲜活形象，鲜活生活场景，晕染成浓郁的旧中国的日常气氛。像《骆驼祥子》里的祥子、《断魂枪》里的沙子龙，老舍重在写他们的心迹，而不是故事的惊奇。老舍认为故事的惊奇是一种炫弄，使人专注于故事的刺激性而忽略了与人生的关系。刺激性过后，便是索然无味了。以祥子为例，祥子虽经历了三次买车又三次卖车的往复循环的"希望—失望"的文学事实，但是老舍的叙事，重在人物心灵轨迹的铺陈，情感世界和精神世界的幻灭，而不是此间过程的刺激性效果。《茶馆》里的王利发和祥子的心灵有着天然的沟通，无论洋车夫还是小老板，他们的身上缠绕着零碎纷扰的种种大大小小的生活事件、生活"事故"。祥子无故被抓差被抢钱之事为"表"，"里"是意志的消磨和生命的沉沦，王利发茶馆买卖经常被无故勒索直到被无理强占，这依旧是为"表"，"里"是一干人等生活的旧商业、旧文明、旧礼制、旧时代的消亡。在这个意义上，茶馆完全是旧北京城的指代，是个文化符号。

西方文学传统善于讲故事，重过程，重具体细节。中国传统叙事文学从古代神话开始，就重在论述人物状态与人物关系。老舍小说与戏剧里这种偏重人物状态的描画超过对事实描绘的

① 老舍：《事实的运用》，《老舍全集》（第16卷），人民文学出版社2013年版，第222页。

叙事策略，源自于中国传统文学的美学思想。"与西方文学理论
习惯把事作为实体的时间化设计不同，中国的叙事传统把重点
放在事与事的交叠处之上，或者放在事隙之上，或者放在无事
之事上。"① 中国文学的主流中，重言，多于重"事"。《茶馆》
在叙事策略上，是"言"的戏剧，是以"情感的记录"为重的
戏。曹禺的名剧《雷雨》，则是重"事"的戏剧，重在讲述悲剧
过程，是典型的西方悲剧结构。严格遵照亚里士多德对悲剧的
定义——对一个严肃、完整，有一定长度的行动的模仿，严谨
的三一律，精巧锁闭式结构，强烈的戏剧冲突、诉诸同情与恐
惧的卡塔西斯作用，通过情欲的宣泄净化观众的心灵并陶冶情
操。《茶馆》是散文化的，长于人情世故和风情画卷的描画，重
在市民社会礼俗文化氛围的渲染，是世态图卷式的散文体戏剧。
情调与氛围就是其叙事美学的制高点。《西游记》《水浒传》
《红楼梦》《儒林外史》等中国明清小说深深影响了老舍的小说
与戏剧叙事风格与审美习惯，传统文学滋养润泽了《茶馆》，也
是《茶馆》导演美学追求的源头。

　　在《茶馆》中每一幕，每一个人生经验的叙事单元，都相
当于章回体小说的"回"，每一个人物的出场独立成句，句有句
法，句句不同，章有章法，章章相连，相连成篇，谋篇成局。
例如在《茶馆》第一幕中共有十个叙事单元。李健吾在谈茶馆
时认为《茶馆》三组风俗画，每幕每场是珍珠，不是波浪。"本
身精致，像一串珠子，然而一颗又一颗，少不了单粒的感觉。"②
暗指《茶馆》的结构不是有机整体的，这是以惯常的如《雷雨》
这样的戏剧性戏剧的思维来窥看《茶馆》的叙事结构了，中国

---

　　① ［美］蒲迪安：《中国叙事学》，北京大学出版社 1996 年版，第 46 页。
　　② 李健吾：《读〈茶馆〉》，《老舍的话剧世界》，文化艺术出版社
1982 年版，第 385 页。

传统文学美学是空间化的思维方式。大家经常提及张择端的名画《清明上河图》的结构技法来谈中国传统美学。中国古代诗文书画审美机制是相通的,《清明上河图》的人物布局,也是貌似随意连缀拼接在一起,实则有机而具整体性,形散而神不散。《茶馆》的叙事结构,每一个最小的会话单元、叙事单元相对独立而完整,但是循着整体的剧作主旨和审美的大逻辑有机连缀在一起,就是说剧作的灵魂——"意""意象"和整体"气氛"在统领着松散连缀在一起的各个叙事单元。

二、散点透视法·循环往复的时间修辞术

《茶馆》的叙事视角是中国传统文化惯有之法则——散点透视法。散点透视是中国古代艺术审美的主要视角,在中国诗文、山水画、园林、戏曲等传统艺术的美学表现中均有迹可循。这一方法也是中国明清古典小说结构叙事的重要类型之一,是中国传统文学艺术审美民族化的重要表现。从具有民族化特征的散点透视角度来观照《茶馆》的叙事,就会发现《茶馆》叙事结构是血脉贯通、浑然一体的。

以西方现实主义油画为例,如《蒙娜丽莎》这样的画作,绘画者的观察视角和聚焦方式是照相式的,绘画者选择好一个固定支点,画面只呈现目力所及的范围里的景物,画面受到空间的局限和约束。中国绘画传统的散点透视法,则是不选择任何固定的视角支点,突破空间限制,散点游目,移步换景,左右逢源,仰俯自如。如果拿照相类比的话,就是360度无死角、多角度、连续拍摄多图后,电脑有机裁剪、组合、拼接而成的全景鸟瞰图,相当于超级智能的照相机自动整合多重视点、多重景别的图画。散点透视法的心理机制要更为复杂和智能,创作者的视角上下左右、内外前后自由地移动,结构上充分灵活

自由。以中国山水画、中国园林的布局为例，中国画家根据立意需要，移步换景，把想入画的景物能全部收入自己的画面中。在园林上布局就是整体园林分割成若干相对独立的景区，相对独立又相互贯通，通过漏窗、假山、路桥、树林等保存若即若离的联系。想想《红楼梦》里大观园的各处住所的联系与沟通，正如《水浒传》各位好汉相对独立又相互勾连着的故事，《茶馆》中唐铁嘴儿、刘麻子、王利发、康六、康顺子、二德子等等他们的人生故事也是如此相对独立又相互勾连在一起的。《清明上河图》中诸多人物、牛马牲畜、船只车轿、楼台树木、街道河港等尽收眼底。所有的人畜景物比例相近，大小相宜，按照焦点透视法是根本无法呈现的，这是精心编排经过的图像，是心灵的节奏和言说。

以散点透视法观照《茶馆》，就发现《茶馆》注重人物形象的内在生命的节奏，追求象征意象和气韵氛围的传达。《茶馆》中所有的人物关系安排，是作家心灵体验和生命体验的整合。每个局部都是一个相对独立的会话单位，单位之间紧密勾连，虽不是波浪，但也不是孤立的单珠，而是生命的汇聚，有机的整体，都有一个"意"为最高统领。还以《茶馆》第一幕为例，文学本一共是十个叙事单元，且不论焦菊隐导演的开幕茶客群戏的部分。从唐铁嘴儿进茶馆讨茶喝，王掌柜驱赶他出去为第一个叙事单元；之后是：二、二德子常四爷言语交锋，马五爷金口一开显示吃洋饭的威风；三、刘麻子巧舌如簧，坑骗康六卖女；四、刘麻子、松二爷、常四爷谈论洋表与洋货横行；五、黄胖子出面和事——平鸽子风波；六、秦仲义春风得意亮相，王利发竭力应酬，秦、常二人烂肉面言语交锋；七、秦庞智斗；八、庞刘论人口买卖；九，常、松二人因言获罪被"二灰"锁走；十、康顺子被卖。在初秋的早半天的茶馆里发生的这点故事，如同时间的流水账，像马五爷、黄胖子庞太监这样的人物，整出戏，仅仅在第一幕里出现一次。如果按照亚里士多德戏剧性戏剧的规范，这样"扫边儿"人物均属于"闲笔"，是不在故事主线上的枝枝蔓蔓，是应该删除或者合并同类项的。但是《茶馆》中，就是要这样零零碎碎的人物来营造生活质感，来展现生活全貌，这些人物的布局是按照空间逻辑行进的，所有人物是并置与平行，而不是按照时间逻辑呈现的，如同画作中的楼台树木、舟船车桥，缺一不可，都是整体布局中相对独立的分景区。

蒲迪安说，中国式叙事法常常让人有历史是一笔流水账之感。不过这流水账，重在"账"，而不重"流水"。马五爷的不怒而威，黄胖子的自信霸气，都是个人的小"账"，一笔一笔组成了时代"大账"。

《红楼梦》大观园是通过刘姥姥的视角串起多个不同区域。《茶馆》演出第一幕开启，焦菊隐导演安排"卖福音书的"进入茶馆里的行动轨迹，跟刘姥姥进大观园一样，将观众视线集中在固定区域，其穿引作用是异曲同工，都是散点游目，形散神聚。王利发这一个角色在三幕之间穿针引线作用也非常之大，也是形散神聚。

就叙事时间而言，不同于《方珍珠》《龙须沟》新旧对比造成的断裂式时间，文学本的《茶馆》时间类型是循环往复式，从戊戌年到五四，再到解放前夕。从宏观大势方面，无论是清廷还是军阀或者国民党，时局依旧混乱，生活还在破坏当中，还有更大的破坏要来。无论政府如何改良，底层市民生活空间不断被压缩被侵占，人们的痛苦是循环往复的。微观细节方面，社会各阶层命运也是重复循环的，特务还是在敲诈，人贩子依旧在贩卖人口，开茶馆的还是要开茶馆，混日子的依旧在混日子，子承父业，子随父命，整个剧本的情绪是衰退、黯然，有着悲观的调子和退化论的倾向混杂其中。

但是在《茶馆》演出本的时间类型，导演调整成了直线推进的时间模式。尤其是1979年后夏淳调整过的版本，也就是我们现在看到的演出版本，第三幕结尾在学生们高歌"团结就是力量"的和声中，时间呈现昂扬奋进的上升曲线。从三幕戏的结尾来看，第一幕清末，戊戌维新失败了，茶馆里茶客收尾的一句："将，你完了"，预示大清国历史的终结；第二幕结尾在文本中老舍先生是写到特务"二灰"到公寓里去抓学生，夏淳在1979年后调整成了茶馆引进的时兴玩意——唱片机里放出洋人哈哈大笑的音效，暗喻军阀混战时期西方列强在中国的嚣张气焰；第三幕，新旧力量的对抗中"负面势力"虽然嚣张，但康大力在西山参加革命，学生运动力量不断得以加强，结尾是嘹亮的歌声，传达出新力量与新方向。舞台演出的"加红线"工作改变了文本时间类型结构，也改变了剧作情绪与基调的扬抑，也使得《茶馆》在六十年演剧史当中，呈现出不同的面貌，每一次调整，每一次演出，都与时代的大气候有着密切关系，成为时代的晴雨表。

三、延续中国诗学传统

张法在《中西美学与文化精神》中论述了中西审美方式的不同之处，其中很重要的一个方面：

> 在观照方式上，中国采用仰观俯察，远近往还的散点游目，西方运用的是选择一最佳范围，典型地显示对象的焦点透视；在进行纵深观赏时，中国讲究品位和体悟，西方重视认识和定性；在审美过程中，中国要求主体虚心澄怀，去情去我以体会对象的神韵，

西方主张主体通过放纵情欲而净化自己。①

　　总的来说，《茶馆》的叙事美学，是中国传统文化浸淫滋养的结果，是中国美学传统在话剧上的集中展现。中国传统文化的思维方式是讲求直觉与经验的，讲求意象、隐喻和生命的感悟，通过感性认识物象来抵达真理。西方艺术思维注重理性思辨和抽象逻辑，通过理性分析推导出真理。《茶馆》不仅是中国人讲述中国故事，其叙事方式、审美心理和文化形态、哲学观照都是中国式的，《茶馆》创造出了中国独特的民族戏剧诗学。中国社科院学者杨义认为：中国诗学是"生命—文化—感悟"的多维诗学。它们的基本形态和基本特征是："以生命为内核，以文化为肌理，由感悟加以元气贯穿，形成一个完整、丰富、活跃的有机整体。由此可以派生出比兴（隐喻）、意象、意境和气象等基本范畴，从而在不同层面和不同方式上作为生命与文化的具有东方神韵的载体，作为感悟进行贯穿运作的基本方式。"②
　　如果说《雷雨》的审美观是思辨分析、理性的；《茶馆》则是经验和直觉的，是经由体悟达到终极关怀的，体现了独特的生命—文化—感悟式的中国诗学传统，体现了老舍怀有这样一种中国式的介于感性与理性之间的哲学观。在"以大观小"中以小见大，在形散神聚中勾勒出一幅世态图卷，接续、拓展了中国传统文化的美学追求。从中国话剧百年发展史中，选一部代表性的中国话剧，那么必是《茶馆》无疑。中国话剧从萌芽、生发到成熟纵贯整个20世纪，20世纪前五十年，中国话剧创作

　　①　张法：《中西美学与文化精神》，北京大学出版社1997年版，第288页。
　　②　杨义：《中国诗学的文化特质和基本形态》，《中国社会科学院研究生院学报》2002年第5期，第45页。

的高峰是《雷雨》，后五十年话剧创作的高峰是《茶馆》。

第三节　高度象征化的现实主义表现方法

老舍是中国极富有现实主义创作精神的文学大师，老舍一生的创作受到多种社会思潮的影响，也形成了多种创作方向。早期，在自由主义思想的影响下，作品表现了"国民性焦虑"的主题，如《二马》《赵子曰》等；之后逐渐转向现实主义创作，表现现代性批判以及国民性批判的主题，如《骆驼祥子》《茶馆》等。在国家主义的影响下，老舍的创作主题偏向救亡图存、励精图治的革命话语，如抗战时期的话剧创作《张自忠》《国家至上》以及解放后的《春华秋实》《红大院》等。

樊骏在《认识老舍》中定义老舍的现实主义，与陀斯妥耶夫斯基、狄更斯等人的批判现实主义有强烈沟通，是"贴近生活的原生形态，显示出生活冷峻严酷的一面，朴素本色的现实主义"[1]。笔者以为《茶馆》的现实主义创作，是高度写实与生活真实的胜利，但更是艺术真实和艺术升华的胜利。《茶馆》的现实主义创作手法，对沉重现实的观察、发掘、提炼，对生活细节、人物性格、人物行动、人物语言与时代环境的淬炼萃取，就如同是一个百炼成钢的过程，达到了"诗"的境界与高度。平凡写实的叙述，经过反复锤炼，而近似于无限透明。具体如下。

一、现实主义的力量

现代性焦虑与国民性焦虑，这两个时代性的议题贯穿于老舍一生的文学创作，在《茶馆》的创作中，贯穿有老舍这两大

———

① 樊骏：《认识老舍（下）》，《文学评论》1996年第6期，第65页。

焦虑与思索。整体来看，尽管只是茶馆零碎时间的连缀与拼贴，但是《茶馆》已经高度涵盖了三个时代广阔的社会生活与各个社会阶层的生存状态。《茶馆》中各个社会阶层众生相，在舞台上各有展现。第一幕晚清时代，保守势力与维新势力的政治风浪，重大社会背景与政治气氛，庞太监与秦二爷两人的一段精彩对白，窥一斑而知全豹。在第一幕里，有宫廷得势的太监，有立志富国裕民的资本家，有底层旗人、流氓、打手、说媒拉纤、巡警特务，有破产农民，卖儿卖女的，他们谈起谭嗣同，谈起维新，谈起富国裕民，全都茫然不知所措。老舍写社会全貌，写不同族群、不同职业身份的人的精神面貌，写他们对时代的不同反应。尽管内容荒诞至极，众生麻木不仁，他人生生死死看似毫不相干，却又脱不了干系。太监要娶亲，贫父要卖女，一大堆人为了鸽子争强好胜，孤寡的老者流落街头，人命不如一只鸽子尊贵；巡警特务们肆意敲诈勒索，普通百姓因言获罪……荒诞中有着最高的现实与真实。第三幕解放前夕，北京城里头，唯美国马首是瞻的新洋奴小刘麻子跟投靠三皇道的小唐铁嘴如鱼得水；唱片机与流行歌曲随处可见，说书艺人的手艺成为乏人问津的古董。满汉全席的大厨已然只能到监狱蒸窝头，老实人松二爷饿死了，精明的王利发茶馆也难以为继，最后只能赴死……

《茶馆》中五六十个人物设计和数个戏剧场面安排，初看是广阔，细看写得深邃。还说第一幕，保守势力得意洋洋地说："圣旨下来了，谭嗣同问斩！"普通百姓则茫然而无知，蒙昧与好奇均在一句路人甲的问话："谭嗣同是谁？"茶客乙："好像听说过！反正犯了大罪，要不，怎么会问斩呀！"茶客丙："这两三个月了，有些做官的，念书的，乱折腾乱闹，咱们怎能知道他们捣得什么鬼呀！"茶客丁："得！不管怎么说，我的铁杆庄稼又保住了！姓谭的，还有那个康有为，不是说叫旗兵不关钱粮，去自谋生计吗？心眼多毒！"① 这段对话在舞台演出时导演做了微调，采用更温和的说辞，可能是为了回避族群矛盾，但是依旧可以从文本与台词中得出结论：正是由于普通民众的蒙昧无知，谭嗣同的维新和社会理想，注定会失败，大清国也注定是要完结的。

英若诚在纪念北京人艺建院三十周年一篇名为《现实主义的力量》的文章中写道："演松二爷的黄宗洛同志说，他演的这个人物是个到死也没有明白的人物。其实《茶馆》里的人物，王掌柜到死明白了吗？没有！只是觉得自己倒了一辈子的霉。常四爷明白了吗？也没有。刘麻子被大令当逃兵砍了头，他也糊里糊涂根本不明白。我觉得这正是老舍创作中现实主义高明的地方。"②

二、现实中更高的现实：象征化法则

在《茶馆》的现实主义表现手法中，第一、二幕，是批判现实主义。第三幕深受社会主义现实主义影响。老舍杰出的人物塑造能力和文化批判意识，将现实主义带入象征的高度，使《茶馆》成为时代的隐喻和民族的寓言。

《茶馆》大大小小五六十个人物，是经过精心挑选与设计，高度涵盖了社会生活各阶层与各方面人士，广阔又富有深蕴，成为自己职业和阶层的代言者，成为一类人的指代，超越时间，至今依然指涉我们的现实生活。《茶馆》的人物语言，鲜活生动，经过淬炼提纯，具有指代和潜台词的深蕴，富有针砭时弊

---

① 老舍：《茶馆》（第一幕），人民文学出版社1994年版，第14页。
② 英若诚：《〈茶馆〉访欧随想》，《〈茶馆〉的舞台艺术》，文化艺术出版社2007年版，第270页。

的力量，达到高度象征性。《茶馆》最具审美力量的时代氛围与
生活场景，也早已成为社会的高度象征物。

俄国评论家维·伊·伊万诺夫认为任何一部经典文本的现
实性都具有两重性：小说反映当时社会生活的现实性和今天读
者阐释作品的现实性①。小说中关注的当时社会的现实性相对固
定，而读者阐释作品的现实性则是相对无限的，会随着时间的
不断变化而逆向延伸。旧现实在新诠释、新时代中不断成为新
的象征物。小说中的现实与我们不断更新的精神现实不断地遥
相呼应。《茶馆》里种种荒诞的现实，仍在不断地映射今人的精
神世界。这种对应，是现实的象征化法则造就的。

小茶馆就是个大社会，于是之就是茶馆的化身，跟老舍先
生《老字号》《断魂枪》里的老派人物一样，他们早已经超越了
人物形象本身，在经典化的过程之中，成为传统商业文化中，
职业道德和理想人格的化身；常四爷是独立自强的底层旗人理
想人格的化身，成为立志救亡图存的爱国者的代言人。庞太监
是腐朽的清廷的代言人，两个灰大褂的特务侦探是时代的寄生
者，是恶势力冥顽不化的帮凶。而三个老头哀乐自祭，无疑也
是一场行将消失的乡土社会与礼俗文化的葬礼，茶馆是人类命
运周而复始轮回运行的场所。象征，使沉重的现实，插上了飞
翔的轻盈翅膀，使黑暗的现实变得透明，上升到了诗的高度。
《茶馆》的诗意，正来自于现实的象征化，是对现实生活的不断
淬炼与锻造。

俄国评论家维·伊·伊万诺夫曾经论述过象征主义与现实
主义之间的联系与沟通。现实主义和象征主义之间没有不可逾
越的鸿沟，"现实主义的象征主义的艺术激情在于：运用象征认

---

① 张杰：《现实的象征化与象征的现实化》，《外国文学研究》2006
年第 4 期，第 16 页。

识每一现实,审视它们与最高的现实,也即现实之中更现实的
现实之间的相互关系"①。高度象征化,使文学事实成为象征的
本体,成为现实中更高的现实。在维·伊·伊万诺夫看来,艺
术的真实是现实与象征、客观与主观、情感与宗教的融合。也
正因为如此,经典的文学文本才具有无限大的可阐释空间,读
者才会有"说不尽的陀思妥耶夫斯基""说不尽的卡拉马佐夫兄
弟"。

　　与《茶馆》类似的,是契诃夫的《海鸥》《樱桃园》等戏,
1899 年,高尔基在给契诃夫的信中写道:"大家都说,《凡尼亚
舅舅》和《海鸥》是新型的戏剧艺术,现实主义在这里上升到
了富有鼓舞力量、含义深刻的象征境地。我认为这说得很对。
别的戏不能够使人从现实性中抽象出来,达到哲理的概括——
您的戏却做到了这一点。"② 丹钦柯做过同样的评价,契诃夫把
现实主义磨炼到了象征的境界。契诃夫能把平淡无奇的生活磨
炼到诗意概括的高度。从这个意义上,在中国话剧史上,老舍
是中国的契诃夫,追求"内在戏剧",追求一种诗意的现实主
义。写实与象征,相互依存相互成就,日常生活的场景中深蕴
透明的诗意,是从沉重生活现实中提炼出的透明的诗性。

---

　　① 张杰:《现实的象征化与象征的现实化》,《外国文学研究》2006
年第 4 期,第 16 页。
　　② 《契诃夫与高尔基通信集》,新文艺出版社,第 8 页。转引自《俄
罗斯戏剧史概要》,中国戏剧出版社 1984 年版,第 306~307 页。

第三章 京味儿——《茶馆》的文化形态考察

　　马丁·艾思林曾说，话剧是一个民族当众思考的地方。纵观百年中国话剧史，从春柳社排演《黑奴吁天录》开始，中国话剧就承担有开启民智和鼓舞精神的时代要务，启蒙与救亡图存的主题贯彻百年中国话剧的精神脉络之中，中国话剧百年发展历史是中国知识分子思考时代并参与社会变革的重要过程。现代性焦虑、国民性焦虑等观念贯穿整个20世纪中国文化艺术精神的主脉之中。家国主题这种思想的"刚性需求"，使追求味道、气韵、意象等审美主题的中国传统言说方式受到一定程度的遮蔽与覆盖。五四以降，启蒙思想视域下，现代化进程中，文艺作品的审美价值，某种程度上出于被矮化、被忽略的位置。无论是抗战时期《放下你的鞭子》，还是大跃进年代的《烈火红心》，救亡图存、革命进取的主题等成为中国文学史、艺术史上，观念与价值的领骑者，而审美价值被悄然弱化。当然，这种说法不是绝对，无论抗战还是十七年时期，中国文艺并不缺乏思想性与艺术性并重的作家与作品。沈从文的湘西、萧红的呼兰河、张爱玲的上海、钱钟书的知识分子世界等，都更加关注审美精神与文化意趣。在话剧创作上，曹禺的《雷雨》《北京人》、夏衍的《上海屋檐下》、老舍的《茶馆》，也都有各自不同的诗意追求。这些作品中所蕴涵的文化价值和审美价值的成就远超于其思想价值。老舍历来不是一个以作品思想资源多么"高精尖"著称的作家,老舍自己在 20 世纪 30 年代的小说创作谈中就曾说:"现在我认明白了自己:假如我有点长处的话,必定不在思想上。我的感情老走在理智前面,我能是个热心的朋友,而不能给人以高明的建议。"① 如今来说,也的确如是,老舍的文学创作胜在文化,胜在神韵,而不是思想。

《茶馆》的经典价值,来自老舍开创性地将京味儿文化带入中国话剧。其中最不朽的价值就是有关乡土中国和文化北京的历史记忆与文化想象。胜在饱有情感地艺术再现了老派北京市民的闲散生活:熟人社会中人情与世故,礼俗文明中散淡神情与风流态度,汇聚成意趣盎然的生活艺术化倾向。

老舍说:"我生在北平,那里的人、事、风景、味道和卖酸梅汤、杏儿茶的吆喝的声音,我全熟悉。一闭眼我的北平就完整得像一张色彩鲜明的图画浮立在我的心中。我敢放胆地描画它。它是条清溪,我每一探手,就摸上条泼泼的鱼儿。"老舍写北京城,是"如鱼得水"。

第一节 乡土北京——《茶馆》里的文化经验

费孝通在 20 世纪 40 年代创作的《乡土中国》开篇即说,"从基层上看去,中国社会是乡土性的。"② 民国时期的中国,大体上是一个没有陌生人的"熟人社会"。清末民初延至民国的北京,是乡土性的。即便此时的北京是个大城市,但是这城市

---

① 老舍:《我怎样写〈老张的哲学〉》,《老舍全集》(第 16 卷),人民文学出版社 2013 年版,第 161 页。

② 费孝通:《乡土本色》,《乡土中国》,上海人民出版社 2006 年版,第 1 页。

不同于同时期商业文化发达的上海。北京是北方广大乡村包围
的城市，是北方乡土文化的延伸。北大吴晓东教授认为原因有
二：一是静寂安闲的日常生活，二是接近自然、田园与农村，
饱含着田园牧歌般的文化价值，是最高贵的乡土城，是乡土中
国的缩影①。

老舍描绘着北京城的乡土感与闲适感：

> 北平是个都城，而能有好多自己产生的花，菜，
> 水果，这就使人更接近了自然。从它里面说，它没有
> 象伦敦的那些成天冒烟的工厂；从外面说，它紧连着
> 园林，菜圃与农村。
>
> 北平在人为之中显出自然，几乎是什么地方既不
> 挤得慌，又不太僻静：最小的胡同里的房子也有院子
> 与树；最空旷的地方也离买卖街与住宅区不远。这种
> 分配法可以算——在我的经验中——天下第一了。②

北平之于老舍，是熟悉的世界，是永恒的精神故乡，有着
密切的血肉联系，有着共通的文化经验和文化情感。乡土感正
是来自生活的熟悉感，老舍在《想北平》中写道：

> 我所爱的北平不是枝枝节节的一些什么，而是整
> 个儿与我的心灵相粘合的一段历史，一大块地方，多
> 少风景名胜，从雨后什刹海的蜻蜓一直到我梦里的玉

① 吴晓东：《行将消失的文化背影：20世纪中国文学中的乡土视景》，《21世纪经济报道》2012年1月17日，第18版。
② 老舍：《想北平》，1936年6月6日《宇宙风》第19期，转引自《老舍文集》（第14卷），人民文学出版社2013年版，第55页。

泉山的塔影，都积凑到一块，每一小的事件中有个我，
我的每一思念中有个北平，这只有说不出而已。①

　　乡土感与闲适感，不仅限于北京风物，更在人情与世故上。
王掌柜，几乎是乡土社会传统商业道德和礼数的人格化身，作
为一个圆滑、周到、勤恳的生意人儿，"他浑身上下没有一处不
合礼仪规范，不合这种社会对一个商人的道德和行为要求"。赵
园的《北京：城与人》中认为，王利发就是茶馆，茶馆的风格、
面貌几乎只系于王利发的个人风格之上②。王利发在以熟悉作纽
带的乡土社会中奉行着熟人的团结法："在街面上混饭吃，人缘
儿顶要紧。我按着我父亲遗留下的老办法，多说好话，多请安，
讨人人的喜欢，就不会出大岔子。"③
　　没落的旗人松二爷奉体面和尊严为圭臬，拮据的他还醉心
于西洋精巧体面的小表儿，还要强撑起面子："盖碗多少钱？我
赔！外场人不作老娘们事！"伙计李三，会顺手儿把剩茶递给卖
耳挖勺的老人一碗。耿直的常四爷，会买两碗烂肉面给卖孩子
的妇女。这是礼俗的文明，是乡土的人情世界。按照费孝通的
说法，乡土社会中人与人的熟识是"有机的团结"，这些个人物
相互接触的是"生而与俱"的乡民，是"先我而在"的生活环
境。不同我们现代的法理社会，因功利因素聚拢在一起的"机
械的团结"和老死不相往来的邻里关系。对乡土作家老舍来说，
北京文化是原生的，是与心灵黏合在一块儿的。赵园说，乡土
感，"源自知识分子深层的文化意识"。《茶馆》中情调十足的茶

————————

　　① 老舍：《想北平》，1936 年 6 月 6 日《宇宙风》第 19 期，转引自
《老舍文集》（第 14 卷），人民文学出版社 2013 年版，第 55 页。
　　② 赵园：《北京：城与人》，上海人民出版社 1991 年版，第 105 页。
　　③ 老舍：《茶馆》（第一幕），人民文学出版社 1994 年版，第 14~16 页。

馆氛围，无疑是老舍最魂牵梦绕的历史记忆和文化想象。对于
21 世纪的写作者来说，对于老舍生活过的清末民初的老北京风
情，肯定是"隔"的，是隔岸观火，无法企及老舍原生而出的
熟稔。

《茶馆》中，老舍留恋乡土社会里的人情。王利发、常四
爷、松二爷都是标准的北京市民，常四爷、松二爷同时也是旗人
文化的代表，漂亮的北京话儿，体面规矩的行礼作揖，举手投足
间的韵味儿，提笼架鸟的气度……茶馆是个文化交流的场所：

> 这里卖茶，也卖简单的点心与饭菜。玩鸟的人们，
> 每天在遛够了画眉、黄鸟等之后，要到这里歇歇腿，
> 喝喝茶，并使鸟儿表演歌唱。商议事情的，说媒拉纤
> 的，也到这里来。那年月，时常有打群架的，但是总
> 会有朋友出头给双方调解；三五十口子打手，经调人
> 东说西说，便都喝碗茶，吃碗烂肉面（大茶馆特殊的
> 食品，价钱便宜，作起来快当），就可以化干戈为玉帛
> 了。总之，这是当日非常重要的地方，有事无事都可
> 以来坐半天。①

《茶馆》也是老舍对这末世中的礼俗与文明的批判。"当一
个文化熟到稀烂的时候，人民会麻木不仁地把惊心动魄的事情
与刺激放在一旁，而专注到吃喝拉撒中的小节目上去。"② 从乡
土社会让渡到现代社会的过程中，熟到稀烂的生活方式处处可
见积弊。太监要买媳妇儿，刘麻子贩卖人口心安理得，松二爷

---

① 老舍：《茶馆》（第一幕），人民文学出版社 1994 年版，第 14～16 页。
② 老舍：《四世同堂》，《老舍全集》（第 4～5 卷），人民文学出版社
2013 年版。

也习以为常:"这号生意又不小吧?"是事不关己的淡然,常四爷也不过是:"乡下是怎么了?会弄得这么卖儿卖女的!"他人的生死哀荣不如一块精巧体面的小洋表儿来得刺激。为一只鸽子兴师动众地抢夺说理,八十二的老人没人管。"这年月呀,人还不如一只鸽子呢!"兵荒马乱的年月,大令之下,不是敲诈勒索就是滥杀无辜,逃兵痴心妄想渴望能有一个即便是残缺丑陋也聊胜于无的家庭。西洋玩意儿跟流行歌曲的入侵,正经的曲艺艺术和传统审美全都连根烂。

原生的乡土经验和文化体验,在现代性的行进中不断被破坏。当代作家的乡土经验不断流失,《茶馆》是在话剧创作中,老舍最后的乡土眷恋与文化记忆,乡土的诗意和文化经验,不断被现代文明所吞噬,直至三个老头儿话沧桑,自我祭奠的不只是人生,也是他们的时代,渐行渐远的乡土北京。

第二节　京腔京韵——《茶馆》语言的深蕴

《茶馆》中最重要的艺术特征,就是"京味儿"文化形态的接入。什么是京味儿?一直众说纷纭。

廖奔在谈到北京人艺的"京味儿"风格时,认为京味儿话剧起码有两个方面的内涵,一是运用了北京胡同语言的表达方式,二是涂染了北京民俗生活的浓郁色彩①。刘颖南和许自强主编的《京味儿小说八家》后记中,提出了"京味"小说的三个标准:一、用北京话写北京人、北京事,这是最起码的题材合格线。二、写出浓郁、具体的北京的风土习俗、人情世态。三、写出民族、历史、文化传统的积淀在北京人精神、气质、性格

---

① 廖奔:《说北京人艺的风格》,《戏剧》2010 年第 2 期总第 136 期,第 5 页。

上所形成的内在特征。"京味儿"文学是地域性的文学，体现出北京语言、北京文化、北京人精神气质方面独特的美学追求。①

京味儿，首先是由北京方言引发的。有什么样的语言，就有什么样的艺术风格。老舍在《关于文学的语言问题》中说："我们常常谈到民族风格。我认为民族风格主要表现在语言上。除了语言，还有什么别的地方可以表现它呢？"②"对话很重要，是文学创作中最有艺术性的部分。对话不只是交代情节用的，而要看是什么人说的，为什么说的，在什么环境中说的，怎么说的。这样，对话才能表现人物的性格、思想、感情。"③老舍是公认的语言大师，他对语言极其重视。老舍作品之中，《茶馆》语言炉火纯青，最为精炼、上乘。《茶馆》的台词，可谓：话到，人物到，情节到，风格到。下面具体分析下《茶馆》中京腔京韵的语言特色。

一、"一人千面"：人物语言的玲珑八面

以《茶馆》王利发和黄胖子为例，王掌柜和流氓头子黄胖子俩人都是街面上的人儿，都是人尖子，见人说人话，见鬼说鬼话，可谓"一人千面"。他们的心明眼亮与玲珑八面，均是透过他们待人接物的对话活跃起来的。但是俩人身份不同，性格迥异。不同的职业身份和性格特征，使他们的玲珑八面也各有不同。截然不同的人物性格，在不同对话环境中的不同态度，透露出藏着迥然不同的人生形态和社会基因。老舍先生通过一

---

① 刘颖南、许自强：《京味儿小说八家·后记》，文化艺术出版社1989年版。

② 老舍：《关于文学的语言问题》《出口成章》，《老舍文集》（第16卷），2013年，第361页。

③ 同上。

个人物口中鲜活的语言，传递出最大量的性格信息、文化信息和社会信息。

王利发待人接物的圆滑、世故、熟稔，主要是通过他的语言呈现的。王利发是对什么人讲什么话，在什么山头唱什么歌，对待一千人有一千个说话和应对的法子。对于江湖相面先生唐铁嘴，他说：“唐先生，你外面溜达溜达吧。”又说：“我告诉你，你要是不戒了你那口大烟，就永远交不了好运，这是我的相法，比你的更灵验！”这是王掌柜对蹭茶喝的江湖艺人说的话，即有寒暄的客气称之为“唐先生”，又不甚客气，唐铁嘴是蹭茶喝的，所以他又戏谑又直言不讳地说出他的弱点，不太瞧得起但也不至于伤了和气。

而对于他的房东秦仲义：“有您在我这儿坐坐，我脸上有光！”“李三，沏一碗高的来！”“您的小手指头都比我的腰还粗！”他是紧着奉承和讨好：“二爷，您说得对！太对了！可是这点小事儿用不着您分心，您派管事的来一趟，我跟他商量，该长多少钱租钱，我一定照办。是！嗻！”这是在场面上满嘴满心地答应和顺遂。尊重了房东的意愿，并没有半点的迟疑，为着保全房东的面子架子。另一方面，他又先下手为强，先把好话说到前头，频繁地给秦二爷带上“高帽子”，使他不便拉下脸屈尊地跟他这等小人物计较那点房钱：“您甭吓唬我玩，我知道您多么照应我，心疼我，绝不会叫我挑着大茶壶，到街上卖热茶去！”

流氓头子黄胖子在第一幕出场只有两次，说了不过八句话，但是一个地痞流氓头子的形象鲜活呈现。他砂眼严重，一出场，先闻其声：“哥儿们，都瞧我啦！我请安了！都是自家兄弟，别伤了和气呀！”点明身份是和事儿的，暗含着黄胖子这是个重要人物，街面上都要给几分面子的，不然也不敢这么大喝小叫的。第二句：“我看不大清楚啊！掌柜的，预备烂肉面，有我黄胖子，谁也打不起来！"可见黄胖子是多么地自信，知道了自己刚才喊错了人，喊错了地方，不过也不打紧，不论真看错还是假看错吧，在这大茶馆里头黄胖子说话是有分量的，是有头有面的人物。第三句话："得啦，一天云雾散，算我没白跑腿。"一副大功告成的欢欣与得意。等到松二爷请他帮助美言几句请官家不要锁走他和常四爷的时候，黄胖子一看是穿官衣儿的特务，马上迎上去："宋爷，吴爷，二位爷办案哪？请吧！"一点不含糊，又给自己找了相当漂亮的台阶下："官厅儿管不了的事，我管！官厅儿管得了的事呀，我不便多嘴！（问大家）是不是？"一句道破天机，黄胖子压根儿不是帮助穷人、好人的人儿，他是靠和事混饭，绝不是什么行侠仗义之人，马上他见到有权有势的庞太监立即过去请安作揖："哟，庞老爷在这儿哪？听说您要安份儿家，我先给您道喜！"马上一副奴颜媚骨曲意逢迎的模样。

虽然都是玲珑八面，看人说话，各有各招，但是王掌柜的察颜观色是商业经营者的客套、寒暄、谨慎、礼数周全，尽管油滑吧，还带着那么些与人为善，古风尚存。黄胖子的玲珑八面则是更为场面、奸猾、自私和虚伪，更多带有否定的色彩。这些色彩都是从人物语言中呈现出来的。

二、"千人千面"：人物语言的个性化与形象化

另一个方面，《茶馆》中不同的人物有不同的话语方式，可谓是"千人千面"。例如常四爷和松二爷这一对好朋友，同样是提笼架鸟、喝茶聊天的底层旗人，但两个人性情迥异，话锋是一刚一柔。常四爷一出场就见识不凡，气度胆量超过松二爷："反正打不起来！要真打的话，早到城外头去啦；到茶馆来干吗？"这是常四爷的判断，他是吃铁杆庄稼的旗人，在晚清，八

旗子弟在街面上有一定的社会地位，他也就直言不讳地说出为一个鸽子的争斗打不起来的真相。二德子跟他斗嘴，他一点不示弱，锋芒毕露："要抖威风，跟洋人干去，洋人厉害！英法联军烧了圆明园，尊家吃着官饷，可没见您去冲锋打仗！"这样的宁折不弯、刚正不阿的人，才会说出："我看大清国要完"的时代真相。

另一位旗人松二爷则是老好人、老实人，他好面子好热闹但又胆小怕事，文弱无力，生活举足维艰。二德子挑衅，他只能弱弱地试图和事儿："我说这位爷，您是营里当差的吧？来，坐下喝一碗，我们也都是外场人。""二灰"特务因一句话要锁走常四爷的时候，他也只迟疑无奈地辩白说："哥儿们，我们天天在这儿喝茶。王掌柜知道：我们都是地道老好人。"碰到了流氓头子黄胖子，他立马求人美言。他处处作揖，处处有礼，是他的生存法则——说好话和做好人。

诸如此类通过人物个性化语言塑造鲜明人物性格的例证，举不胜举。《茶馆》中，老舍极其重视语言的表现力、形象力。最简单平易的口语，结构出了最具张力的对话，勾勒出了最具生命力的人物。同时，因为剧作之中人物众多，千言万语，老舍便十分追求人物语言的"开口响"，就是一句话标明人物的身份与姿态，还有其潜在的社会背景与习俗文化。如：意气风发且少年得志的资本家秦二爷，他开场的话儿是那样刻意的持重："来看看，看看你这年轻小伙子会作生意不会！"其实，他的年龄未必比王利发更大，秦二爷通过扮老成显示出尊贵身份。在乡土社会中，老成持重是成熟、资历和尊贵的代称。这种持重口吻的选择是一种内心意气风发的外化表现。洋奴马五爷也是惜字如金，一句"二德子，你威风啊"，简单一句话，四两拨千斤，顿然将一个背景深厚，官面上谁都不太敢惹的吃洋饭儿、信洋教的人物形象刻画出来，顿然让观众感觉到"威风"属于马五爷，而不是二德子。戊戌维新"帝党"失败，得势一方的"后党"代表庞太监一出场："那还用说吗？天下太平了：圣旨下来，谭嗣同问斩！告诉您，谁敢改祖宗的章程，谁就掉脑袋！"几无废话，将保守派势力的嚣张袒露无疑。这几句既是庞太监这个人物的语言，也是暂时得势的保守势力的代言书，既是个人的现实，也是时代的现实。

三、注重语音语调之美

老舍又极其重视北京口语的语音语调的优美与气度，据北京人艺老艺术家们回忆，老舍先生嗓音极好，多次到北京人艺朗诵剧本，因为其对人物声情并茂的朗诵，对剧中人物鲜活地解读与再现，使得很多演员兴奋、踊跃地申请扮演其中角色，舒乙也多次提到父亲的朗诵生动富于魅力。老舍自己的文章中也说："我写文章，不仅要考虑每一个字的意义，还要考虑到每个字的声音"，"口语不是照抄的，而是从生活中提炼出来的"①。老舍甚至会考虑到一个词组两个元音相同，说起来省力讨巧而令人喜爱，以此可见他有多么重视语言修辞。

对语言的精心锤炼，是老舍先生文学创作的一贯追求。重视语言的美感和幽默风趣，这与旗人重视文化艺术，将生活艺术化的审美风尚不无关系。《茶馆》大傻杨的数来宝有一句说旗人"讲排场、讲规矩，咳嗽一声都像唱大戏"，这种日常生活审美化倾向，不少旗人是一辈子晕在其中，"中毒"颇深。你看《茶馆》的前国会议员崔久峰的一番话，说起来，朗朗上口，且不说其中深意，单是语音语调就富有美感："死马当活马治？那

---

① 老舍：《关于文学的语言问题》，《老舍全集》（第16卷），2013年，第361页。

是妄想！死马不能再活，活马可早晚得死！"这里头有用字用词重叠之美，回环之美。第三幕中老杨的台词也是朗朗上口，像是大鼓书："美国针、美国线、美国牙膏、美国消炎片。还有口红、雪花膏、玻璃袜子细毛线。箱子小，货物全，就是不卖原子弹！"还有李三的"改良，改良，越改越良，冰凉"，使用了重复与叠字，语音与语调读起来简洁有力令人喜爱，字面意思又指涉颇深，将字音的简单利落与字意的深邃高远完美地融合在一起。还有如第二幕结尾，特务宋恩子对王掌柜笑里藏刀、杀人不见血的敲诈："你聪明，还能把那点意思闹成不好意思？"貌似轻轻巧巧，语言十分俏皮，甚至还有几分幽默狡黠，嘴巴一张一翕，意思和不好意思之间，二字只差，宋恩子吴祥子就完成了对王利发的"点拨"与"恐吓"，二字之隔，就是王掌柜沉重的枷锁，背负不起的时代重担。

还有如第三幕鼓书艺人邹福远到茶馆里来，问问王掌柜是否有意添评书，说起鼓书，他立马有个类似起霸似的亮相："对！您看，前天我在会仙馆，开三侠四义五霸十雄十三杰九老十五小，大破凤凰山，百鸟朝凤，棍打凤腿，您猜上了多少座儿？"老舍先生太爱鼓书与岔曲儿，在《茶馆》邹福远一句台词，就让我们隐约感受到传统曲艺文化与语言之富丽繁馥，让人为传统曲艺的消亡慨叹惋惜，这种慨叹竟然是通过一句富有艺术表现力和语音语调美感的曲艺化的长台词就达到了。

四、潜台词的寓意和象征

京味儿文学的当代接班人王朔认为老舍最好的作品是《茶馆》，他最为感到佩服的就是老舍的《茶馆》：

这部戏我连舞台带电影看了大概有五六遍，真是好。那个北京话的魅力在这部戏里充分得到了展示，直到现在，我们遇到和《茶馆》里某句台词相似的情景还会干脆就用这句台词说话，好像没有比这么说更贴切的。很多话都不是光说事儿而是带状态的，因而很易于借指，譬如"我饿着，也不能让这鸟饿着"。①

《茶馆》中，老舍为舞台上选择了更为浓缩、凝练、传神的语言与对话。字字珠玑、字字千钧的评价，一点不过。看看《茶馆》中流传甚广的这些佳句名言，每一句都言简意赅，指涉颇深，既有潜台词的深度和力度，也有象征的高度和广度。如：

王利发："咱们既在江湖内，都是苦命人！"

常四爷："我看哪，大清国要完！"

李三："改良！改良！越改越凉，冰凉！"

松二爷："想起来呀，大清国不一定好啊，可是到了民国，我挨了饿。"

崔久峰："死马当活马治？那是妄想！死马不能再活，活马可早晚得死！"

邹福远："这年头就是斜年头，正经东西全得连根儿烂！"

常四爷：我爱咱们的国呀，可是谁爱我呢？

这些台词儿，如王朔所说，成为了某种状态和情况的指代。在《茶馆》中，台词不仅是台词，台词即人物，台词即故事，台词即时代，台词即象征，台词既是本体又是喻体。所谓象征和寓意，就是潜台词的力量，超越了台词字面上指涉剧本当中

① 王朔：《我看老舍》，《无知者无畏》，春风文艺出版社2000年版。

的现实境况，从现实指涉中不断透明化，提纯，成为能够指涉后世现实与境况的喻体，由本体直接变为喻体。如当我们说这件事儿无药可救、无可挽回，则可以援引老舍这句："死马不能再活，活马可早晚得死。"

第三节　生活的艺术——帝京文化与胡同习俗

老舍在小说《离婚》中有一段话："北平能批评一切，也能接受一切，北平没有成见。北平除了风，没有硬东西。"① 老舍说出了北京文化的兼容并包与融合特性。研究北京文化和京味儿特征，一直可以追溯到蓟、燕、辽、金、元、明、清。北京曾九次为都，经历多次北方少数民族文化的大融合。金汕、白公在研究北京语言的时候，提到元杂剧、散曲的风味，元代关汉卿、王实甫、马致远、白朴都是住在北京，他们的语言，质朴刚劲、鲜活生动，与现代北京话有着不绝如缕的文化联系。清代北京人热衷戏剧、曲艺，既有诗词笔意又有口语的鲜活，质朴率真，这些锤炼着影响着北京的文化与语言，曹雪芹更是第一个用北京话写成鸿篇巨制的伟大作家。在老舍生活写作的时代，晚清至民国，北京更是满汉文化的对峙交融，东西方文化的对峙交融，还有乡土中国与现代城市之间的对峙交融，形成了帝京特有的皇家气派和胡同文化共生共存的京味儿习俗与文化。

鲁迅曾经在《京派与海派》一文中说："要而言之：不过'京派'是官的帮闲，'海派'则是商的帮忙而已。……"② 老

---

① 老舍：《离婚》，《老舍全集》（第2卷）。人民文学出版社2013年版，第289页。

② 鲁迅：《京派与海派》，《且介亭杂文二集》，人民文学出版社2006年版。

舍曾说北京文化是"官样"的文化。虽然褒贬心态各有不同，但是都说出了多朝帝都的北京，受到了宫廷贵族文化的浸淫。官样，作为艺术特征就是富丽堂皇、典雅大方，是一种由皇宫而渐至寻常百姓家的审美追求，是"帝京"皇家气度与气派，从紫禁城向外的辐射与延展，也是旗人贵族生活礼仪与文明的外化与延展。具体来说，就是日常生活的审美化追求和泰然裕如的生活态度。包括讲究排场，讲究礼仪，讲求规矩，延伸至底层旗人，衣食无虞的八旗子弟，对生活细节精益求精。大傻杨的数来宝中有描述："有的说，有的唱，穿章打扮一人一个样"，"有提笼，有架鸟，蛐蛐蝈蝈也都养得好"，"讲排场，讲规矩，咳嗽一声都像唱大戏"。久而久之，八旗子弟多闲散、苟且，不谙世事，五谷不分，四体不勤。曹禺《北京人》中的曾文清也带有这种典型的苟且偷生无力挣扎的气质。

文化史上的晚清北京，除了以皇城为中心的皇家贵族文化，其实影响更为深远的还是以胡同四合院为中心的平民文化。老舍的笔触主要关注就是这底层市民，三教九流，五行八作。既有小业主、小商人等城市手工业者，又有基层教员、职员、学生等小知识分子，也有店员、车夫、佣人、苦力等城市贫民。《茶馆》里头的三教九流、各行各业，各有各的规矩。行礼、作揖、请安，说媒拉纤的，买卖交易的，风水面相的，婚丧嫁娶的，凡此种种，都有一套规矩，带有浓厚的北方地域色彩。京味儿正是这些下层市民身上体现出来的一种品格、气质。

老舍生长在北京城里一个底层旗人家庭，老舍与胡同和大杂院里的城市贫民有着剪不断的血肉联系。老舍所有成功的作品都是取材自自己熟悉的生活。据有学者考证，老舍在小说和话剧中，反复使用的生活细节，大多是有真实生活依据，是听来的或者见到的真人真事。例如买卖孩子，参加义和团的旗人，合买媳妇的逃兵等等。北京文化和习俗，是老舍文学作品的原生土壤,京味儿是从老舍心中原生而出的。老舍在其文学作品中,真实再现了北京的地理环境和自然风貌。舒乙有一篇文章统计梳理老舍文学作品所涉及的北京城内的自然风貌与地理环境,从小羊圈胡同到北海、积水潭,到玉泉山;从胡同、小巷、大杂院,到皇城根儿;从店铺、茶馆,到集市庙会等。"老舍笔下的北京是相当真实的,山水名胜古迹胡同店铺基本上用真名,大都经得起实地核对和验证。"①

　　　　老舍说过,大凡幼时所熟悉的地方景物,即一木一石,当追想起来,都足以引起热烈的情感,这种热烈的情感使作家能信笔写来,头头是道,因为这种回忆是准确的、特定的、亲切的,连那里空气中所含的一点特别味道都能一闭眼还想象地闻到。老舍很重视这种追忆,他的一个文艺创作思想就是认为这种热烈的追忆往往会变成作家的创作动机之一,而且往往因此而写出绝妙的传世之作。最熟悉的,不管多平凡,总是最亲切的。亲切就可能产生出好的作品。老舍钦佩狄更斯和威尔斯的想象力,但也称赞他们常常在作品中极准确极亲切极真实地描述过自己少年时代的经历。②

　　在谈《茶馆》的创作时,老舍说:"茶馆是三教九流会面之处,可以多容纳各色人物。一个大茶馆就是一个小社会……我只认识一些小人物,这些人物是经常来下茶馆的。"③ 老舍不但

————————

① 舒乙:《谈老舍著作与北京城》,《文史哲》1982 年第 4 期,第 28 页。
② 同上,第 34 页。
③ 老舍:《答复有关〈茶馆〉的几个问题》,《〈茶馆〉的舞台艺术》,中国戏剧出版社 2007 年版,第 3 页。

熟悉这些平民百姓，而且对他们的生活方式、心理状态有着最深切的体察与洞悉。《茶馆》第三幕，三个老头儿话沧桑：

> 秦仲义说：四爷，让咱们祭奠祭奠自己，把纸钱撒起来，算咱们三个老头子的吧！
> 王利发：对！四爷，照老年间出殡的规矩，喊喊！
> 常四爷：（立起，喊）四角儿的跟夫，本家赏钱一百二十吊！（撒起几张纸钱）

老舍先生对这一段戏，有个注释："三四十年前，北京富人出殡，要用三十二人、四十八人或六十四人抬棺材，也叫抬杠。另有四位杠夫拿着拨旗，在四角跟随。杠夫换班须注意拨旗，以便进退有序；一班也叫一拨儿。起杠时和路祭时，领杠者须喊"加钱"——本家或姑奶奶赏给杠夫酒钱。加钱数目须夸大地喊出。在喊加钱时，有人撒起纸钱来。"[①] 老舍的"京味"，一是京腔京韵为主的老北京"腔调"，二是北京礼俗文明，腔调背后是习俗礼仪形式，形式与仪式中蕴藏的是民族文化心理。清入关以来，满汉文化相互影响融合，老派北京人形成一套独特的习俗习惯，年节庆典、婚丧嫁娶的规矩排场、礼仪风尚。上述的对话，三个老头儿的自我祭奠和相互祭奠，就是出于习俗与文化心理。在北京人心中，死者为尊，死者为大，在葬礼上，北京人更是要讲究排场，彰显社会地位的尊卑，应该说这是封建时代等级观念和官样文化的潜在影响。三个历经沧桑的老人，一个一辈子追求实业救国梦的资本家立志富国裕民最后一败涂地，一个一辈子宁折不弯刚正爱国的旗人自立自强最后沿街叫卖花生仁，一个精明善经营的茶馆掌柜变着法子地改良

---

① 老舍，《茶馆》，人民文学出版社 1994 年版，第 63 页。

求生存结果被逼无路可走,这是巨大的时代悲剧,在这个节骨眼儿上,三个老头儿,自己祭奠自己,一个意思是对自己一生挣扎奋斗的嘲弄,一个是对自己奋斗一生的敬意。第三,自然是对北京传统文化与习俗的遵从倚重。

在现代文学史上,讲到北京人、旗人,前清遗老遗少们的"规矩"——讲体面和讲排场——多少都是有些负面的,认为这些礼俗是腐朽的繁文缛节,是一种形式的禁锢,甚至造成了北京人虚张声势、懒散苟且的群体性格。但同时也是这种礼俗与文明,造就了北京文化中对于生活艺术的挚爱,对于生活意趣的追求,造就了北京平民散淡、裕如、自足、找乐的生命状态。《茶馆》里的松二爷,典型的北京旗人性格。提笼架鸟,古董珍玩,鼻烟洋表没有他不感兴趣的,好奇心重,衣食无忧不务正业,所有心思都放在吃喝玩乐的事情上了。对于黄鸟,更是有一种超越生命的怜爱。他最终是饿死了,应了他自己的话"饿死我也不能饿死我的黄鸟"。

老舍是京味儿文学的奠基者,"老舍是使京味成为有价值的风格现象的第一人"①。著名文化学者赵园认为京味儿是人对文化的体验和感受方式,是人所感受到的文化意味。有"京味儿"的形成,就有与"京味儿"相关的观念形态、审美追求、情感态度、心理特征等。赵园从上述审美特征内部条件出发,列举了京味儿风格诸方面:

> 理性态度与文化展示(文化批判与文化认同);自主选择,自足心态(中年心态,"找乐");审美追求:似与不似之间(神似,不着痕迹);极端注重笔墨情趣(强烈的语言意识);非激情状态(由经验、世故而来

---

① 赵园:《北京:城与人》,上海人民出版社1991年出版,第12页。

的宽容钝化了痛感，哀而不伤，乐而不淫）；介于俗雅之间的平民趣味（入世，对世俗人生认同）；幽默（苦中作乐，冷眼观世的幽默传统；没落旗人的自嘲自讽）；以文化分割的人的世界（不注重阶级特征与阶级关系，构成人物生活世界的是街坊、邻里以及同业关系，以职业和文化来划分）；伦理思考及其敏感方面：两性世界（纯爷们的世界）；结构——传统渊源（中国传统艺术观念）①。

第四节　精神生活里的那些元素
——《茶馆》里的幽默与嘲讽

《茶馆》没有以故事为中心，选取了北京最底层胡同居民的日常生活里的零零碎碎为主材，人物也都是扁平类型化的众多平民百姓。但是题材并不能决定风格，写北京人并不一定就是京味儿，最为关键的还是其中的"精气神"。例如曹禺先生也写过话剧《北京人》，也是写民国，写北京城、北京人、北京事，也是大宅门，也是有提笼架鸟，鸽哨儿声缭绕，但是你不会觉得曹禺的作品是"京味儿"话剧。为什么，除了地域性方言，最重要的是作品中贯通的"精气神"，曹禺写的是知识分子的心灵困境，《茶馆》写的是老派北京市民的幽默传统和散淡神情。

前苏联戏剧家瓦赫坦戈夫有一句话是"我爱一切的戏剧形式，但最吸引我的，不是日常生活中的一切元素，而是人们精神所生活于其中的那些元素"。《茶馆》在日常生活审美化的过程中，传递出的不仅仅是老北京人日常生活的样式，更是老北京人的幽默精神和嘲讽态度。既有对平凡胡同生活和凡俗人生

----

① 赵园：《北京：城与人》，上海人民出版社 1991 年版，第 18～70 页。

的认真履责，对世故人情的思考辨析，也是对社会不公正不合理结构的潜在抵抗。而幽默的态度和嘲讽的精神，是更能代表北京人精神世界的元素，幽默和嘲讽体现的是北京人的思考与理性，是对社会生活与人情世故深思熟虑后的态度选择。

老舍也曾说过类似的话，穷人的狡黠也有正义的一部分。幽默是智慧的外溢，幽默，是理性判断后最轻微的抵抗。老舍在《谈幽默》时，引述过 Walpole（沃波尔）的名句："幽默者'看'事，悲剧家'觉'之。"① 现在翻译为，从理性角度看世界，是幽默的；从感性角度看，则是悲剧。幽默，是理性思维的运行，运用幽默的人是不笑的，是思考者，觉悟者。"幽默的人只会悲观，因为他最后的领悟是人生的矛盾。"② 幽默运行的心理机制是苦中作乐，是一种潜在的微弱的抗争，是冷眼旁观，是心知肚明，是了然于胸，然而无法更改，也无力反抗。

老北京的幽默传统，自嘲自讽的豁达天性与北京民间曲艺文化发达、多民族文化融合都不无关系。满族学者关纪新认为：老舍先生的满族身份和满族文化的浸润，使他饱识忧患，又能幽默犀利地对待人世间。"在传统的中国文学观念里，严肃、悲怆的艺术风格，总是高踞于纯文学的上乘位置；喜剧呢，不能说是没有一席地盘吧，可往往还是要被笼而统之地派作饭后茶余的消遣之用。满族作家老舍，毕竟有过另外一重民族文化的浸润，他自幼饱识忧患，却又性近幽默，喜欢用一视同仁的好笑的眼光看待人生，自踏上文学创作的漫漫长旅以来，幽默，始终是他乐于保持和频频启用的风格特征。"③

————————————

① 老舍：《谈幽默》，《老舍全集》（第16卷），人民文学出版社2013年版，第201页。

② 同上。

③ 关纪新：《老舍幽默的满族文化调式》，《盐城师范学院学报（人文社会科学版）》2008年2月第28卷第1期，第49~50页。

　　幽默中是有同情的，笑骂而不赶尽杀绝。老舍说："还是我近来的发现；十年前我只知道一半恨一半笑的去看世界。"①"我恨坏人，可是坏人也有好处；我爱好人，而好人也有缺点。"老舍曾列举过幽默的手法：如反语（irony），讽刺（satire），机智（wit），滑稽剧（farce），奇趣（whimsicality）等。反语与讽刺，在《茶馆》俯仰皆是，如唐铁嘴："大英帝国的烟，日本的白面儿，两大强国伺候着我一个人，这点福气还小吗？"混迹江湖的唐铁嘴的寡廉鲜耻形象跃然纸上，即招笑又达到讽刺的目的，是典型的反语。一句幽默讽刺的台词，顺带揭露了西方列强的殖民入侵，对国家经济和民族心灵的摧残之害。王利发对妻子答应康顺子与康大力留在自己的茶馆，说了句："好家伙，一添就是两张嘴，太监取消了，可把太监的家眷交我这里来了。"王利发的世故、精明又不无牢骚的一句玩笑话，将这个惨淡经营的小业主的算与计、苦与乐尽数挥发出来，这既有自我嘲弄，也不乏温情的揶揄，是悲喜交集的苦中作乐。此外还有：小刘麻子："我要组织一个托拉斯，这是个美国字，也许你不懂，翻成北京话就是包圆儿。"吴祥子："你聪明，还能把那点意思闹成不好意思吗？"在《茶馆》中，还有曲艺相声里的"包袱"结构性幽默的使用。如唐铁嘴："我已经不抽大烟了！"王利发："真的？你可要发财了！"唐铁嘴："我改抽白面啦。"

第四章 《茶馆》的艺术完整性考察

北京大学洪子诚教授在《中国当代文学史》中说:"北京人艺一代卓越艺术家(导演焦菊隐、夏淳,演员于是之、郑榕、黄宗洛、英若诚等),对确立该剧在当代的"经典"地位,起到重要的作用。"[①] 在文学史的编写中,不少文学史家都注意并肯定了《茶馆》舞台演出与戏剧文学之间的密切互动关系。这已是公论:焦菊隐的导演艺术对《茶馆》的成功起到了关键作用;焦菊隐的导演艺术创造,大大拓展、深化了《茶馆》的艺术空间。

焦菊隐从剧本的构思阶段就参与进去,并对剧本的走向改编起到了关键作用。可以说没有焦菊隐就没有现在的《茶馆》。焦菊隐"戏剧诗"的导演观念,将"化戏曲"的民族化手法与斯坦尼体系完美融合的艺术实践,将《茶馆》推入世界一流舞台演出行列。如果没有细腻鲜活、精彩异常的《茶馆》舞台演出,很难想象《茶馆》剧作会成为十七年文学艺术的经典之作、巅峰之作。是焦菊隐卓绝的导演艺术和于是之、蓝天野、郑榕、英若诚等演员们的鲜活再现,还有天才的舞台设计师,共同创作了一部史无前例也后无来者的舞台奇迹。焦菊隐的导演艺术和北京人艺的舞台创作,使《茶馆》成为中国话剧史上本土化、民族化难以逾越的高峰。《茶馆》也使焦菊隐成为新中国"十七

---

① 洪子诚:《中国当代文学史》,北京大学出版社1999年版,第149页。

年"戏剧导演中成就最高的艺术家,《茶馆》也成为了焦菊隐导演学派的代表作。我们需承认,《茶馆》是"演"出来的经典,不是"读"出来的经典。

《茶馆》成功的经典性,就在于剧本创作和舞台创作之间密不可分的整体性。一个完美的剧本,没有一流的舞台创作和呈现,它只是写在纸上的文学,还不是戏剧,永远只是个半成品。只是具备了优秀戏剧作品的可能性,至多是具有潜在的戏剧价值。"戏剧是一种群体性活动,它离不开演员的扮演,观众的参与以及演员与观众共享的空间。所以,戏剧只能活在剧场里,活在演员的表演中,活在演员与观众的直接交流中。"① 马丁·艾思林也曾说过:"戏剧之所以成为戏剧,恰好是由于除言语以外那一组成部分。"②

从这个意义上说,是《茶馆》精彩的剧场演出让《茶馆》走进了观众的心,赢得口碑赞誉,走出国门,走向电影银幕、电视荧屏。常演常新的舞台演出堪居首功,余秋雨曾说《茶馆》的导演艺术和表演功力是远超过剧作的。《茶馆》成就了剧作家、导演、演员、舞台设计师和北京人艺这座剧院。一个好的剧本就是一块璞玉,经过各个舞台创作部门的雕琢、修饰,到评论家和观众们的把玩、鉴赏和品评,才会有如美玉般独有的温润气质与光泽。英若诚曾说:"《茶馆》不容易演,只有几个名演员不行,这里需要一个真正的剧团。"③ 这句话里就隐含着《茶馆》成功的全部秘密。

---

① 胡妙胜:《评〈西方演剧史论稿〉》,《戏剧艺术》1990 年第 3 期,第 102 页。

② [英] 马丁·艾思林:《戏剧剖析》,罗婉华译,中国戏剧出版社 1981 年版,第 6 页。

③ [德] 乌苇·克劳特:《导演、演员访问记》,《东方舞台上的奇迹》,文化艺术出版社 1986 年版,第 170 页。

第一节　戏剧诗——焦菊隐导演诗学的最高体现

《茶馆》的舞台艺术是焦菊隐导演艺术的最高成就，是其导演美学的集中体现。焦菊隐的《茶馆》导演艺术，代表了中国话剧导演艺术的最高成就，代表了中国话剧民族化的最高成就。在北京人艺的老艺术家口中，焦菊隐导演有个外号——"土斯坦尼"。这个外号，恰好可以解读焦菊隐艺术追求的最重要的两个方面，也是对中国话剧的重要贡献。"土"，即是本土化，民族化，话剧艺术的中国作风与中国气象，最核心的审美追求，就是中国传统诗学。斯坦尼，自然是斯坦尼斯拉夫体系的精华——对生活真实的不懈追求。从这个层面看，"土斯坦尼"成功注解了焦菊隐戏剧诗学——现实主义"戏剧诗"观。焦菊隐导演的美学思想，就其创作方法上来说，是对现实主义传统的深化与拓展，就其美学追求而言，则是坚持追求中国传统诗学的意境、气象、情调。诚如田本相所言，焦菊隐在《茶馆》的导演创作上，最重要的贡献是把话剧艺术恢复到和提升到诗的本位和高度[①]。

一、焦菊隐导演艺术的重要贡献

焦菊隐的导演工作，集中在 1946 年至 1966 年的二十年。焦菊隐在燕京大学读书前就开始尝试诗歌、小说与戏剧的创作，接受了丰富的文学艺术熏陶。之后担任北平戏曲专科学校校长教职数年，赴法留学期间，其博士论文以《今日中国之戏剧》

[①]　田本相：《以诗构建北京人艺的艺术殿堂》，见《论北京人艺演剧学派》，北京出版社 1995 年版，第 279 页。

为题，对传统戏曲与中国话剧史做了全面细致的考察。抗战期间，辗转桂林、江安、重庆等大西南的戏剧重镇，坚持写作、翻译、教学、导演等多种艺术工作，在桂林执导《一年间》《雷雨》，可谓小试牛刀。后又在江安为国立戏剧专科学校毕业生执导《哈姆雷特》《日出》，反响甚好。在重庆导演过《原野》《还乡记》《飘》等中外名剧，累积经验。在重庆，困顿的他，坚持翻译苏联著名戏剧家丹钦科的《回忆录》（中文名为《文艺·戏剧·生活》）和《契诃夫戏剧集》，从域外戏剧艺术中汲取艺术能量并积蓄人生的势能。焦菊隐的人生经历，为他的导演艺术不断地积蓄着元气充沛的艺术能量，尤其是对丹钦科和契诃夫戏剧的接触，对焦菊隐的戏剧观念、导演观念产生了巨大影响，为他在新中国成立以后的戏剧活动进行了积极的铺垫作用。出于对契诃夫"内在写实"的现实主义的由衷热爱，焦菊隐在中国话剧舞台创造了与契诃夫"生活抒情诗"类似的艺术高度。

1946年，焦菊隐回到北平，在北平师范大学（现北京师范大学）西语系任教。1947年应抗敌二队邀请，导演柯灵、师陀根据高尔基《在底层》改编了剧本《夜店》。《夜店》的演出，在北平剧坛引起轰动，之后又导演了夏衍的《上海屋檐下》和新京剧《桃花扇》《铸情记》《九件衣》。《夜店》引人注目的成功，成为焦菊隐执导《龙须沟》，并正式调入北京人艺的重要契机。

在新中国成立后，1950年，焦菊隐受新成立的北京人艺（老人艺，包括有歌剧、话剧、乐队的综合性剧院，院长为李伯钊）的邀请，执导《龙须沟》。1951年2月1日，《龙须沟》的公演获得极大成功。1952年6月12日，北京人民艺术剧院（老人艺）的话剧队和中央戏剧学院话剧团合并成立专业话剧院，即现在的北京人民艺术剧院。焦菊隐正式从北京师范大学调入北京人民艺术剧院担任第一副院长。1955 年，北京人艺正式建立总导演制，焦菊隐兼任总导演。1950 年至 1955 年这段时间，焦菊隐在舞台实践上主要是学习深化斯坦尼斯拉夫演剧体系，尤其是《演员的自我修养》（第一部），重点关注体验过程的内部技巧，强调内心“体验”。新中国成立后，以苏为师，像苏联戏剧学习，斯坦尼体系一时成为演剧的标杆。《龙须沟》中的“一片生活”，浓郁的生活气息，得益于对斯氏体系的生活真实的追求。①

1955 年焦菊隐与苏联专家联合导演《布雷乔夫》时，在导演实践上观察理解了《演员自我修养》（第二部）“形体动作方法”，“在行动中分析剧本和角色”。在百花开放、百家争鸣，戏剧“推陈出新”的宽松气氛中，1956 年 3、4 月，在京举办的第一届全国话剧观摩演出大会；4、5 月间浙江昆剧《十五贯》进京演出，引起轰动。周恩来总理曾就《十五贯》做过两次重要讲话，周恩来总理的指示精神对当时中国话剧界包括焦菊隐产生了重大的影响。他说：

> 《十五贯》具有强烈的民族风格，使人们更加重视民族艺术的优良传统。这个戏的表演、音乐等，既值得戏曲界学习，也值得话剧界学习。我们的话剧总不如民族戏曲具有强烈的民族风格。有些外国朋友认为，中国话剧还没有吸收民族戏曲的特点。现在有些话剧团准备演《十五贯》，这是好的。中国话剧的好处是生活气息浓，但不够成熟，话剧台词就象把现在我们的

---

① 参见《焦菊隐艺术活动大事年表》，《论焦菊隐导演学派》，文化艺术出版社 1985 年版，第 214～223 页。

说话搬上了舞台。演员要注意基本训练和艺术修养①。

1956年开始，焦菊隐在导演实践中，不断探索"化用"中国戏曲的表演方式和演剧精神。早在法国巴黎大学时，焦菊隐在博士论文《今日之中国戏剧》中，就对中国戏曲的演出艺术进行过系统研究。他认为中国戏曲"尽管传统的舞台形式及带有隐喻性质的道具十分简单，但我们的艺术仍不失为现实主义的艺术"，"对我们来说，恰恰是这种简朴的风格增添了演出的魅力，使我们倾倒。因为这种简朴的风格包含着真实生活的主要轮廓"②。从《虎符》开始，焦菊隐在舞台创造上使用中国戏曲惯有的虚拟化、写意化、象征化的形式与手法，打造现实主义的真实之境。他说："《虎符》就是吸取戏曲精神也兼带形式的一种实验。"在舞台上学习借鉴了戏曲表演的程式化。《虎符》演员直接借鉴了戏曲演员的台步、身段、手势、眼神，台词也借鉴了戏曲的京白、韵白等。《蔡文姬》接续了《虎符》从程式化到戏曲审美精神的探索。我们提到焦菊隐提倡的话剧民族化时，总是会想到《蔡文姬》，演员表演的程式、身段、念白，想到定场诗、打圆场、自报家门等戏曲元素。的确，《虎符》《蔡文姬》等话剧学习吸收了戏曲的表演形式，表现了浓郁的民族风格。

但是焦菊隐也曾经说过："民族风格是要通过某种程度的民族形式才能被表现出来的，然而，没有民族生活内容，就不能

---

① 周恩来总理1956年观看浙江省昆苏剧团演出《十五贯》后的两次讲话：第一次是四月十九日看完演出后对剧团同志的讲话，第二次是五月十七日在关于《十五贯》的座谈会上的讲话。1980年第1期《文艺研究》全文发表。这段话选自五月十七日在关于《十五贯》的座谈会上的讲话。

② 焦菊隐：《今日之中国戏剧》，《焦菊隐戏剧散论》，中国戏剧出版社1985年版，第328页。

有表现民族文化和民族精神面貌的形式。"① 焦菊隐曾在 1956 年
中国剧协举办的话剧观摩会演座谈会上发言说：

> 话剧向传统戏曲学习什么？我认为，主要是学习
> 它的丰富的表现手法，而不是它的现成形式。传统戏
> 曲的特点，一是突出人物，二是真实②。

焦菊隐认为："戏曲的表演方法，恰恰是在提炼、强调、突
出和夸张上是有很高成就的。"③ 传统戏曲十分注重揭示人物的
内心世界，"通过许多细节和行为来展现人物的思想活动"④。
焦菊隐认为中国戏曲的真实或者写实的部分就是在"有话则长
无话则短"的原则统领下集中了、强调了人物的性格和精神面
貌，突出了人物思想情感最为活跃、复杂、细致的部分。戏曲
追求的艺术真实，是在人物的思想情感方面下功夫。1958 年首
演的《茶馆》，严格执行、高规格完成了焦菊隐关于"突出人
物"和"艺术的真实"的要求，堪称化用中国传统戏曲演剧方
法的典范，展现出中国传统戏曲审美精神的现实主义力作。

《茶馆》的导演艺术在中国话剧舞台上接续和延伸了中国戏
曲美学传统和中国传统艺术的审美追求，在舞台表演、舞美设
计等方面展现了浓郁的中国情调和中国气派。从审美价值上看，
是追求意象、意境的中国诗学传统的恢复和提升。中国社科院

---

① 焦菊隐：《略论话剧的民族形式和民族风格》，《焦菊隐文集》（第
2 卷），2005 年，第 92 页。

② 焦菊隐：《话剧向传统戏曲学习什么》，《焦菊隐文集》（第 3 卷），
2005 年，第 4 页。

③ 焦菊隐：《焦菊隐戏剧论文集》，1979 年版，第 117 页。转引自
《论焦菊隐演剧学派》，文化艺术出版社 1985 年版，第 78 页。

④ 同上。

的杨义说：

> 中国诗学是"生命—文化—感悟"的多维诗学。
> 它们的基本形态和基本特征，是以生命为内核，以文
> 化为肌理，由感悟加以元气贯穿，形成一个完整、丰
> 富、活跃的有机整体。由此可以派生出比兴（隐喻）、
> 意象、意境和气象等基本范畴，从而在不同层面和不
> 同方式上作为生命与文化的具有东方神韵的载体，作
> 为感悟进行贯穿运作的基本方式。①

曹禺在《纪念北京人艺建院三十周年》，这篇为北京人艺建
院纪念册撰写的序言中，用饱有情感和诗意的语言对焦菊隐的
导演艺术创造给予了充分肯定和宏观描述。曹禺将焦菊隐导演
诗学最为核心的部分从艺术本体的角度给予了诠释。

> 焦菊隐以他半生的经历，研究、实验中国戏曲和
> 中国话剧的意象和内在美感。
> 他在北京人艺尽心致力于中国话剧民族化的创造，
> 奠定了现实主义创作方法的基础。他创造了赋有诗情
> 画意、洋溢中国民族情调的话剧。他是北京人艺风格
> 的探索者，也是创始者。②

曹禺所言的意象和内在美感，田本相将之称之为"戏剧

---

① 杨义：《中国诗学的文化特质和基本形态》，《中国社会科学院研
究生院学报》2002 年第 5 期，第 45 页。
② 曹禺：《纪念北京人艺建院三十周年》，《曹禺全集》（第 6 卷），
花山文艺出版社 1996 年版，第 298 页。

诗"。焦菊隐十分重视剧本的文学性和内在的诗性。他曾经引述过戈登·格雷的话："不要先去寻求写实，要先看到诗人灵魂的深处。"① 焦菊隐在燕京大学读书时就写过诗歌与小说，后来又从事过剧本和小说的翻译，良好的文学修养和敏锐的感悟能力，为他的导演艺术提供了丰沛的滋养。1953 年，他在《契诃夫戏剧集》译后记中写道："我的导演工作道路的开始是独特的，不是因为斯坦尼斯拉夫斯基才约略懂得了契诃夫，而是因为契诃夫才约略懂得了斯坦尼斯拉夫斯基。"②

在谈导演的艺术创作时，他说，导演在舞台上形象化一个文学剧本时，"第一件要做的事情，是要去掌握剧本的内在力量与精神，和作家的思想与感情"③。焦菊隐导演美学思想是，通过对剧本文学价值的呈现，达到戏剧诗的高度，这一美学总体目标是焦菊隐导演美学的基石。北京师范大学邹红教授认为："在焦菊隐的导演理论中，诗性的呈现已成为导演进行二度创作的终极追求，并由此形成了焦菊隐导演理论的美学特色。"④ 焦菊隐学贯东西，自成一派。北京人艺后来梳理总结"焦菊隐导演学派""北京人艺演剧学派"等，均肇始于焦菊隐的导演实践活动。

在 20 世纪 50 年代的中国话剧舞台上，基本上是导演一统天

---

① 转引自焦菊隐：《导演的艺术创造》，《焦菊隐文集》（第 3 卷），文化艺术出版社 2005 年版，第 22 页。

② 焦菊隐：《〈契诃夫戏剧集〉译后记》，《焦菊隐文集》（第 3 卷），文化艺术出版社 2005 年版，第 292 页。

③ 转引自焦菊隐：《导演的艺术创造》，《焦菊隐文集》（第 3 卷），文化艺术出版社 2005 年版，第 22 页。

④ 邹红：《诗性的呈现与导演的二度创作——试论焦菊隐的导演美学思想及其实践》，《作家·导演·评论》文化艺术出版社 2008 年版，第 113 页。

下，导演处于话剧艺术的中心位置。北京人民艺术剧院、中央实验话剧院、中国青年艺术剧院、上海人民艺术剧院等全国知名的四大剧院，都采用了总导演制，分别拥有焦菊隐、黄佐临、孙维世、吴雪等一批知名导演。这时的中国话剧舞台上，基本上全盘"斯化"，以苏为师，奉斯坦尼为圭臬。中国普遍学习斯坦尼演剧体系《演员的自我修养》（第一部），在 1956 年以前，中国话剧舞台只重"体验"，追求演员内部体验技巧，使演员生活于角色之中，而不谈表现和外部动作。

《茶馆》的成功，是体验与表现的融合，是"生活于角色"和"角色生活于你"的相得益彰，在中国戏曲"突出人物"、"艺术真实"与《演员的自我修养》（第二部）"形体动作方法"的相互作用与指引下，按照焦菊隐的心象说演技方法，《茶馆》培养了一批伟大的演员，第一次在话剧舞台上成就了一大批"名角儿"，应该说，很大程度上冲击、挑战又补充、丰富、完善了中国话剧舞台上的导演中心制。《茶馆》舞台艺术的成功，既得益于剧本深厚的文学价值和以导演为核心的排演机制，也得益于焦菊隐在舞台创作上坚持了以演员的体验和表演为中心。

1955 年，焦菊隐对《明朗的天》的导演工作，基本上是以导演诠释剧本为创作核心的。焦菊隐事先为演员们进行了精辟入微的人物分析和性格形象设计，甚至包括人物的语音和腔调的设计。在《明朗的天》中，焦菊隐第一次尝试实验《演员的自我修养》下半部关于"由外而内"的排练方法，强调演员在舞台行动中把握外部动作，获得人物感觉，而不再强调演员的内心体验。但是效果并不好，不少演员背后称其为"面人焦"，意为导演如捏面人一样随意捏弄人物。所以到《茶馆》排练中，焦菊隐开始尝试将中国戏曲突出人物，追求内在真实和艺术真实的民族戏曲精神贯穿其中，使得茶馆里的人物生动起来，演员成为舞台上的核心力量。《茶馆》的演剧技术，不同于《龙须沟》的"一片生活",而是大量使用了戏曲突出人物的一套思想情感形象化的表现方法,如每一个人物出场都有一个独特的亮相。不着痕迹,尽得风流。秦二爷、庞太监、黄胖子、马五爷、二灰、大小刘麻子……各有不同,一人一个样。焦菊隐说,一片生活并不等同于艺术,"观众要看到的是戏,也就是经过集中、提炼、典型化了的生活"①。《茶馆》的表演摆脱了自然主义对生活亦步亦趋的模仿再现,是提炼、集中、强调甚至夸张等典型化了的现实主义,这与中国戏曲的演剧观是相通的。中国戏曲从来都是用最简朴的手段创作最大的内在真实、艺术真实。焦菊隐说:"世界上所有最高的艺术,都有他们的共同点。比如,用最少的笔触表现最大的真实。准确地表现深刻的真实,巨大感染力和表现力……"② 从北京人艺博物馆保存的《茶馆》的排演资料中看,焦菊隐的确是带着一众演员、舞台设计人员及工作人员对"茶馆生活"进行了精益求精的提炼与创造。无论角色大小,所有演员都写了人物小传和演员日记,对每一个角色的外形特征,从衣着、发式、表情、生活习惯、兴趣爱好、道具等进行思考、勾勒与设计。包括舞美布景、灯光、音效等舞台工作者都要撰写自己的设计日记和思考笔记。焦菊隐组织演员体验生活和查看相关资料,从第一手经验和间接经验两个方面入手理解和体验人物。如庞太监的扮演者童超走访曾经伺候过西太后的一位耿太监,得以了解到太监要买媳妇儿的心理状态。扮演侦探的宋恩子和吴祥子的林连昆和李大千两位,真正遇到过一位旧时代的侦缉,对他凌厉的眼神和阅人的锐利神

① 焦菊隐:《论焦菊隐导演学派》,文化艺术出版社1985年版,第92页。

② 焦菊隐:《略论话剧的民族形式和民族风格》,《焦菊隐文集》(第3卷),文化艺术出版社2005年版,第92页。

情留下深刻印象，这极大地帮助了他们塑造角色。松二爷的扮演者黄宗洛更是天天泡茶遛鸟，晕在旗人生活情境之中。正是建立在真实生活细节基础上的剪裁与提炼才有了更高的真实，戏剧是浓缩和精炼的生活。

二、《茶馆》的舞台处理

《茶馆》舞台节奏处理，可谓"豹头、熊腰、凤尾"。焦菊隐曾经写过一篇谈戏曲创作的文章，题目就是这句形容文章的老话儿："豹头、熊腰、凤尾"。

（一）《茶馆》开场群戏，如定场诗一般，醒目的"豹头"的作用。焦菊隐十分注重开、闭幕。他认为开幕，就要像豹头，单一、醒目，或者很惊人，使观众一下子懂得。"先写一个由头，让观众知道这出戏里要接触的是什么问题。要把全部局势交代清楚，故事情节无论怎么发展，无论发展到多么复杂的地步，都能使观众明白。"① 《茶馆》开幕的群戏，在老舍的文学本中并没有，是导演添加了二十几个茶客人，并且安排出八张茶桌，安排不同的茶客有不同年龄、职业、身份，根据其职业身份与兴趣爱好，在茶馆中的谈话内容也丰富多姿、各有不同。有镖局武师，有京剧票友，有商贩走卒，有代写书信的，有提笼架鸟者，有下棋观棋者，有南方珠宝商，有京郊买卖人，有洋教信徒，有善扑营摔跤的，有乡下逃荒出来要饭的，有地痞流氓，有警察特务……涵盖广阔的社会生活。大幕一开，热火朝天的茶馆气氛，各种街头叫卖声、厨房锅碗瓢盆的声响、热闹的谈天说地之声，动静之间，节奏尽显。

———————————————

① 焦菊隐：《豹头、熊腰、凤尾》，《焦菊隐文集》（第3卷），文化艺术出版社2005年版，第261页。

（二）熊腰——集中勾画人物形象，每一幕不同叙事单元之间连环相接。人物形象饱满、丰富、深刻。揭示人生的矛盾与真相。戏曲表演不但外在形象轮廓鲜明，其内心的思想情感也是通过鲜明的外形动作表现出来的。戏曲特别注重以外形动作表现人物的心灵情感，焦菊隐称之为内在的真实、巨大的真实。因此，戏曲舞台这种思想情感形象化的独特方法，诸如从台词中挖掘形体动作和舞台行动，用简练、鲜明、准确的形体动作把人物在特定情境中的思想情感恰如其分地表现出来，用无声的台词即举动、姿态、眼神、形体动作的组合等揭示人物细微的心理活动等等，便是话剧表演应该着重学习的。如第一幕中的马五爷，坐在茶馆角落里，文学本中一共只有三句台词。开幕后不久就走了，再也没有出现过。但马五爷是个重要人物，老舍写他是为了指代、彰显外国列强在中国的势力。焦菊隐的舞台处理，首先在开幕茶客的群戏中安排了一段江西教案的对话，外国人如何活活打杀了知县，铺垫了帝国主义在中国的横行霸道。打手二德子要与常四爷打架时，马五爷坐在雅座间，不动声色，只淡淡一句"二德子，你威风啊"，二德子立刻打千请安赔笑，从二德子态度的急转中，马五爷的势力立马体现了出来。"有什么事好好说，干吗动不动就讲打呢！""对不起，我还有事，再见！"马五爷的貌似彬彬有礼的台词是一种亲近洋人的做派也是一种对茶馆里茶客的傲慢与优越感的展现。马五爷起身要走出茶馆，导演安排他绕过半个茶馆，听见教堂的钟声响起，全场安静，只见他背对观众立定脱帽，恭敬地胸前画十字，于是观众明白了马五爷原来是个吃洋教的。这是一次典型的人物亮相的手法。此外，秦二爷的亮相、与常四爷的交锋、与庞太监的针锋相对，都是相当成功的通过外部舞台动作刻画心理活动，刘麻子、黄胖子在第一幕穿插行进的舞台动作，也是这个意思。

（三）凤尾——出人意料的独特的收尾。不求花哨，而是如

凤尾一般"单一、挺拔、毫不费力的扬起"。例如第一幕闭幕
"将、你完了",看似闲笔,简洁有力,"三个老头话沧桑"的
戏,出人意料又情理之中。并没有选取剧本沈处长的几个"蒿"
字至上,只着意于苍凉、悲剧人物命运的写照至上的深沉感,
也可以说是"凤尾"的节奏感使然。

此外,焦菊隐十分重视舞台演出艺术的完整性和具体细节
的真实。诚如现场看过焦菊隐排戏的人所言:"我看过几次排
演,深深体会到导演对效果要求得多么严格,游行队伍喊什么
口号、唱什么歌,吉普车的马达声什么时候出现,出放的丧乐
什么时候传出来,叫卖柿子还是葡萄,以至擀面杖敲打的是烫
面饺的敲法还是烙饼的敲法,都经过审慎的研究,安排得意味
深长。"①

焦菊隐还说过说,演员应该意识到在整体演出中的责任,
即使是在舞台上一句台词也没有的演员也应该严肃地对待自己
的角色,严肃地对待艺术创造。只有如此,群众场面才能生动、
真实,才能生活化。理想的演出中,"群众中每一个人物,都能
不借台词就叫观众看出他的职业,如赶大车的,扛大个儿的,
打铁的,修自行车的和煤铺货期等等"②。

第二节 功夫在诗外——《茶馆》伟大的表演创造

关于《茶馆》一众表演艺术家的表演创造,最为后人称道,
最值得后人学习的有三个方面:一是以于是之为代表的艺术家
们对焦菊隐导演提出的"心象说"表演方法的成功实践与发展;

---

① 朱青:《茶馆导演谈茶馆》,《戏剧报》1958 年第 6 期。
② 焦菊隐:《〈龙须沟〉里的舞台人物形象》,《焦菊隐文集》(第 2
卷),文化艺术出版社 2005 年版,第 334 页。

二是深刻的真实；三是含蓄的艺术美。

于是之曾经在一篇文章中说："我特别喜欢《茶馆》，它是通俗的，平民的，但又非常深刻的，还有，它是美的。"① 于是之创造的王利发这一形象，质朴、平淡、含蓄、隽永。抵得住他自己评价老舍的这几个字："本色当行，不工而工。"

一、对"心象说"的成功实践与不断发展

于是之和焦菊隐导演的合作，可以追溯到 1947 年的《上海屋檐下》。不过，却是在《龙须沟》的合作中，于是之开始尝试按照焦菊隐提出的"心象说"塑造人物。焦菊隐提出的心象说是在斯坦尼演剧体系的基础上，融合中国戏曲"突出人物，强调艺术真实"的戏剧精神，同时也吸收了法国哥格兰"两个自我"论中"第一自我监督第二自我"的演剧方法，是对斯坦尼演剧学派强调内心体验的一次本土化的矫正与发展。焦菊隐在排演《龙须沟》时曾经说："演员体验生活时，应先普遍深入这一阶级阶层去观察体验，不该奢望一下子找到典型，应先找到类型，最后形成典型。""先有心象才能够创造形象"；"没有心象就没有形象"②。心象，类似于内心视像，或者形象的种子，即焦菊隐所说，先要角色生活于你，然后你才能生活于角色。是"第一自我"与"第二自我"此消彼长的过程，是随着第二自我的逐渐培养壮大，逐渐弱化甚至取消第一自我和表演痕迹的过程。焦菊隐说："从外到内，再从内到外，先培植出一个心

---

① 于是之：《老舍先生和他的两出戏》，《演员于是之》，北京十月文艺出版社 1997 年版，第 149 页。

② 于是之：《生活·心象·形象》，《演员于是之》，北京十月文艺出版社 1997 年版，第 211 页。

象来，再深入找其情感的基础。"① "当你的角色开始生活于你
的时候，最初只是一点一滴的出现：有时候是一只眼睛，有时
候是一个手指，有时候只是他对某事物的一刹那的反应。"于是
之在扮演程疯子之前，先写了六千字的程疯子传。从程疯子的
外部形象、衣着、发式、手势、步伐、语气、语态等习惯性动
作，到性格特征、思维方式、处事法则、家庭关系、生活环境
等等。这一篇《程疯子传》几乎相当于一篇自传体小说，事无
巨细的生活细节与生活真实，已经倾吐了程疯子命运的秘密与
根源。在表演心理依据上，关于程疯子到底疯不疯的问题，于是
之受焦菊隐导演启发，为程疯子找到一套完整的心理逻辑——
"在疯子眼里，所有的别人都是疯子。"在走访了荣剑尘这位鼓
界大王以及落魄潦倒的京剧名角等一系列艺人之后，于是之经
过直接经验与间接经验的反复推敲、斟酌，在生活体验的基础
上有了心象的培育，有了从类型化到形象到典型化的人物形象
转换的过程，在形体动作上，于是之塑造的程疯子浑身必然地、
习惯地保留着旧艺人的气息。

相比较于程疯子，在王利发的塑造上，于是之更进一步地
实践并发展了"心象说"。于是之在《〈茶馆〉排演漫记》中
说，关于青年王利发，他脑子里浮现的故人形象是：

> 所穿白小褂袖子瘦而且长，领子是颇高的。他走
> 路很有特点，特别地利落洒脱。②

---

① 于是之：《焦菊隐先生的"心象"学说》，《演员于是之》，北京十
月文艺出版社 1997 年版，第 231 页。
② 于是之：《〈茶馆〉排演漫忆》，《演员于是之》，北京十月文艺出
版社 1997 年版，第 123 页。

而关于王掌柜的仪态，王利发借鉴了曾经看到过的小学校的门房陈大爷的惯用手势：

> 王利发第二幕的手，一种虽常操劳而好干净的人的手，便是我从陈大爷的身上剽窃过来的。一个演员捕捉到一个对角色最恰当的手势，是多么要紧呐！①
>
> 我以为，一个演员应当有能力把自己的角色组织起来，使主题表达得更有力，更丰富。第二幕，王掌柜除了按照剧本的规定接待各种人以外，我为他加了一个动作，把"莫谈国事"的标语一张张的贴起来，我以为，这是一个有助于揭示主题和表现人物的动作，尽管他标语贴的那么认真，国事，还是横冲直闯的，进了他的茶馆，终于逼得他开不了张以致活不下去。②

于是之先生记述下来的创作过程，非常可贵，他一点点按照心象说，从外部特征寻找心理支撑，培育心象。"《茶馆》这部剧本，在我面前就开始幻化出一些活动着的图画，有点清晰，有点模糊，有时已经看见了他们的眉眼，有时看见的又是一片朦胧的气氛。"③ 在王利发的塑造过程中，于是之关于"演角色"和"变成角色"的问题有了很深刻的认识，成为如今北京人艺演剧学派的重要财富，并且在濮存昕等人的表演上得以延续。这就是林兆华、濮存昕所说的"半劲儿"。也就是表演上争

---

① 于是之：《〈茶馆〉排演漫忆》，《演员于是之》，北京十月文艺出版社 1997 年版，第 124 页。

② 于是之：《演王利发小记》，《演员于是之》，北京十月文艺出版社 1997 年版，第 129 页。

③ 于是之：《〈茶馆〉排演漫忆》，《演员于是之》，北京十月文艺出版社 1997 年版，第 125 页。

论不休的第一自我与第二自我的关系。于是之在对王利发这个角色精益求精的表演磨炼后，曾说自己在《茶馆》第三幕与孙女告别时，常常流泪，但在第二自我流泪的同时也会闪现出一个念头觉得自己今天演得不错。也就是说第一自我和第二自我同时显现或者混杂在一起。但于是之又说，这第一自我的闪现并没有影响表演的质量，也无人察觉。这说明，第一自我与第二自我是无法彻底掰开，是无法被彻底消灭的。第一自我监督第二自我，第一自我随时审视、观察、考评第二自我。"在我的经验里，在台上完全做到'忘我'，真的与角色百分之百地合二为一了，这是不可能的。"[①] 于是之很早就已经意识到第一自我不可能完全消失，第一自我与第二自我相互依存相互制约，在表演上的类似与间离和表演上的松弛的"半劲儿"，是一种表演上的裕如和泰然。用力过猛的"忘我"并不一定更有艺术表现力。更为恰当的比喻是提线人与提线木偶。提线人相当于第一自我，提线木偶相当于第二自我。第一自我和第二自我不可分割，相互依存。第一自我控制、监督第二自我的表演，第一自我与第二自我之间保持着松弛的互相依存关系。这点松弛的张力就是"表演"。

二、深厚的生活基础和深刻的内心体验

除了于是之、郑榕、蓝天野，《茶馆》中大、小刘麻子的扮演者英若诚，庞太监和说书人邹福远的扮演者童超，大小唐铁嘴的扮演者张瞳，松二爷的扮演者黄宗洛，康六的扮演者牛星丽等老艺术家有着数不完的精彩人物塑造。从整体上说，北京

———————

① 于是之：《〈茶馆〉排演漫忆》，《演员于是之》，北京十月文艺出版社 1997 年版，第 128 页。

人艺演剧方法，按照焦菊隐先生的心象说，从生活的仓库中，寻求人物生活的逻辑，从生活的姿势入手；有理论根据作表演支撑，演出人物的自然的逻辑。追求生活深刻的真实，不要对人物进行道德审判。英若诚曾说起老舍先生对他扮演的刘麻子有一句提示："你演得还不够坏，不过您可千万别去演那个坏。"英若诚说自己慢慢悟出，这是老舍先生说不能把人物脸谱化，不能一边批判一边演，坏人也有自己的人生观。北京人艺的表演，每一个演员不仅塑造出了鲜明的人物形象，每一个人物形象都演出了人物的人生观和命运感。北京人艺演剧学派有著名的三句话："深厚的生活基础，深刻的内心体验，鲜明的人物形象。"这是北京人艺现实主义表演创作方法的灵魂。

富有深意的表演能力，除了理论支撑，最重要的就是深厚的生活积累和生活体验。以"龙套大师"黄宗洛为例。他在《龙须沟》里只是扮演一个卖酸梨的大龙套，而就是为了这么小的角色，黄宗洛寒冬腊月里，硬是跟着卖梨的老人叫卖了半个月梨。待到正式演出，这个卖酸梨的黄宗洛，只是猫在窝棚的旮旯里，没有台词，背对观众，甚至连灯光也打不到。可是，生活的质感，就是靠这样认真投入的表演者一点一点营造出来的。在《茶馆》中，黄宗洛为了演好松二爷，在后台真的养了一只黄鸟，穿起了长袍，喝起了盖碗茶，"晕"在松二爷的世界里。为的是八旗子弟提笼架鸟的阵势更为真切，不"生"，不"隔"，不"演"。

三、"功夫在诗外"

《茶馆》诸位表演艺术家来自五湖四海，身份迥异。文化背景也是千差万别，知识谱系，参差斑斓。于是之出身贫苦，十五岁开始当杂工，勤奋好学，追求进步，受其舅石挥影响，加入祖国剧团，后为北平艺术馆、华北人民文工团演员，敏思好学，真诚谦逊，平实细腻。英若诚是满族人，书香门第，从小生活于高级知识分子环境中，受教于教会学校，毕业于燕京大学西语系，精力旺盛，博闻强记，聪慧过人，在北京人艺号称"英大学问"。童超，天津道外贫民窟长大，热爱曲艺艺术，毕业于北京大学工学院，其舞台艺术风格朴实深沉，真实细腻。黄宗洛出身浙江温州书香世家，毕业于燕京大学心理学系，黄家兄妹五人均与艺术结缘。蓝天野是河北衡水人，1944 年在地下组织帮助下，组建祖国剧团，后来加入抗敌二队。郑榕是安徽人，1942 年考入国立艺术专科学校西画系，开始从事话剧工作，参加过业余和职业演剧活动，1950 年加入北京人民艺术剧院。正是由于这种文化生态多样性和丰富性，为他们的表演艺术提供了丰沛的生活滋养。所谓，功夫在诗外。尽管生活经历、文化背景各有不同，但《茶馆》表演艺术家有一个共同的特征，就是对生活的不竭热情和对艺术的孜孜以求。伟大的表演艺术家，除了对表演技艺的训练与修养以外，一个伟大演员的自我修养，更重要的是生活修养、文学修养以及道德修养。焦菊隐首倡，于是之在北京人艺"主政时期"不断提倡、贯彻与追求的"演员学者化"，正是这样一种演员综合艺术修养的集中追求，这种综合艺术修养正是"功夫在诗外"。

于是之曾说："演员在台上一站，你的思想、品德、文化修养、艺术水平以及对角色的创造程度，什么也掩盖不住……"于是之在《一个演员的自白》中说："演员的创造不能只是演得像了就算，我们所创造的形象，必须是一个文学的形象，可以入诗、入画的形象。"对于文学性、思想性，对美的追求，是《茶馆》艺术家的整体追求。于是之在 20 世纪 80 年代带领北京人艺执着于文学剧院和学者化剧院的追求，正是建立在对伟大演员所需要的综合修养的理性认知之上的。

英若诚的学养与修为,为北京人艺在20世纪80年代与世界一流剧院的导演、演员建立密切互动与交流关系贡献巨大。可以说,很大程度上,是由于英若诚个人的表演才能、导演才能、翻译才能,以及对精通中西方文化艺术不可复制的才华,推动北京人艺与世界一流剧院进行了史无前例的交流互访,大大开阔了中国话剧人的艺术视野。他推动了北京人艺和世界一流艺术家合作排演《请君入瓮》(1981,导演托比·罗伯森)、《推销员之死》(1983,导演阿瑟·米勒)、《哗变》(1988,查尔斯·赫斯顿)等优秀剧目。这些外国戏的排演,既开阔了我们的艺术视野,又滋养、丰富了我们传统剧目的导演、表演。《小井胡同》的编剧李龙云曾说,《屠夫》的演出影响了《小井胡同》的结尾,使得《小井胡同》有了更深邃的思辨价值。这都是北京人艺艺术家们"功夫在诗外"的明证。

第三节 另外的叙事者——舞美设计

一、生活气氛的凝练与再现

焦菊隐导演十分重视舞台美术设计,注重演出艺术的完整性。在《茶馆》的排演过程中,多次与布景设计师进行沟通,并提出自己的理想图景。焦菊隐曾说:"话剧所要向戏曲的传统舞台美术学习的,首先是,布景怎样突出人物;其次是,怎样激发观众的活跃的想象。"① 这两句话,完全可以用来说明《茶馆》的舞台布景设计与灯光设计的成就。《茶馆》的舞台布景,完全符合焦菊隐所要求的凝练、集中、强调、夸张、典型化的

---

① 焦菊隐:《略论话剧的民族形式和民族风格》,《焦菊隐文集》(第3卷),文化艺术出版社2005年版,第97页。

茶馆环境，烘托、丰富了演员的表演。三幕戏，茶馆基本上是一堂景，仅仅通过茶馆里精心设计过的道具陈设的调整与变化，暗示了时代的变迁。在环境气氛的处理上，导演与舞台美术家有许多堪称"神来之笔"的舞台设计。

1957年，《茶馆》的布景设计是王文冲，灯光设计是宋垠，服装是关哉生。根据王文冲的回忆，当时王文冲和夏淳导演走访了京城基础老茶馆，查阅了大量有关老茶馆的资料，创作出了设计草图。焦菊隐提出，第一幕正是裕泰茶馆的鼎盛时期，场面要大，人物要多，道具不足则舞台不够丰满。第一幕不足，第二幕、第三幕的次第衰败之感则不会强烈。所以第一幕的气氛和场面的渲染十分重要。

第一幕，清末戊戌年，茶馆里，老式年间的柜台、炉灶、茶桌、条凳、盖碗，以及挂鸟笼的竹竿儿，神龛里供奉的财神，茶桌上有代写书信和莫谈国事的条幅。第二幕，军阀时期，裕泰茶馆里茶桌少了许多，没了条凳换了椅子，铺了桌布，神龛没了，二楼亮堂的窗户没了，新增了西洋唱片机，"莫谈国事"的条幅更为醒目，"大展宏图"的愿景下，改良注定是越改越凉的宿命。第三幕，国民党和亲美势力招摇过市，裕泰茶馆经营面积进一步缩小，挂上了新式珠帘，室内昏暗，茶桌椅凳，参差不齐，杂合凑在一起。裕泰茶馆一点也不裕如泰然了，一幅末世凄楚图景。第一幕的神龛，第二幕的唱片机，第三幕的广告招贴画，每一幕中典型的时代风物标志的道具的选择，都是点题的良策。当然也包括大家都非常熟悉的三幕中不断增加，变得更为醒目的"莫谈国事"的条幅的预示性。《茶馆》的布景设计，不变的场所与环境，固定表演区域，靠各个时期道具陈设的变化，将茶馆环境的变化，人物命运、心理状态的变化，时代的变迁变化有机地结合在一起。可以说，茶馆环境的变化，是人物命运变化的投射。时代的变迁，通过茶馆环境的变化、人物命运的变化得以展现。

《茶馆》灯光设计也完全配合上述茶馆环境变化和气氛的渲染。从第一幕到第三幕，《茶馆》的灯光是由亮到暗，第一幕是橘红色的暖色亮光，预示着裕泰茶馆在晚清鼎盛时期的热闹辉煌，营造一副热烈红火的生活气氛。第二幕，灯光开始偏冷偏暗，白色灯光营造出改良氛围下的寥落与不安。第一幕当中二楼窗户的亮光没了，昔日金碧辉煌车水马龙的感觉消散了。第三幕戏的灯光，是蓝色冷光，舞台表演前区一大半是暗场。气氛清冷、昏暗，预示着末世的终结。在这种色调与气氛下，三个老头的自祭自奠便十分自然。灯光的这种变化，反映了生活的真实，正好配合布景，渲染了三个时代一代不如一代，同时也烘托了人物处于三个不同时期的不同心境。

二、《叫卖组曲》——生活的"锣鼓"

在《龙须沟》排演过程中，焦菊隐曾指定英若诚兼管音响效果。焦先生对年轻的英若诚说："音效效果是创造舞台典型环境的重要手段，不仅可以烘托角色的内心活动，还能渲染全剧的主题。你从事这个工作要把它当成一次艺术创造，只要真心投入进去，你不但会有无限的乐趣，还会有意想不到的收获。"[1]可见，焦菊隐导演十分注重音响效果的作用，而且对戏曲的音响效果、节奏有非常深入的了解。《龙须沟》的舞美和音响效果是一次十分成功的艺术实践。任宝贤写的英若诚传略中说，英若诚为了《龙须沟》中的各种老北京胡同的叫卖声，会深夜站在寒风的街头，谛听那一声叫卖"硬面饽饽"的苍老悲凉的韵味儿。这种创作上精益求精的现实主义创作方法，在《茶馆》

---

① 任宝贤等：《英若诚》，北京十月文艺出版社 1992 年版，第 34 页。

中更上了一层楼。

而且英若诚还匠心独运地跟北京人艺的一众演员搞了个"叫卖组曲"，把各种叫卖声按照从早到晚生活的逻辑顺序连缀起来，按照合唱的声部和节奏，分出独声叫卖、和声叫卖，还有轮声叫卖，于是之、黄宗洛、牛星丽、田春奎各司一职，从卖小金鱼儿的，雪花酪的，猪血臭豆腐的，从早晨一直卖到深夜……把老北京的市井生活韵味儿通过一声声叫卖吐露出来，而且还上了1982年的春晚，至今在北京民俗风情展览上，演员依旧在山寨和模仿着北京人艺的老艺术家们当年这段即兴的创作。叫卖声、市声，音效第一次在中国话剧舞台上发挥了如此重要的艺术表达作用。

在《茶馆》的排演过程中，音响效果承担了更为重要的艺术任务。《茶馆》的音响效果，第一次写进了节目单。音响效果师冯钦在《茶馆》的舞台演出史上居功至伟，堪称是一位不露面的表演艺术家。冯钦，也曾经是一位演员。所以说从英若诚到冯钦，演员的表现力和表达欲望都融进音响效果的艺术创造中。至今，北京人艺的老演员谈起冯钦，有一句并不成文的说法："一个冯钦，演了半部《茶馆》。"这句话，或许并不精准。不过，可见音响效果对于《茶馆》这部戏的重要性，音响效果参与叙事的能力如此之强。笔者推测，这句话或许是源自于焦菊隐1957年分析剧本时所说："效果的气氛最重要，要介绍时代背景，占戏的一半。"在《茶馆》这部戏中，音响效果不仅仅是烘托气氛、帮助表演，它本身已经是重要的叙事手段。第一幕里教堂的钟声，第二幕唱机里传出的洋人大笑、街外出现的军号，第三幕吉普车的鸣笛、刹车声等等，都暗示着帝国列强的入侵和横行。第一幕的叫卖声、货声，水车的车轮声、叮当声，厨房的面杖、炒锅声，茶馆寒暄打千请安等等，使观众感受到极盛时的大茶馆里繁荣喧闹的景象。这些舞台音响效果，组成了"市声"演奏的乐章，营造出时代气氛，推动情节发展，将舞台生活诗意向纵深扩展。

《茶馆》每场演出在大幕开启前，先由大傻杨说数来宝，说完大幕拉开，茶馆里一片烟雾缭绕的生活质感和气氛，就是效果师用烟饼熏染出来的。音响效果师需要点燃手中用松香、锯末和硫磺合成的烟饼，一边晃动一边徐徐后退。秦二爷骑马上下场的响动，都是效果师弓身一颠一颠跟在演员后面跑出来的效果，扣盒模拟骡子蹄子的声音，牲口打嘟噜是用嘴模仿的。铃铛声由远及近的效果，是效果师跟着演员跑进后台深处营造出来的。生活的质感，舞台的节奏，效果师的表演功不可没。

第五章 《茶馆》的历史影响
与现实困境

　　近六十年的演出史，是《茶馆》从"异类"到名剧的经典化过程。尤其是，进入 20 世纪 80 年代以来，《茶馆》成了新中国"十七年"文艺尊严的象征。《茶馆》是第一部走出国门的中国话剧，在中外文化艺术交流中扮演重要角色。

第一节 《茶馆》开启了中外戏剧对话的大门

　　1980 年，出访欧洲，《茶馆》收获了巨大声誉。三十年来，《茶馆》连续到过日本、新加坡、加拿大、美国访问，到过香港和台湾地区以及上海、深圳、天津等重要城市巡演。2010 年，北京人艺博物馆整理出版《〈茶馆〉在世界》一书，记述《茶馆》在世界各地的影响，梳理历次巡演所获媒体、学者的评论，以及《茶馆》艺术家们巡演随想、心得。"《茶馆》几乎成为中国话剧的代名词。"老舍之子舒乙，在为这本书所作的序言中说："《茶馆》是中国话剧艺术已经达到世界水准的代表者和体现者，包括作者老舍先生的文学功底和丰富的想象力，导演焦菊隐先生别出心裁的完美导演手法，演员于是之、郑榕、蓝天野、英若诚、童超、黄宗洛、董行佶、张瞳、任宝贤、谢延宁，李大千、林连昆等人的表演才华。"①

在《〈茶馆〉在世界》之前，北京人艺曾于 1980 年整理出版《东方舞台上的奇迹——〈茶馆〉在西欧》，1983 年整理出版了《难忘的二十五天——〈茶馆〉在日本》等书，记述《茶馆》国外巡演的盛况，其中收录不少中外戏剧名家的观感与体察。如 1980 年，英国当代舞台艺术大师彼得·布鲁克在巴黎观看了《茶馆》后，评价《茶馆》："演出是一个整体，演员之间显然有很深的默契，演得高明，了不起。"他还特别强调说：

> 你们是现实主义，写实的表演学派，过去这个学派的通病是：一、过火，二、瘟，缺少表现力。而你们克服了这两点，你们是含蓄的，轻巧的，而不是沉重的，过火的，但是极富有表现力。你们充分利用了形体、手势、语调、面部表情，把戏有力地打到观众那里去。这是一般的现实主义表演所缺少的，是你们了不起的成就。而我们这里的一些戏的演出，是不太注意观众的存在的。过去没有看过中国话剧，没想到你们有这样高的水平的话剧。现在我明白了你们所说的民族形式与现代戏剧相结合，是什么含意了，这是一个很值得重视的，极富有研究价值的课题……②

《茶馆》剧本的德文译者，《茶馆》剧组访欧的随团德文翻译乌苇·克劳特在追忆文章中说："他们以胜利者的姿态从一个

① 舒乙：《〈茶馆〉在世界》（序言），中国戏剧出版社 2010 年版，第 2 页。
② 周祥瑞：《西方观众看〈茶馆〉》，《〈茶馆〉的舞台艺术》，文化艺术出版社 2007 年版，第 274 页。

剧院到另一个剧院，从一个城市到另一个城市，从一个国家到另一个国家。你可以这么说：《茶馆》'征服了欧洲'。"在汉诺威，演出一结束，剧院院长就冲到后台，连头上的耳机也来不及取下，他对演员们大声说道："你们全是主角，没有一个是配角！你们的戏是世界水平的。你们可以把它带到全世界任何地方上演！"① 法国《费加罗报》，刊登了皮埃尔·马卡布鲁的评议文章："和契诃夫一样，老舍描写的是过渡，是变化，是决裂；和契诃夫一样，老舍叫我们了解，有朝一日，可能就在这片废墟上，会诞生一个新的世界，一个公正而美好的世界。"②

《茶馆》访欧归来，极大地扩大了中国话剧在世界上的影响力，建立了中国话剧与西方戏剧界平等互利的交流机制。同时，访欧的成功，大大提振了北京人艺话剧创作的士气，并深深影响了北京人艺之后几十年的艺术创造。可以说，没有中国话剧这次史无前例的出访，也就不会有后来北京人艺与世界话剧顶尖艺术家的合作与交流。如1981年，邀请英国以排演莎翁戏剧著称的导演托比·罗伯森为北京人艺排演《请君入瓮》。1983年，邀请美国著名编剧、导演阿瑟·米勒为北京人艺排演《推销员之死》。1988年，邀请奥斯卡影帝、著名导演查尔斯·赫斯顿为北京人艺排演《哗变》等。没有这种高水平的戏剧交流活动开展，也不会有《上帝的宠儿》《芭芭拉少校》等这样世界经典剧目在北京人艺的排演。这一切交流活动的开展，均肇始于《茶馆》。《茶馆》访欧，某种程度上，是中国话剧在世界舞台的第一次惊艳亮相。同梅兰芳当年的访美访日相似，为中国戏剧，

① ［德］乌苇·克劳特：《〈茶馆〉在西欧》，《〈茶馆〉在世界》，中国戏剧出版社2010年版，第8页。
② ［法］皮埃尔·马卡布鲁，《富有戏剧性，更富有社会性》，转引自《东方舞台上的奇迹》，文化艺术出版社1983年版。

收获了世界性的尊重。《茶馆》高水平的世界巡演,为北京人艺建立了一个高水平的艺术交流渠道与交流模式,其中英若诚、于是之等艺术家在对外交流中个人艺术魅力与沟通能力功不可没。一次成功的互访,开启了中国话剧与世界戏剧之间沟通的大门。

自此,《茶馆》成为北京人民艺术剧院的看家戏,成为京味现实主义戏剧传统的开创者,北京人艺演剧学派的奠基者。也由此,北京人艺不断梳理、挖掘京味儿话剧的独特魅力,形成特点鲜明的北京人艺演剧学派。一大批京味儿现实主义戏剧延续了《茶馆》的光荣与梦想:《小井胡同》《天下第一楼》《鸟人》《北京大爷》《全家福》《窝头会馆》等一批优秀话剧,或反映时代精神,或展现历史变迁与风土人情。京味儿话剧获得更多观众的认同,不仅成为北京人艺的保留剧目,也是中国当代话剧史、演剧史的重要收获。20 世纪 80 年代,北京人艺无论是在戏剧文学、导演、表演、舞台美术等诸方面都走在全国话剧界的前列。北京人艺排演的许多大戏,历演数年、几十年而不衰。《茶馆》1958 年首演至今,已经演出超过六百五十场,是全国最上座的话剧。另一部京味儿话剧《天下第一楼》自 1988年首演,截止 2014 年,累计演出场次也已经超过五百场,上座率也名列前茅。

第二节 《茶馆》的传承之惑
——这杯茶是否越沏越乏?

20 世纪 80 年代,可谓是北京人艺艺术创作的黄金时代,拥有一大批全国优秀戏剧人才。导演方面有夏淳、梅阡、刁光覃、林兆华、任鸣。编剧有高行健、何冀平、李龙云、刘锦云、郭启宏。舞美、服化方面,有宋垠、王文冲、陈永祥、方堃林、黄清泽、冯钦、鄢修民。表演人才更是济济一堂，有于是之、英若诚、童超、张瞳、郑榕、蓝天野、刁光覃、朱旭、董行佶、任宝贤、吕齐、谭宗尧、林连昆、苏民、牛星丽、朱琳、李婉芬、胡宗温、王领、吕中等众多优秀艺术家，还有年轻一代的演员濮存昕、梁冠华、宋丹丹、王姬等崭露头角。

北京人艺的舞台上，一方面，积极谋求与西方发达国家戏剧建立对话交流模式，勇于创新与实践，既有《绝对信号》《野人》等本土实验性剧目，也有《老妇还乡》《上帝的宠儿》《芭芭拉少校》等世界一流剧目的排演；另一方面，《茶馆》《蔡文姬》等经典剧目的演出已经炉火纯青，臻于至善。延续《茶馆》模式的京味儿话剧也在不断地尝试有所创新。如《左邻右舍》《咸亨酒店》《红白喜事》《小井胡同》《旮旯胡同》《万家灯火》《天下第一楼》《南街北院》《全家福》《窝头会馆》等，无论是剧作还是导演、表演方式，都是在《茶馆》的车辙上不断地向前推进，也都试图重现或者超越《茶馆》的辉煌，都与《茶馆》平民的京味儿的现实主义美学有着千丝万缕的精神联系。

一、《茶馆》演出的僵化态势

后《茶馆》时代的北京人艺，一方面，背靠大树好乘凉，接续了京味儿话剧的衣钵，创作出了一批优秀现实主义剧目。而另一方面，随着英若诚、于是之、童超、林连昆、张瞳等老一代艺术家的故去，北京人艺也逐渐陷入"影响的焦虑"之中，京味儿现实主义和北京人艺演剧学派后继乏力，陷入因循守旧的"茶馆模式"不能自拔，文学、导演、表演、舞美艺术等已陷入创造力匮乏的窘境。进入新世纪以来，尤其是近几年，从《茶馆》的复排演出、演员调整，《天下第一楼》的演出以及演员调整，《甲子园》的排演以及演员配置调整，《小井胡同》复排等演出情况看，北京人艺演剧学派颓势渐现，创新能力堪忧。《茶馆》忠诚的子嗣们，忠于传统，维护传统的艺术自觉值得称颂，但是，其探索、反叛的艺术创新的"血性"尚不如80年代的高行健、林兆华等人的先锋话剧。靠祖荫"吃老本"的"啃老族"，注定是坐吃山空，一代不如一代的。

以《茶馆》为例，80年代老演员、老艺术家的表演流畅，衔接娴熟，三幕戏的演出时间雷打不动。第一幕三十二分钟，第二幕四十七分钟，第三幕五十七分钟。现如今，《茶馆》的演出，且不论导演处理的自然主义与奇观主义倾向，表演水平的参差不齐，就是舞台美术和音响效果、舞台监督等工作，都与当年老艺术家们的创作初心，渐行渐远。熟悉老戏的观众，一眼就能察觉出现在的《茶馆》演出中有不少"偷工减料"的地方。对比《茶馆》录像的不同版本，也会发现如今《茶馆》开幕的群戏，丧失了多少富有象征意味的东西。音响效果，这里少一处鸽哨声，那里减掉几十秒的铃铛声，有心的观众也是听得出来的。甚至是舞台监督的调换，也都在影响着这个戏的气质和韵味儿。老《茶馆》的舞台监督杨铁柱是个老北京，演员出身，《茶馆》这戏的舞台监督一干就是三十年。"伺候"过于是之、童超等老一代艺术家，对戏烂熟于心，每次演出都扮演茶客，兼做效果，在后台放声叫卖。而新换的舞台监督，需要很长的时间才能摸清楚门道，更别说出声叫卖了。跟京剧一样，继承中保持水准是个不小的问题。不管是力不从心，还是潦草敷衍，总之《茶馆》的导、表演艺术，从80年代的顶峰，一点一点地在滑落下来，艺术表现力、感染力在不断地衰减之中。

1988年《茶馆》访沪时，上海文艺界就曾对《茶馆》的模式化、潜在的僵化趋势表示过疑虑。抛开京沪两地话剧界"北焦南黄"的"双雄"心态，与文化上京派海派由来已久的相互"羡慕嫉妒恨"的复杂情感，这种质疑今天看来依旧是振聋发聩，深思远虑，不无裨益。《茶馆》不断被赞誉、被吹捧，不断被模仿和移植，但六十年仍未被超越这一现实，才是中国话剧的悲哀与沉重枷锁。从《左邻右舍》《小井胡同》到《窝头会馆》《甲子园》，三十多年来，在全新的21世纪，北京人艺的舞台上反复吟唱着《茶馆》里的老调。《窝头会馆》已经算是近些年北京人艺原创剧目中的佼佼者，制作精良，导演、表演都算上乘。但是，与《茶馆》比，如何呢？翻越过《茶馆》的高峰了吗？还是没有。概因全是对《茶馆》范式的"改良"而没有"革命性"的创造。缺乏另起炉灶，试图突破并建立起新的戏剧范式的艺术野心。

二、北京人艺的创新能力堪忧

1988年12月7日，北京人艺《茶馆》《天下第一楼》《狗儿爷涅槃》等五个剧目访沪，引起上海文艺界的轰动，受到观众热烈欢迎。京沪两地话剧界的专家学者，还就北京人艺演剧风格，尤其是《茶馆》派的继承与创新问题开展讨论。北京人艺院刊《人艺之友》1989年第1期选登了部分上海学者的座谈会发言。现在看来，上海学者关于《茶馆》的尖锐批评是很有前瞻性的。如有学者认为《茶馆》演剧艺术已经渐现模式化甚至僵化的势态。从《左邻右舍》到《天下第一楼》，这些剧目都与《茶馆》有着千丝万缕的联系，风格颇为类似：演剧方面，突出京味儿文化风俗；结构方面，通过家族兴衰折射历史变迁，以人物沉浮反映世态炎凉；观念方面，最终归结在对人物善恶的评判与喟叹。这种艺术模式日趋精美，但创造性价值不大①。

----

① 华建：《〈茶馆〉是否形成一种模式》，《人艺之友报》1989年第1期第2版。

"北京人艺的戏，由于过分强调空间上的社会代表性，和时间上的绝对连续性，编织痕迹较重，无形中束缚了各种人物的心理开掘，难以展开更富于流动性、无序性的实在生活。"① 也有学者认为说《茶馆》已经几近是"博物馆艺术""落幕的艺术"，有说"《茶馆》这杯茶，舞台上从光绪年间，一直喝到四十年代末，舞台下，从五十年代吃到八十年代末。现在这杯茶该喝完了。就像当年《茶馆》为历史送葬一样，今天轮到历史为《茶馆》举杯。"② 在 1988 年《茶馆》舞台演出最为炉火纯青的"盛时"，认为《茶馆》的辉煌即将终结，不免有些悲观。不过几十年过去了，如今《茶馆》的舞台呈现，包括舞美服装化妆道具，的确已经无法企及于是之时代的精准与凝练。《茶馆》这杯茶，沏了近六十年，味道越来越淡，越来越乏了。

著名作家余秋雨对《茶馆》的看法，更为中允客观。他说：

> 我们要为北京人艺大声喝彩的，因它立足于特定的方位，把话剧艺术并话剧艺术的审美力量发挥到令人羡慕的高度，而且壮心不已，继续开艺路，为不无沮丧的中国戏剧界保持住几分尊严，对此我们很难说太多的风凉话。
>
> 北京人艺的特长也就是它的局限，就其世所公认的总体风韵而言，以品位和反思中国北方世俗人情和苦涩沧桑为出色。也许品位强于反思，而反思的立足点又定得较早，与当代先进的理性成果还有一定的距离。③

---

① 华建：《〈茶馆〉是否形成一种模式》，《人艺之友报》1989 年第 1 期第 2 版。

② 李勋：《是不是"最后的晚餐"》，参见《人艺之友》报 1989 年第 1 期，第 2 版。

③ 余秋雨发言，参见《人艺之友》报 1989 年第 1 期，第 1 版。

此外，他也委婉地指出了北京人艺演剧学派后继乏力的问题："这次人艺演出的两排新戏（指《天下第一楼》等），尽管有这样那样的长处，但对《茶馆》整体上没有出现很大的超越。北京人艺的演出，其表演艺术的功力、价值是远远超越剧作创作本身的，单就表演说也存在一些问题，很难想象没有了这样一批老艺术家，老演员，以后的北京人艺会是什么样？"①

2010 年 3 月 6 日，《华夏时报》发表了的一篇名为《六十年，《茶馆》还能给我们什么?》的文章，作者署名"五大夫"。文章说：

> 六十年前，《茶馆》代表了中国话剧的最高水准，六十年后依旧如此，巅峰成为绝响，岂不是现代话剧人的尴尬。一部《茶馆》反复重演，反复火爆，不仅仅是回味经典，更是中国新话剧创作力苍白的一个见证。②

目前北京人艺存在的最大问题，是艺术创新能力不足。继承传统的名义下，抵挡不住传统的流失。优秀导演人才断档、阙如。像《骆驼祥子》这样的经典剧目，依然保持 1957 年夏淳执导的"半本《骆驼祥子》"的结构与布局。这不能不说是种艺术上的保守和懒惰。因为当时特殊的政治气氛，《骆驼祥子》只排演到虎妞去世，并给了祥子和小福子一个充满光明的结尾——俩人满怀希望积极地面向新生活。放弃了老舍小说很有

---

① 余秋雨发言，参见《人艺之友》报 1989 年第 1 期，第 1 版。
② 五大夫：《六十年，〈茶馆〉还能给我们什么?》，《华夏时报》2010 年 3 月 6 日第 31 版。

力量的结尾：积极的劳动者祥子的希望幻灭，成为了出卖革命者的 "末路鬼"，最后尊严尽失，匍匐在地如蛆虫般生活。新时期以来，复排《骆驼祥子》应该仔细排演出下半部中骆驼祥子个人信念的 "溃堤" 过程，这才是一个有创造的复排。否则在舞台上，亦步亦趋地照搬照抄，只能使演出越来越僵化、概念化。从北京人艺近些年排演的剧目来看，导演手法中庸保守，基本上是原地踏步或 "修旧如旧"。

文学创作人才的匮乏也是有目共睹的。建院之初，有一批剧作名家老舍、曹禺、田汉、欧阳予倩为人艺创作剧本，人艺创作室曾经号称 "小作协"，言其创作水平之高。像于是之、英若诚、苏民、黄宗洛、林连昆等大演员的文学修养极高，诗文俱佳。甚至不少演员都是可以执笔写剧本，对照北京人艺六十年演出年表编剧一栏，会发现很多知名演员的名字。人艺文学性资源匮乏，已经引起北京人艺的注意。英若诚早在 80 年代就提及设立文学总监、文学顾问的机制。于是之一直致力于建立学者型剧院。但是，如今的北京人艺的学术氛围并不如 80 年代。每年为数不多的原创剧目，艺术质量堪忧，像《甲子园》这样应景的戏，很难与经典剧目等量齐观。

三、"明星制" 的困惑

演员表演上，也是难以再现昔日辉煌。北京人艺年轻演员们的表演越来越显示出缺乏生活底蕴的弊病来，青年演员从学校出来，既缺乏生活阅历，更缺乏对老派市民生活的深刻认识。近期《小井胡同》青年演员的表演受到观众的批评。这封批评信登上了《北京晚报》，成为了一个文化事件。这并非是偶然的。此外，出于票房和宣传的考虑，北京人艺也陷入了 "明星制" 的旋涡。

北京人艺的传统是"戏比天大",是"一棵菜"的精神。焦菊隐排《茶馆》的时候,选择角色都是从戏出发,从人物出发。据说,当年焦菊隐选择于是之、蓝天野、郑榕饰演三个老头儿,是因为此三人的身高、形象、气质包括音色都各有不同,在舞台上形成参差错落之美,有利于突出人物、突出形象。当时,这三位演员都是初出茅庐的年轻人,并无日后如日中天的盛名。如今,北京人艺的戏,一个戏的主角如果不是影视明星,自己先少了几分底气,就感觉对不起观众似的。现如今,有哪一个戏,能理直气壮地说,角色安排全然是从戏出发、从人物出发,而不考虑明星的轰动效应?这种对明星的依赖,一方面是艺术上的不自信,另一方面是创作投机心理的投射。明星制的推行,弱化了戏剧的文学力量,削弱了戏剧演出的价值。北京人艺的老观众,对此不无微词。长此以往,"戏魂国粹"的招牌不免蒙尘。

焦菊隐在《今日之中国戏剧》中,就曾对中国戏曲的明星制进行了一番冷峻的审视与思考。中国戏曲是角的艺术,只要有嗓儿,扮相漂亮,就能挑班唱戏,但是从整体行业发展来看,轻视导演和剧本的文学价值,导致中国戏曲在形式美上精益求精,但是对社会生活的指涉能力严重匮乏,没有思考能力的艺术注定会被历史的巨浪不断地淘洗淘换。

《茶馆》成就了一批著名演员,"捧"出了中国第一批话剧"名角儿"。但是,《茶馆》的成功,并不是源于"明星制",而是来自老舍、焦菊隐以及北京人艺整座剧院的艺术氛围和创作机制。前文提到了,《茶馆》的成功是一次文学、导演、表演、美术以及整个剧院运行机制都参与进来的"戏剧构作"实验。《茶馆》的胜利,是焦菊隐"导演中心制"基础上,充分发挥演员的舞台创造能力的工作机制的胜利。

《茶馆》的成功是不可模仿和移植的。在红火热闹的高票房背后，北京人艺的艺术创作如何走出《茶馆》影响的焦虑，如何遏止其日渐式微的艺术探索能力，是个不容忽视的生死攸关的大问题。《茶馆》的成功，不应该成为北京人艺艺术创新的避风港和安乐窝。《茶馆》的荣誉，应该是北京人艺不断进取的旗帜和号角。文革过后，1979 年《茶馆》以原班人马重新出演，有境外学者赞叹"《茶馆》每一场演出都像一次意志自由和戏剧重生的宣言"①。曾经是催生出"自由意志和戏剧重生"的伟大剧院，不应该成为自己青春理想的反对者，经典化的《茶馆》不应该成为踯躅不前、畏首畏尾的"保皇派"。北京人艺需要前进，需要超越自己，需要新的《茶馆》，新的老舍、焦菊隐、于是之们。

第三节 《茶馆》派创新之难
——以 2013 年复排《小井胡同》为例

1985 年公演的《小井胡同》，用现在的话说，这是一部向老舍《茶馆》致敬的作品。剧作家李龙云非常崇拜老舍及《茶馆》。包括写《天下第一楼》的何冀平，写《窝头会馆》的刘恒，这些为北京人艺写戏的优秀剧作家，他们为北京人艺撰写剧本时，似乎都有《茶馆》这座山峰，伫立在他们的心头。

《小井胡同》被称为"解放后的《茶馆》"或者"《茶馆》续篇"。这部五幕话剧，是新时期中国话剧的重要收获。《小井胡同》创作于 1980 年，是剧作家李龙云的代表作。全剧采用了与《茶馆》相仿的风俗画卷式的散文体结构，选取北京南城的一条胡同为主要生活场景，以五个家庭的日常生活为主要追述

---

① 张羽：《〈茶馆〉在台湾——从接受美学的角度看台湾观众对〈茶馆〉的客观接受》，《台湾研究集刊》2005 年第 1 期。

线索，截取北平和平解放前夕、1958 年"大跃进"大炼钢铁时期、"文革"初期、"文革"后期、1980 年改革开放初期等五个重要时间节点做横面，集中展示了生活在小井胡同里的四五十位底层市民三十年生活变迁与情感历程，展现了这些市井小民在平凡细碎生活里的喜怒与哀乐和在时代汹涌浪潮中的沉浮与跌宕。不同于戏剧性话剧对情节和事件的追逐，《小井胡同》是散文式的，它把焦点放在了人以及众人生活的场景，追求的是对人的生活状态的整体把握及人所处时代的精神面貌的呈现和思考。

从 1980 年剧本的诞生，到第一次公开演出，其间颇费了一番周折，引发过戏剧界、文化界的不小争论，一度还成了文化事件。1983 年 7 月 13 日至 15 日，《小井胡同》因为保守的时代空气等种种原因而未得以公演，仅仅在北京人艺内部演出三场。1985 年 2 月 11 日，开始在首都剧场正式首演，并连续演出一百一十二场。《小井胡同》收获了巨大成功，并有记述坊间意绪与纷争的《小井风波录》一书的出版。1992 年北京人艺建院四十周年之际复排，1992 年 12 月 31 日首演，演出二十八场。2013 年 9 月至 11 月，杨立新复排此剧，共演出三十场。这一次复排，毁誉参半。

在北京人艺京味现实主义的大麾之下，《小井胡同》与《茶馆》的精神气韵最为相近，二者之间的互文关系，也是上世纪 80 年代论争的话题之一。也不知道是不是这个原因，《小井胡同》的几番修改、悲喜交集的境遇也与《茶馆》在五六十年代的命运有几分相似。在接续《茶馆》传统的所有作品里，《小井胡同》是《茶馆》最忠诚的子嗣和最响亮的回声。1985 年《小井胡同》的精湛、娴熟、完整的舞台创造是一座难以翻越的高峰。而对于 2013 年新排《小井胡同》的导演和演员来说，如何在继承传统中有所创新，是最为核心也最不可回避的议题。

一、坚持以表演为中心的整体创作与演出机制

说《小井胡同》，总离不开《茶馆》。一部《茶馆》将老舍
先生推向世界一流剧作家，把北京人艺推向了世界一流剧院，
开创了北京人艺演剧学派。《茶馆》的成功，包括《小井胡同》
的成功以及北京人艺一系列京味现实主义作品的成功，很大程
度上得益于北京人艺演剧学派确立了以演员的体验和表演为中
心的演出机制。尽管老舍先生的剧作着实伟大，焦菊隐导演的
二度创作功不可没，但是更为重要的，是于是之、蓝天野、郑
榕、英若诚、黄宗洛等表演艺术家们精湛的角色塑造能力和无
懈可击的舞台呈现。《小井胡同》里炉火纯青的表演与《茶馆》
是一脉相承的。从《茶馆》开始，焦菊隐先生提出："在构成完
整的戏剧意境的舞台诸要素中，首先是导演，一旦导演的构思
初步完成，要把它搬上舞台上，演员就是创造的关键了。人，
即体验着、表演着、行动着的演员，是最最重要的。"这是北京
人艺几十年来一直遵循和坚持的原则，改变了中国话剧舞台上
导演一统天下的状况。《小井胡同》诞生的时间，恰好是北京人
艺舞台创作能力最为旺盛的时期。"文革"之后，北京人艺1978
年排演《龙须沟》《丹心谱》，1979年复排《茶馆》，1980年排
演《左邻右舍》《骆驼祥子》，包括1982年排演外国戏《屠
夫》，都对《小井胡同》的结尾产生了重大影响。一个剧院这些
优秀剧目的演出，对导、演、舞美设计、服装化妆、道具等各
个环节都会产生积极的影响，催生和呼唤着更多优秀的剧目。
《小井》剧作本身存在先天不足之处，如结构稍显散乱和反思历
史不够深入等问题，但是北京人艺演剧学派扎实的导演创作、
角色塑造和精妙的舞台美术设计，以及当时北京人艺整体充满
活力的艺术创作氛围和良好的戏剧生态环境，甚至是戏剧、文

化界的研讨争鸣，观众的热情和爱护等，凡此种种综合发力，将五幅京味风俗画卷淋漓尽致地展现出来，成就了《小井胡同》。林连昆饰演的爱打哈哈的工人刘家祥，他的舞台动作张弛有度，台词不徐不疾，叫人听着舒坦极了。单说第一幕刘家祥一出场那个寒冬腊月的"冷"，林连昆老师在舞台行动中始终都没忘这个规定性，始终保持着时令和气候的因素，多么的鲜活和生动。人贩子毕五性格单一就是一个坏透了的主儿，篇幅甚少，台词不过寥寥数语，龙套大师黄宗洛用鲜明的形象色彩"浓度"抵消人物性格深度的缺陷。任宝贤饰演的小环子也是异常精彩，是观众印象最深的最为成功的一个角色，既可恨又可爱。《小井胡同》弥漫着浓郁的生活气息，散文体戏剧的成功依赖于演员们舞台上对原生态生活真实细致的模仿。有人说，如果没有斯坦尼体验派对生活幻觉的逼真追求就不可能有《海鸥》的演出成功。同样，没有焦菊隐主导的北京人艺演剧学派对深厚的生活基础、深刻的内心体验、鲜明的人物形象的追求，是不会有这一系列风俗散文体戏剧的成功的。散文体戏剧与斯氏体系体验派是互相成就，老舍与焦菊隐的互相成就恰如契诃夫与斯坦尼的互相成就。李龙云和刁光谭和北京人艺也是如此。

所以说，坚持人艺的传统，其中很重要的一个方面，是应该坚持在导演负责制基础上的，以表演为中心的创作机制和演出机制。话剧是综合的艺术，任何环节都不可或缺，都无可替代，但是无论文学、美术、舞蹈等最终都需要演员在舞台上呈现。所有的文学性与艺术性、思想性、观赏性都需要演员来完成。但对演员的训练和培养非一日之功。新情况下，发扬北京人艺传统的集体创作、集体参与、群策群力的创作模式，坚持演出艺术的完整性，充分释放以表演为中心的整体创作与演出机制的无限潜能，迫在眉睫。

二、坚持对历史、现实的思考力与批判力

《小井胡同》的成功，首先成功地在舞台上呈现了新中国成立以来当代底层市民的日常生活和心路历程。如对底层市民的人性美和人情美的发掘。对普通市民宽容、善良与乐观精神的张扬。更为重要的是对历史的思考和对现实的批判，如对大跃进期间大炼钢铁"闹剧"的展露，对文革中人与人之间的隔阂与相互攻讦的呈现。这体现了用于追求生活真实的现实主义精神，以及对人的价值的肯定。文学史上，没有一部作品是靠歌颂时代而成为名著的，恰恰是时代批判是一切重要文学作品的至高之作。《茶馆》的成功，在于塑造了众多呼之欲出的艺术形象，更在于每个不同的人物身上都承载有时代的悲剧。《小井胡同》与《茶馆》相比，更为注重地方风俗文化和色彩的描摹渲染，在精神追求和现实的批判上，无法媲美《茶馆》。着重于肯定小井人民的善良互助而缺少理性批判，就使得人物性格不够丰富复杂无法承载更多的时代内容。小井人物显得不如茶馆中人物厚重丰富，人贩子毕五身上是单一的恶，小媳妇是单一的极左丑态。小媳妇为何成为极左思潮的代言人，没有在舞台行动中透露出任何线索。虽然都是类型化人物，《茶馆》中的庞太监、人贩子刘麻子则要丰富得多，他们既是施害者又是受害者，既是个人的悲剧也是社会的悲剧。《茶馆》中的每一个人物，都没有纯粹的恶也没有绝对的善。《小井胡同》在善恶之间，缺少必要的对抗和交融。所以在舞台上它对时代和社会的批判性指涉就衰减不少。所有时代的谬误都落在"小媳妇"身上，这种把社会灾难他者化，将时代罪责放在一两个概念化的人物身上的处理手法，实在是难脱避重就轻之嫌。1985年如此，2013年的舞台依旧如此。不能不说，这是个遗憾。

　　萧伯纳说，戏剧是宣扬主义的地方。艾思林说，剧场是一个民族思考的场所，我们不仅呈现技艺，更呈现灵魂。从某种意义上说，话剧和其他艺术一样，都是代言者，都是呈现人类的思考与困惑，呈现人类生存过程本身的。北京人艺经典剧目的长久魅力，就在于其对历史与现实的不断关注、思考与批判。

三、进取是最大的现实

　　无论新旧版本的《小井胡同》，导演对剧本的诠释都不够大胆，创造力不足。对于北京人艺这样有着光荣历史和巨大演出成就的剧院，影响的焦虑必然存在，对于青年演员们来说，能够"接住"老艺术家的"手艺"，延续京味儿现实主义表演风格就已属不易，创新，何其难也，但是，"守"是最靠不住的。在观看了2013版的《小井胡同》之后，就有观众说这个戏中不少青年演员在舞台上表演的是老艺术家们创造出的角色，而不是自己在创造角色。此外，不少青年演员台词含混不清，节奏也显得急躁慌乱了些。演员的表演不能仅仅局限于对生活细节的细密展示，更应该涵盖时代命题，以及在不同文化语境下对剧本主题的全新诠释和思考，否则就流于对局部生活真实的自然呈现，不是真正的现实主义，仅仅是类现实主义、仿现实主义。现实主义一定是凝聚了创作团体全部演职人员对剧作的全方位的理解。我们今日灵魂的苍白无力必定会使所塑造的人物也苍白无力。北京人艺一直强调文学性，努力建成学者型剧院，人艺传统或者人艺的精神是现实主义。因循守旧和故步自封都不是现实主义。北京人艺目前最大的现实是，在艺术上需要不断地进取，不断地探索，不断地创造新经典。

　　从1958年到1979年，《茶馆》在夹缝中的挣扎生存，被批评、被停演、被修改、被加红线。《小井胡同》也是出现了两个

第一幕和四个第五幕，经历了停演和修改，老艺术家们在不断妥协中争取点点滴滴的创作自由。这挣扎和妥协里有智慧的角力也有痛苦的纠结。这是人艺的精神，这是戏外的现实主义精神，充分保持了一家高水平剧院的思考力和创造力。不论是《茶馆》还是《小井胡同》，都是广阔的现实主义，而不是狭隘的、故步自封的。这两个戏都受到不同戏剧流派、不同艺术样式的充分滋养，如京剧的表演对《茶馆》的角色塑造功不可没，《小井胡同》受《屠夫》的启示，结尾戏谑穿插了一段"文革"重演，使得反思力度立刻深化，而梳理《茶馆》从文本到演出本的演变史，则会发现深厚的现实主义曾咀嚼吞吐过多少艺术食粮！回望 80 年代北京人艺的舞台剧目，真是"黄金时代"，从《左邻右舍》《咸亨酒店》到《小井胡同》《红白喜事》《狗儿爷涅槃》《天下第一楼》等等，差不多每年都有新的原创剧目排演，受到观众强烈的反响，开创了后茶馆时代的戏剧高峰阶段。而如今，不断重复的京味题材、精美的舞台美术、生活幻境细致铺陈……尽管票房火爆，可是观众总觉得现在的北京人艺缺点什么。一幅幅京味儿生活画卷越来越精美，但魂儿似乎越来越散了。倒是近几年北京人艺引进的外国剧目，如以色列卡梅尔剧院的《安魂曲》《手提箱包装工》和俄罗斯《樱桃园》《白卫军》这样优秀剧目的上演，让我们看到，伟大的戏剧还是那样地摄人心魄，令人激动。伟大戏剧永远是使人的灵魂惴惴不安的。

结 论

　　《茶馆》是北京人艺的"看家戏"，是北京人艺演剧学派的奠基之作。《茶馆》成就了一大批艺术家，成就了一座世界级优秀剧院。《茶馆》是中国话剧的"名片"，代言了"舶来品"艺术中国作风、中国气派的艺术高度。文学的《茶馆》成为文学史上的一座丰碑，舞台的《茶馆》成为中国百年演剧史难以翻越的艺术高峰。

　　从文学史艺术史多个侧面考察《茶馆》，考察其生成机制、审美结构、文化形态以及导演艺术和表演创造等诸方面，回答出《茶馆》艺术成功的独特要素以及不可复制性，对于今日北京人艺演剧艺术的传统与创新不无裨益。《茶馆》的诞生，是一次偶然的"戏剧构作"实验，既是老舍、焦菊隐、于是之等一众艺术家对政治规训的妥协，也是这一众艺术家对真、对美的本能坚守，对时代主命题的不驯与不羁。《茶馆》从异类到经典，力量恰是来自其对艺术规律的尊重和对非艺术因素的逃逸和叛逆。从剧本创作初衷乍现到舞台演出呈现的长达两三年的漫长过程中，是曹禺、焦菊隐、赵起扬等人艺创始人与演员、舞台设计等诸多艺术工作者对于《茶馆》艺术最终走向的不断参与、修改、矫正、转译、丰富、深化的过程。从这个意义上，《茶馆》近六十年演剧史也是中国知识分子参与政治、参与社会生活的变迁史。据北京人艺老演员讲，在于是之家中挂有于先生不同时期扮演王利发的数张剧照。大概有20世纪50年代、60年代、80年代和90年代等不同阶段。从1963到1978年,《茶馆》被视为"毒草"不得上演,于是之就挂上了一张白纸。

《茶馆》的中国作风与中国气象,无论是戏剧文学还是其导演、表演,都体现着中国传统美学的影响与追求。《茶馆》接续了《红楼梦》等中国优秀古典小说的悲剧气氛,接续、拓展了中国传统文化中"生命—文化—体悟"式的美学追求。茶馆的导演、表演创造也是对中国传统戏剧精神的深化和发扬,影响深远。《茶馆》中的文化形态是老舍、焦菊隐熟悉的原生的乡土文化。在《茶馆》中裕泰茶馆是平民的"乡土城"——北京的指代符号。《茶馆》既是对于乡土中国的喟叹与哀挽,也是一次对现代性与传统文化之间冲突的理性思辨。

然而,《茶馆》之所以经演不衰,更多的还是《茶馆》的内容和主题依然指涉我们今天的生活,《茶馆》以寥寥几笔勾勒的鲜活人物形象和精到的人物语言,高度象征和指认出了所有时代中的人,以及他们在各自的生活和社会中的艰难跋涉,这恐怕是最底色的主题指向。也许,这并不是创作者的主观意愿所追求的,而是在六十年中,从创作者、历代观众,漫长的时间历程和变迁的社会形态……共同完成的。

后《茶馆》时代的北京人艺,急需走出《茶馆》的庇护和影响的焦虑。北京人艺一直强调建设文学剧院,努力建成学者型剧院,人艺传统或者人艺的精神是现实主义。现实主义最重要的价值就是尊重现实,北京人艺目前最大的现实,就是要不断地进取,不断地探索,不断地创造新经典。因循守旧和故步自封都不是现实主义。借用《一代宗师》里武侠的境界说,北京人艺的"武功"在《茶馆》的演剧史中,早已见过自己、见过天地,现在非常需要翻越过《茶馆》这座高山,需要更多展现当代人惴惴不安的灵魂的作品,以见众生。

参考文献

一、艺术实务方面：

老舍：《老舍全集》（1~19卷），人民文学出版社，1999年出版。

老舍：《老舍剧作全集》（1~4卷），中国戏剧出版社，1985年8月出版。

焦菊隐：《焦菊隐文集》（1~10卷），文化艺术出版社，2005年出版。

北京人民艺术剧院：《北京人民艺术剧院演出剧本选（1952~2012）》（1~6卷），北京出版社，2012年5月出版。

北京人艺经典文库：《〈茶馆〉的舞台艺术》《〈龙须沟〉的舞台艺术》《〈天下第一楼〉的舞台艺术》《〈骆驼祥子〉的舞台艺术》《〈蔡文姬〉的舞台艺术》《〈窝头会馆〉的舞台艺术》等，文化艺术出版社，2007~2012年出版。

北京人民艺术剧院：《人艺之友报（1987~1995）合订本》，北京人艺内部刊印。

《北京人艺》编辑部：《北京人艺（1996~2012）合订本》（1~6册），2012年北京人艺内部刊印。

北京人民艺术剧院录制DVD：话剧《茶馆》（首演版、1987年版、1992年版、1999年林版、2005年复排焦版），话剧《骆驼祥子》，话剧《小井胡同》（1985年），话剧《天下第一楼》，话剧《窝头会馆》，话剧《甲子园》等，以及近六年来北京人艺在首都剧场演出的所有话剧。

谢添：电影《茶馆》（1982）DVD，中影音像出版社，2005年出版。

冼群：电影《龙须沟》（1952）DVD，中影音像出版社，2005年出版。

于是之：《演员于是之》，王宏韬、杨景辉编，北京十月文艺出版社，1997年出版。

英若诚、童超、夏淳等著：《北京人民艺术剧院艺术家丛书》——《英若诚》《童超》《夏淳》，北京十月文艺出版社，1995年出版。

二、方法论方面：

郭富民：《中国现代话剧教程》，中国戏剧出版社，2004年9月出版。

郭富民：《插图中国话剧史》，济南出版社，2003年8月出版。

吴光耀：《西方演剧史论稿》中国戏剧出版社，2002年出版。

董健、胡星亮编：《中国当代戏剧史稿》，中国戏剧出版社，2008年出版。

夏志清：《中国现代小说史》。复旦大学出版社，2005年出版。

程光炜：《文学讲稿："八十年代"作为方法》，北京大学出版社，2009年9月出版。

程光炜：《当代文学的"历史化"》，北京大学出版社，2011年5月出版。

程光炜：《文化的转轨——鲁郭茅巴老曹在中国（1949～1976）》，光明出版社，2004年出版。

程光炜：《文学史研究的兴起》，福建教育出版社，2010 年
1 月出版。

杨庆祥：《"重写"的限度——"重写文学史"的想象与实
践》，北京大学出版社，2011 年 5 月出版。

姚建斌：《走向马克斯主义阐释学——詹姆逊的阐释学研
究》，中国社会科学出版社，1999 年出版。

唐小兵：《再解读：大众文艺与意识形态》，北京大学出版
社，2007 年出版。

洪子诚：《问题与方法：中国当代文学史研究讲稿》，北京
大学出版社，2010 年 1 月出版。

洪子诚：《中国当代文学史》，北京大学出版社，2010 年 1
月出版。

陈思和：《中国当代文学史教程》（第 2 版），复旦大学出版
社，2008 年 1 月出版。

王德威等：《一九四九以后：当代文学六十年》，上海文艺
出版社，2011 年 1 月出版。

杨庆祥等：《文学史的多重面孔：八十年代文学事件再讨
论》，北京大学出版社，2009 年 9 月出版。

沈志华：《处在十字路口的选择——1956～1957 年的中国》，
广东人民出版社，2013 年出版。

王笛：《茶馆：成都的公共生活和微观世界（1900～1950）》，
社会科学文献出版社，2010 年出版。

孙洁：《世纪彷徨，老舍论》，百花洲文艺出版社，2003 年
8 月出版。

赵园：《北京——城与人》，上海人民出版社，1991 年出版。

张兰阁：《戏剧范型——20 世纪戏剧诗学》，北京大学出版
社，2009 年出版。

费孝通：《乡土中国》，上海人民出版社，2006 年出版。

张法：《中西美学与文化精神》，北京大学出版社，1997 年出版。

高行健、方梓勋：《论戏剧》，台北联经出版有限公司，2010 年出版。

高行健：《对一种现代戏剧的追求》，中国戏剧出版社，1988 年出版。

陈徒手：《人有病，天知否》，人民文学出版社，2000 年出版。

李洁非：《典型文坛》，湖北人民出版社，2008 年出版社。

张清华：《存在之镜与智慧之灯：中国当代小说叙事及美学研究》，福建教育出版社，2010 年 1 月出版。

董健：《戏剧与时代》，人民文学出版社，2004 年出版。

傅光明：《口述历史下的老舍之死》，山东画报出版社，2007 年出版。

王朔：《无知者无畏》，春风文艺出版社，2000 年出版。

高音：《北京新时期戏剧史》，中国戏剧出版社，2006 年出版。

刘平：《新时期戏剧启示录》，中央党史出版社，2009 年出版。

丁罗男：《二十世纪戏剧整体观》，文汇出版社，1999 年出版。

三、相关研究史料：

老舍：《龙须沟，文学本》，上海晨光出版公司，1952 年出版。

老舍：《龙须沟，演出本》，焦菊隐改编，文化艺术出版社，1952 年出版。

老舍：《茶馆》，人民文学出版社，1994 年出版。

老舍：《老舍生活与创作自述》，人民文学出版社，1997 年出版。

克莹、李颖编：《老舍的话剧艺术》，文化艺术出版社，1982 年出版。

冉忆桥、李振潼：《老舍剧作研究》，华东师范大学出版社，1988 年出版。

宋永毅：《老舍与中国文化观念》，学林出版社，1988 年出版。

关纪新、范亦豪、曾广灿编：《老舍与二十世纪，99 国际老舍学术研讨会论文选》，天津人民出版社，2000 年出版。

汤晨光：《老舍与现代中国》，湖南师范大学出版社，2002 年出版。

白公、金灿：《京味儿——透视北京人的语言》，中国妇女出版社，1993 年出版。

刘颖南、许自强：《京味儿小说八家》，文化艺术出版社，1989 年出版。

甘海岚、张丽杭编：《京味文学散论》，北京燕山出版社，1997 年出版。

徐德明编：《老舍自传》，江苏人民出版社，1995 年出版。

曾广灿、吴怀斌编：《老舍研究资料》，北京十月文艺出版社，1985 年出版。

焦菊隐：《焦菊隐戏剧论文集》上海文艺出版社，1979 年出版。

杜澄夫等编：《焦菊隐戏剧散论》，中国戏剧出版社，1985 年出版。

于是之、王宏韬、田本相等编：《探索的足迹——北京人艺演剧学派国际学术讨论会论文集》，中国戏剧出版社，1994 年出版。

焦菊隐：《菊隐艺谭》，百花文艺出版社，2000 年出版。

苏民、左莱等：《论焦菊隐导演学派》，文化艺术出版社，1985 年出版。

周瑞祥等编：《秋实春华集》，北京出版社，1989 年出版。

北京人民艺术剧院《艺术研究资料》编辑部编：《攻坚集》，中国戏剧出版社，1982 年出版。

北京人民艺术剧院《艺术研究资料》编辑组编：《〈茶馆〉的舞台艺术》，中国戏剧出版社，1980 年出版。

蒋瑞编:《〈龙须沟〉的舞台艺术》,中国戏剧出版社,1987年出版。

蒋瑞等:《〈茶馆〉的舞台艺术》,中国戏剧出版社,1980年出版。

于是之、王宏韬、田本相著:《论北京人艺演剧学派》,北京出版社,1995年出版。

李龙云:《我所知道的于是之》,中国青年出版社,2004年出版。

英若诚、康开丽:《水流云在——英若诚自传》,中信出版社,2009年出版。

邹红:《焦菊隐戏剧理论研究》,北京师范大学出版社,1999年出版。

邹红:《作家·导演·评论——多维视野中的北京人艺研究》,文化艺术出版社,2008年出版。

周瑞祥等编:《难忘的二十五天——〈茶馆〉在日本》,北京出版社,1985年出版。

刘章春编:《〈茶馆〉在世界》,中国戏剧出版社,2010年出版。

张帆:《话说北京人艺》,百花文艺出版社,2004年出版。

刘章春等编:《周总理与北京人艺》,中国戏剧出版社,2008年出版。

陈军:《戏剧文学与剧院剧场》,社会科学文献出版社,2011年出版。

黄益倩:《京味儿话剧的文化生态》,文化艺术出版社,2009年出版。

胡星亮:《现代戏剧与现代性》,人民文学出版社,2007年出版。

袁联波:《新时期中国实验性话剧文体研究》,巴蜀书社,

2008 年出版。

许国荣编：《高行健戏剧研究》，中国戏剧出版社，1989 年出版。

田本相编：《新时期戏剧述论》，文化艺术出版社，1996 年出版。

四、外国文献：

［美］弗雷德里克·詹姆逊：《语言的牢笼——结构主义及俄国形式主义述评》，钱佼汝译，百花文艺出版社，1997 年出版。

［美］弗雷德里克·詹姆逊：《政治无意识》，王逢振、陈永国译，中国科学出版社，1999 年出版。

［美］苏珊·朗格：《情感与形式》，刘大基等译，中国社会科学出版社，1986 年出版。

［美］哈罗德·布鲁姆：《影响的焦虑》，徐文博译，三联书店出版社，1989 年出版。

［美］蒲迪安：《中国叙事学》，北京大学出版社，1996 年出版。

［美］艾布拉姆斯：《镜与灯——浪漫主义文论及批评传统》，郦稚牛、张照进、童庆生译，北京大学出版社，2004 年出版。

［美］萨义德：《知识分子论》，单德兴译，三联书店出版社，2013 年 4 月出版。

［美］巴赫金：《陀思妥耶夫斯诗学问题》，白春仁、顾亚玲译，三联书店出版社，1988 年 7 月出版。

［美］乔治·贝克：《戏剧技巧》，余上沅译，中国戏剧出版社，2004 年出版。

［英］马丁·艾思林：《戏剧剖析》，罗婉华译，中国戏剧出版社，1981 年出版。

［英］彼得·布鲁克：《空的空间》，中国戏剧出版社，1988年出版。

［德］乌苇·克劳特编：《东方舞台上的奇迹——〈茶馆〉在西欧》，文化艺术出版社，1983年出版。

［苏］丹钦科：《文艺·戏剧·生活》，焦菊隐译，中国戏剧出版社，1982年出版。

［苏］玛·克涅别尔：《论涅米罗维奇－丹钦科导演方法》，周来译，中国戏剧出版社，1985年出版。

［苏］波波夫著：《论演出的艺术完整性》，张守慎译，中国戏剧出版社，1982年出版。

［苏］斯坦尼斯拉夫斯基：《斯坦尼斯拉夫斯基全集》，郑雪来等译，中国电影出版社，1986年出版。

［波］耶日·格洛托夫斯基：《迈向质朴戏剧》，魏时译，中国戏剧出版社，1984年出版。

五、参考论文：

杨晓帆、虞金星：《当代文学研究的“历史化”研讨会纪要》，《文艺争鸣》2010年1月上半月刊。

刘芳泉、徐关禄、刘锡庆等：《评老舍的〈茶馆〉》，1959年《读书》第2期。

朴滋霖：《〈茶馆〉的不足》，《鞍山师专学报》1982年第1期。

冉忆桥：《带笑的葬歌——谈围绕〈茶馆〉争议的几个问题》，《上海师范大学学报》1980年第1期。

苏叔阳：《惶惑的思考—谈〈茶馆〉所体现的戏剧观》，《中国现代文学研究丛刊》1988年第2期。

马风：《寓言：对〈茶馆〉的解读》，《中国现代著名作家研究》，《首届国际老舍学术讨论会综述》1993年第1期。

罗章生：《论茶馆派及其民族特色》，《学术论坛》1989年第 6 期。

洪忠煌：《〈茶馆〉主题新释》，《烟台大学学报》1991 年第 2 期。

周光凡：《〈茶馆〉的主题真的是"葬送三个时代"吗?》，《上海戏剧学院学报》2005 年第 3 期。

曾令存：《〈茶馆〉文本深层结构的再解读》，《中国现代文学研究丛刊》2009 年第 5 期。

李相银、陈树萍：《市民社会的重新发现——〈茶馆〉新论》，《戏剧艺术》2007 年第 11 期。

凤媛：《"茶馆"重塑与老舍 1949 年后的创作》，《中国现代文学研究丛刊》2012 年第 9 期。

胡妙胜：《评〈西方演剧史论稿〉》，《戏剧艺术》1990 年第 3 期。

刘复生：《启蒙文学史观的合法性及其限度——以程光炜〈历史的转轨〉为例看当代文学史写作的观念问题》，《当代作家评论》2007 年第 1 期。

张羽：《〈茶馆〉在台湾——从接受美学的角度看台湾观众对〈茶馆〉的客观接受》，《台湾研究集刊》2005 年第 1 期。

杨义：《中国诗学的文化特质和基本形态》，《中国社会科学院研究生院学报》2002 年第 5 期。

舒乙：《由手稿看〈茶馆〉剧本的创作》，《十月》1986 年第 6 期。

洪忠煌：《〈茶馆〉——批判性的史诗剧》，《浙江艺术职业学院学报》2013 年第 11 卷第 4 期。

赵起扬：《老舍与〈茶馆〉》，《新文化史料》1994 年第 1 期。

林斤澜：《〈茶馆〉前后》，《读书》1993 年第 9 期。

杨庆祥：《〈茶馆〉的矛盾》，网络资料，转自老舍纪念网，参见北大中文论坛。

舒乙：《理解老舍先生其人其文的五把钥匙》，《新文化史料》1999 年第 1 期。

胡絜青：《大鼓艺人和方珍珠》，《剧本》1979 年第 2 期。

白林：《老舍谈剧本的"百花齐放"》，《剧本》1957 年第 6 期。

老舍：《自由与作家》，《人民中国》（英文）1957 年 1 月。

司徒慧敏：《旧时代的镜子，新时代的眼光》，《戏剧报》1963 年第 9 期。

郭汉城：《〈茶馆〉的时代与人物》，《文艺研究》1979 年第 2 期。

吴伯威：《论〈茶馆〉的思想与艺术》，《东北师大学报》1983 年第 5 期。

洪忠煌：《〈茶馆〉主题新释》，《烟台大学学报》1991 年第 2 期。

樊骏：《认识老舍（下）》，《文学评论》1996 年第 6 期。

张杰：《现实的象征化与象征的现实化》，《外国文学研究》2006 年第 4 期。

吴晓东：《行将消失的文化背影：20 世纪中国文学中的乡土视景》，《21 世纪经济报道》2012 年 1 月 17 日。

廖奔：《说北京人艺的风格》，《戏剧》2010 年第 2 期总第 136 期。

舒乙：《谈老舍著作与北京城》，《文史哲》1982 年第 4 期。

华建：《〈茶馆〉是否形成一种模式》，《人艺之友报》1989 年第 1 期。

李勋：《是不是"最后的晚餐"》，参见《人艺之友》报 1989 年第 1 期。

五大夫：《六十年，〈茶馆〉还能给我们什么？》，《华夏时报》2010 年 3 月 6 日。

第二部分

后 "茶馆" 时代的
艺术考察

现代意识关照下的东方戏剧美学探索

——从《司马迁》看任鸣历史剧创作

　　《司马迁》一剧在人艺的舞台上艺术地再现了司马迁超越生死荣辱 "成一家之言" 的价值取向与心理过程，成功塑造了太史公这一鲜明人物形象。整个演出深沉、雄浑，呈恢宏大气之相，有黄钟大吕之响。不过，相对于剧作的稳健端正，《司马迁》一剧的二度创作显得更具雄心，更具探索精神。《司马迁》的舞台结构雄浑刚劲、空灵洗练，整体气氛富于东方戏剧审美意趣，既有历史的厚重感、纵深感，又颇具现代意识和思辨精神。应该说，《司马迁》舞台演出的成功，很大程度上有赖于导演、表演、舞美设计、音乐、服装、灯光等二度创作团队的大胆实践。

表达历史和当下关联性的现代意识

　　《司马迁》舞台上呈现出东方戏剧审美意识的精髓，如以人带景，以虚带实，以少胜多，简中藏繁，静中有动，稳中有进。同时，又有强烈的现代元素、强劲的现代视听语言。这让人不禁想起任鸣导演的另一部作品，著名作家莫言担纲编剧的历史剧《我们的荆轲》。应该说，《司马迁》一剧的导演思想与导演方法，与《我们的荆轲》这部戏的舞台处理，有不可分割的血缘关系。这两部历史剧的舞台风貌具有内在一致性，都是在中国传统审美精神烛照下，强调人物形象塑造、追求舞台空间和舞台样式上 "历史感" 和 "现代性" 的有机统一，不遗余力地呈现 "历史中的人" "历史上见"，以及 "我们" 的内在视角。

在这两部历史剧中，任鸣一方面强调文本思想性的舞台深化，一方面调用多种手段，强调舞台的 "现代性"，表达 "一切历史剧都是当代剧" 的价值判断。从《知己》到《我们的荆轲》，再到这次的《司马迁》，任鸣完成了自己历史剧舞台尝试 "三部曲"，完成了对文人剧舞台呈现的尝试与探索。如果说《知己》的舞台表现，更多的是对《蔡文姬》《虎符》等人艺优秀传统历史剧样式的继承与发展；《我们的荆轲》一剧，则能看到他对历史剧当代化的探索与尝试。在剧本并未如《荆轲》那样提供更多开拓空间的情况下，《司马迁》无论导演手法、舞美设计，还是服化音效，都显示出了比《我们的荆轲》更进一步的探索雄心。在《司马迁》的舞台上，能看到创作者们更加恳切的创新精神、更为明确的艺术追求和更为笃定的艺术自信。

《司马迁》继承和保留了北京人艺《蔡文姬》《虎符》《李白》《知己》传统历史剧的诗化风格和大写意的风貌，观众仍然可以感受到传统的历史痕迹与浑厚的文化底蕴，同时在崭新的舞台环境中增加了现代元素，采用更为大胆夸张的舞台调度、舞台构图，积极追求视听语言的现代感……在《荆轲》和《司马迁》舞台上的这种现代感，不是抽象、概念化的现代感，不是一个形式大于内容的现代意识，而是与剧作文本内在追求相一致的，具体可感的现代意识，是在舞台上时时刻刻通过舞台元素表达出历史和当下的关联性的现代意识。

历史轨迹性地构建人物的心理时空

《司马迁》的舞台时空构建最为观众所津津乐道，舞美设计申奥的舞台创造功不可没。舞台美术宏观上以汉砖、汉俑作为主要的形象元素，将竹简和金属镜面关联在一起形成新的舞台语汇。舞美设计申奥说："导演在舞台设计上力求呈现历史的宏观性和与生活现实的联系，使观众在舞台上看到的是'历史巨人在历史中的对决'。"这要求舞台美术更为宏观、理性，要求舞台美术历史轨迹性地构建司马迁生存的时空和心理的时空。也就是说，《司马迁》的舞台美术，不是单一地还原出一个司马迁可能生活过的汉代时空，而是在流动的历史时间中展现对历史人物的把握，追求"人在历史中"的感觉。《荆轲》如此，《司马迁》亦如此。在《荆轲》中，舞美选用了活字印刷术，文本流转过程中用印刷体"隶书"而不是荆轲所生活的先秦时代的"篆书"，申奥说就是为了这种"历史中流转"的感觉。

在这次《司马迁》的舞台创作上，导演希望舞台美术呈现的：一是有汉代之雄浑古朴之气象；二是有鲜明的现代感，跳脱出传统历史剧思维，不可过于写实过于具体；三是符合汉武帝、司马迁、屈原这三个伟大历史巨人的体量感。申奥的舞美设计在这三个宏观的理念之下提炼舞美元素，捕捉舞美视角，并且在导演演员的排演过程中不断扬弃取舍，矫正方向，确定舞台样式。所以大家能在舞台上既看到汉代宫廷恢宏雄壮的仪式感、形式感，也可看到《还乡》和《大雪》中那样辽阔淡远的东方审美意趣，而夹杂其间的金属、镜面等也毫无违和感。在导演、美术、表演、服化、音效有机整体演剧观下，各部门各环节注意与演员的表演协调一致、相互构成，从而综合构成舞台的时空布局，致使《司马迁》一剧舞台美术和表演结合得相当完美。

坚持戏以人重的创作法则
坚守东方戏剧美学精神

纵向来看任鸣的历史剧创作，或者再大一些，纵观他近年话剧导演作品，笔者以为，最核心的部分是其在舞台上坚持以表演为中心的创作观念，坚持戏以人重的创作法则。无论是现实题材、历史题材，写实的、写意的，现实主义还是荒诞戏剧等等，他坚持将鲜活的人物形象放在导演工作的首位，坚持表演为舞台创造的中心点。而以人为重，表演第一，这个观念本身就是中国戏曲的核心价值，也是中国传统文化审美价值的核心。中国传统戏剧一直是"角儿"的艺术。整个东方戏剧文化中，无论是日本、印度等东方传统戏剧演出实践，还是东方经典戏剧理论著述中，均强调表演的中心性。如日本世阿弥《风姿花传》中讲"花"是演员表演的最高境界，印度《舞论》对演出"情"与"味"的追求，都建立在表演为戏剧的核心部分的大逻辑之上。当前，国内外话剧舞台创作中，不少是在先锋与实验之"前卫"和"进取"的名义下，出现去文本化、演员道具化、舞台装置化等等各种倾向，可谓乱花迷眼、鱼龙混杂。从这一点来说，有人执着于东方戏剧审美精神的继承、发展、探索、挖掘，也是值得充分肯定的。毕竟，戏，还得是"戏"。

追求虚实相生的艺术真实
追求形神兼备的写意境界

很多人说到人艺，说起任鸣，就会想到"现实主义"，想到"真实再现"和"浓郁生活气息"……这其实是很片面的。任鸣的历史剧创作，空旷与简洁，一以贯之，十分注重舞台的虚拟性和假定性，不拘泥自然，不临摹自然生活形态，以虚实相生的写意手法，触发观众想象。《知己》如是，《荆轲》如是，《司马迁》也如是。

《司马迁》在一个大的虚拟环境中，遵循戏随人动的准则，戏在人身，戏随人动，利用人物上下场，在运动中完成剧情时空环境的转换，并组接成全剧的戏剧情节。环境随着人物运动，观众随着人物的行动穿梭流动在各种环境和情绪中。演员得以在有限的舞台上展现出无限广阔的历史真实，从而超越历史的自然形态而进入抽象、虚拟化的艺术时空。在上述几部历史剧中体现的导演思想，均是重表现而不重再现，重内在而不重外在。这几部戏中的情景，均与历史人物的生活保持一定距离，呈现出的是创作者的主体审美情绪。创作者摒弃对历史日常生活的描绘，而是受内心诗性价值的支配。总体来说，整体大写意，局部小真实，在空旷的空间中，营造诗化意境。通过表演，无中生有，少中见多。

焦菊隐曾评价中国戏曲是："在表演中产生布景"，通过塑造人物，场景是被虚拟的动作所暗示，并被观众想象、理解和接受到。所谓 "表演造景" "景随人现"，在演员的表演和观众想象的合力中，完成布景的再现。这都是东方戏剧审美精神的体现，从形似到传神，从有形空间到无限世界的拓展，追求达到神似的写意境界。在东方戏剧舞台上，最有价值的就是这种建立在高度假定性、虚拟性和综合性基础上的戏剧性。以远离自然形态的生活之法，对生活进行高度而深刻的艺术化表达。中国书法、绘画、戏剧、舞蹈莫不如此。熔文学、歌唱、音乐、表演、舞蹈、美术于一体，将舞台的假定性和虚拟性发挥到极致，带着强烈的写意和象征色彩，这是东方戏剧艺术的核心，是其最高的美学准则。

今月曾经照古人

——从《吴王金戈越王剑》
看舞台的可阐释空间

关于北京人艺今年复排的历史剧《吴王金戈越王剑》，作为青年一代的观众，三十年来第一次观看此剧的观众，我们该对它谈论些什么？

早在 1983 年首演之时，学界既有过一番关于该剧主题意蕴与审美创造的讨论与辨识，有过一番关于历史意识与现代意识、道德批判与历史批判的争论。当年面对争议，剧作家白桦说：我就是 "在舞台上写诗"，既然是写诗，历史剧当然 "要有作者的情感，有喜悦，有忿怒，也有忧虑"。这无疑是作家主体意识的自由宣言。顾骧说：此剧是白桦做的一篇有别于 "卧薪尝胆、发愤图强" 的新文章，重在呈现民心向背与国家兴旺的关系。现在来看这部戏，依旧洋溢着诗性的光辉和浓郁的民族风格；对权柄与王冠的思考，依旧可以烛照今天的现实。相较于 1983年版，北京人艺今年的复排，舞台上对剧本的阐释，几乎是 "原封不动" "修旧如旧" 的，除了演员的更换、服装的变化和舞美设计细节的修订。本文无意去漫谈这部戏的主题意蕴、导演的审美追求以及演员的表演分寸等，而是更关注该剧，尤其是北京人艺经典剧目的舞台阐释空间，以及不同以往的舞台呈现的可能性。

　　三十年过去了，这种舞台上忠诚的原汁原味、"原封不动"，意味着舞台演出对剧本的内在力量和精神，对剧作家的思想与情感，是没有任何改移和变动的。没有更新的思考，也就不会有更新的舞台呈现。而时代不断在变迁，观众也在不断汰换，我们舞台上依旧还是1983年或者1957年的旧模样。旧日卓绝的舞台创造，能否三十年如一日、六十年如一日，一如既往地指涉我们今日之现实呢？

　　今次观剧的两处细节，十分耐人寻味。时隔三十一年，剧作家白桦由沪来京参加首演，因年高体弱，无法坚持看完整场演出。首演的第二日，中场休息时，老作家颤颤巍巍地走进剧场来看下半场，不少观众认出了他，纷纷起立，向老作家鼓掌致意，场面温暖动人。这个细节属于颇有观众缘的首都剧场，属于观演之间的默契与惺惺相惜。同时，也在这场充满思辨和诗情画意的演出中，观众席上不断爆发出笑声，不断地笑场。尤其是第二场中勾践回国后推行休养生息政策，他严肃地说："男二十不娶、女十七不嫁，父母就要受到监禁……你们知罪吗？"第四场中勾践垂涎西施的美貌，一步步步逼问范蠡："我明白了，你提防的不是她们，而是我"，"没有伤害什么人吧"。一问一答，自问自答间，观众的笑声几乎淹没了演员的台词。多次笑场，这恐怕是排演者始料未及的。据说，在学生专场的演出中，笑场多达数十次，蔚为壮观。

　　同一场演出中，这两个细节很有意思，也颇值得玩味一番。第一个细节中亲切的掌声，是观众对于剧作原文本的无限敬意。第二个细节，则彰显了观众试图超越表演者的阐释冲动。这倒不是说观众就是在用笑声对排演者的艺术表现明确地进行嘲弄或者抗议，但也不能洗脱对表演者的表演诠释不满的嫌疑。观众的笑声，是对老剧本新呈现的一次主动的强势的"误读"。笑场局面的出现，更多地意味着观演之间出现了阐释权的错位。

如果说电影《大话西游》是电影创作者主动对经典文本进行解构，《吴王金戈越王剑》的笑声，是观众被动地对经典文本进行了一次意义的消解。三十年过去了，观众审美趣味不断嬗变，已然对历史剧的阐释方式形成了倒逼压力。在微博上、微信朋友圈中，随处可见普通观众观剧的真知灼见。在今天，见多识广的观众，在笑声里呼喊更大的阐释空间，更有为、更多元的阐释理念。

在今天的舞台创作氛围中，艺术真实和历史真实早已不是个争议话题。对历史文本的阐释，必然意味着现代意识的接入。按照詹姆逊的理论，作为过去发生过的事实的"历史"，是不在场的，是永远无法企及的。我们只能通过历史文本无限接近历史。历史，也即我们对历史事实的不断阐释与理解。克罗齐说："一切历史都是当代史。"历史剧，无一例外，都是站在时代立场上对历史文本的自我表达。2011 年，北京人艺排演莫言的《我们的荆轲》。在这部戏里，作家从心所欲的主体表达，才是该剧追求的核心。所谓以今观古和以古观今，都不过是叙事的修辞术。没有人追究荆轲的形象到底应该是一个杀人成仁的侠客，还是惶惑不安的懦夫。莫言说："这部戏里的人，其实也都是生活在我们身边的人，或者就是我们自己。"《我们的荆轲》充满对历史现实的想象、创造，甚至是变形。在这里，作家幻觉的历史变成了一种现实的真实。

然而，更多的时候，我们看到北京人艺的经典历史剧和其他经典剧目，因为前辈的辉煌创造和观众的热烈反响，进行重新阐释的实践少之又少。《蔡文姬》《茶馆》《龙须沟》等依然是上世纪 50 年代焦菊隐先生的舞台处理的原貌。《骆驼祥子》依然保持 1957 年夏淳执导的删减本《骆驼祥子》的结构与布局，结尾的祥子，依旧没有绝望，没有走上"个人主义的末路"。《茶馆》依然是 1957 年焦版布局，调整也仅限于演员及工作人员的调换。近两年，《天之骄子》《小井胡同》的复排演出，也是 "原封不动" "原汁原味"。忠于传统，维护传统的艺术自觉固然值得称颂，但是太多的 "原地踏步"，不对优秀戏剧文学进行全新的解读与阐释，如果不是艺术上的保守和懒惰，便是创新能力、诠释能力的不足。如此，还会有更多的诠释权的 "争夺战"。

任何舞台艺术实践，任何对文本的阐释实践，都是不同的时代之间、心灵之间的对话与相互诠释，用詹姆逊的话说就是 "两种社会模式集体冲突的隐喻修辞"。在戏剧演出中，每一个观众的观看行为，都是一次局部的阐释实践，是两种截然不同的生活方式相互审视与相互冲突。还就历史剧说，我们观看《吴王金戈越王剑》时，不是我们在评判历史，考辨勾践、范蠡、西施、更孟，而是历史和勾践、范蠡、西施、更猛在评判、质疑、审视我们的生活。所谓，今人不见古时月，今月曾经照古人。古代的月亮依旧审视、烛照今日的现实。历史（过去的现实），对我们今天生活的审视与质疑，才是关键所在。

戏剧之所以是戏剧，不同于小说的地方，就在于剧本的未完成性。剧本，永远只是半成品，只有在舞台上呈现的戏剧才是完整的。布洛克曾说："戏剧，每晚都在死去。" 其实是说，戏剧，每晚都在重生。每一次演出都是崭新的，每一次观演关系的达成都是一次崭新的诠释实践。所谓一千个观众心中有一千个哈姆雷特，正是重新诠释差异性的恰当注脚。同样是哈姆雷特，他可以是复仇王子，可以是善感情人，可以是灵魂的病患，可以是永恒的孤独者。对于《哈姆雷特》的诠释，除了从哈姆雷特视角出发外，可以从国王出发、从王后出发、从奥菲丽娅出发，可以有千姿百态的诠释可能性。对于《吴王金戈越王剑》，除了 "国家兴亡" "民心向背"，执政的困窘、知识分子的困境、底层百姓的无助……无一不有宽阔的阐释空间。作为客观存在过渡历史现实，永远缺席。在场者，只是一个又一个不断改易变幻的文本。

伟大的文学作品之所以不朽，就在于它拥有可以不断地进行重新诠释的可能性，就在于它可以穿越不同时空，在不同语境中不断被赋予崭新的意义。当然，在伽达默尔看来，任何一部文学作品都具有被重新阐释的空间。作为我们殿堂级艺术剧院的北京人艺，当然应该扩展出更为宽广的艺术诠释空间，展现我们这一代人惴惴不安的灵魂。

巧合，或者殊途同归

——《安魂曲》与中国戏曲

2012 年的 8 月，在中以建交二十周年之际，第三度进京的以色列卡梅尔剧团在国家大剧院为北京观众带来了在全世界范围内有口皆碑的经典话剧《安魂曲》。媒体众口一词盛赞这是一部伟大的震撼心灵的戏剧，微博上知名戏剧人也直言这次演出上座率应该是百分之百，任何一个空座位都是极大的浪费。《安魂曲》取材自俄罗斯著名作家契诃夫的三篇短篇小说，由有"以色列的良心"之称的著名作家哈诺奇·列文编剧并导演。剧作家抽取了《苦恼》《在峡谷里》和《洛希尔的提琴》中的几个有关死亡的情节巧妙连缀成篇：刚失去儿子的马车夫载运着庸碌的过客，始终无人聆听他急迫悲苦的倾诉；做棺材的老木匠夫妻劳碌五十多年，在吝啬和艰难里相继死去，只有死亡才能让他们停歇并获益；单纯无辜的年轻母亲抱着被人用开水恶意烫伤致死的婴儿奔波求医，无助地在漆黑的旷野中走了整整一夜。

有点类似于余华的《活着》，在三个死亡的沉郁故事里闪烁出"活着"本身的艰辛与卑微，也蕴含着生命本身之伟大——活着就已不朽。该戏的主旨无疑是浑厚而富有思辨色彩，哈诺奇·列文用质朴而诗意的舞台语言呈现了契诃夫小说的沉静和力量。在空的空间里，通过虚拟化的表演传递出深邃的生命状态和粗粝的生活质感，全剧熔文学、歌唱、音乐、表演、舞蹈、美术于一体，将舞台的假定性和虚拟性发挥到极致，全剧带着强烈的写意和象征色彩，以远离自然形态的生活之法对生活进行高度而深刻的艺术化表达。《安魂曲》独具一格的审美选择和中国戏曲美学精神有着强烈的共鸣或者说相似之处。我们没有资料能够得知哈诺奇·列文是否曾研读过中国戏曲，无论是有意借鉴还是不谋而合的艺术选择，在东西方的戏剧舞台上最有价值的正是这种建立在高度假定性、虚拟性和综合性基础上的戏剧性，这是戏剧艺术的核心，是最高的美学准则。在盛赞以色列艺术家蓬勃自由的创造力的同时，我们不能忘记我们中华民族戏曲艺术中有着同样精妙绝伦的艺术法则和表演体系，这是我们民族文化艺术中的瑰宝和宝藏，需要我们不断地掘进。正如彼得·布鲁克在《空的空间》里所云：戏剧需要永恒的革命，有时候我们不断前进，是为更好地回到莎士比亚那里。对于中国话剧而言，蔚为壮观的戏曲艺术是可以让我们不断获得新生的涅槃之所，是我们戏剧观念的"莎士比亚"。中国传统戏曲的高超技艺——这不仅是我们的过去，也蕴藏着中国戏剧的未来。

下面详细谈一谈《安魂曲》中与中国戏曲融通相似的审美选择。

一、戏随人动的戏剧结构

《安魂曲》没有采用一般写实主义话剧的分幕结构，而是采取了更具戏曲味道的形式：分场不分幕，戏在人身，戏随人动，利用人物上下场，在运动中完成剧情时空环境的转换，并组接成全剧的戏剧情节。这种结构中时间的流动和空间的转换是十分开放和自由的，环境随着人物运动，观众随着人物的行动穿梭流动在各种环境和情绪中。譬如年轻母亲抱着死婴在舞台上不断地转圆圈的行走和奔跑,就类似于中国戏曲中的"圆场",一个圆场就是人行千里路,一个趟马就是马过万重山,进入了三五步万水千山、须臾间乾坤变幻的从容境地,演员得以在有限的舞台上展现出无限广阔的生活。从而脱离了生活的自然形态而进入抽象、虚拟化的艺术时空。

《安魂曲》的十五场戏,每场戏尽管只有五六分钟,但每一个段落都完整无缺,这跟中国戏曲的故事段落可分可合、整体组接的有机布局相一致。每一场戏都是一个相对独立和完整的"一折",像串项链一样,串联而成。如老木匠夫妇的故事里"害病""乘车""问医""归天"等一个个小主题串成一个大故事,如同在《西厢记》里"赖婚""酬简""拷红""长亭"等一折一折曲曲蜿蜒成戏。如果延展来说,中国古典小说《水浒》和《西游记》里都有这样的群体结构和布局。戏剧结构的这种有机一体又可分可合的连贯性,与戏随人动、移步换景的时空自由,上下场的运动性密切相关。

二、文学性的叙述感

《安魂曲》并不一味地追求人物的动作性,而是具有一定程度的文学叙述性。带有剧情提示性质的旁白和独白,类似于中国京剧的"自报家门"。不知道是不是因为以色列这个国度固有的"说故事"的传统,几个月前访华的话剧《在海边》也是叙述体和代言体高度融合而呈现出别样精彩的艺术风貌。在本戏中,老木匠在等候马车的时候,自言自语:"我们站在路口,等待夜行马车。远方是豺狼的吼声,沼泽里是青蛙的鸣叫,还有蛐蛐——""瞧,我们到哈鲁普卡了。我们站在哈鲁普卡镇卫生员小屋的门口……"

在中国戏曲中里,同样保存有说唱艺术的叙述性,有些情节与场景由叙述来交代或者描绘。在京剧里，变化着的环境是常常由演员直接叙述而出，接连而出的就是移步换景的动作性表演。叙述性和动作性有机结合，符合中国戏曲"有话则长无话则短"，繁简相得益彰的节奏需求，约略处惜字如金，在重头戏上浓墨重彩。这种叙述体和代言体的融合，在戏曲里是间离，是程式化的，是创作上的自由和不拘束。

再者，列文的剧本中保留有契诃夫式的诗意和抒情色彩，台词富有哲思饱含深意：第一个故事里的老棺材匠，他一生都拿着把尺子在计算得失和损益，他抱怨"这是一个到处都在亏损的世界"，"生命是损失，而死亡是利润"，妻子的生命走到尽头，他才觉得"想起来我们一生在一起，我却从没抚摸过你。甚至一次都没有怜爱过你"。第二个故事中年轻母亲抱着死去的婴儿无望地四处奔跑，每日安于扫地和洗衣服从没有任何一丝非分之想的她说："要是我哭出来，世界就会轻松些。人们会说：'是有不公，可是也有解脱。'所以我不哭。"在艺术分类上，戏剧文学属于诗。诗缘情，诗言志。剧作的文学性和诗性是戏剧艺术审美的核心，是剧作者主观的抒发，是戏之魂魄。中国戏曲的诗性和泛美化也在极富韵律、节奏和文采的唱词和念白上得以体现。这部戏中剧作家导演不仅追求人物语言和唱词的诗意美，同时也高度综合了音乐美（声乐美、器乐美）、雕塑美、整体美

三、歌舞演故事

中国戏曲素以"歌舞演故事"（王国维语）著称。京剧的伴奏乐队总称为"场面"。其中的管弦乐器称"文场"，打击乐器称"武场"。

在演出中，戏曲的文武场都积极参与到艺术形象的塑造上。

锣鼓点敲出一条河流，一只吹管乐器营造出马嘶人沸。在《安魂曲》中现场伴奏的音乐和唱段起到非常重要的作用，参与到人物塑造中来，达到了歌舞演绎故事的程度：马车颠簸奔驰的优美节奏与频率，老太婆至简至纯的儿歌，台口处黑衣女人现场的动情吟唱，三位天使可爱而富有韵律感的载歌载舞……以歌舞演故事，是相互协调的唱、念、做、打的高度统一与融合。马车参差不一神态各异的人物群像的雕塑感，类似于京剧的亮相，则是凝聚人生思想和情态的珍贵瞬间。而在老太婆围绕屋子的忙碌团团转中，在年轻母亲的奔跑中，在车夫的赶车中，如果没有音乐的节奏，就如同没有锣鼓点的 "圆场"，是不成戏的。富有韵律的节奏的乐曲渲染出来浓烈的诗意色彩，或令人身随心动或叫人低徊不已。写意而有韵味儿的歌舞化的表演，则是全剧的气质所在。《安魂曲》最终是胜在导、表演整体的有机统一，胜在以演员表演为中心的语言、音乐、舞蹈、舞美造型、雕塑多种艺术形态的高度综合。

四、戏以人重，不贵物也

试问《安魂曲》最让你印象深刻的是什么？很多人会说，空旷的舞台，以真人演布景，由人扮演马儿、房屋、柳树、月亮。其实，在元杂剧中很早就有 "扎竹马"，在《追韩信》剧本中就有舞台提示 "骑朱马儿上"。演员屁股后面扎马尾巴，前头着骑竹马，可见中国戏曲也曾经以竹马作为舞台道具，不过为了方便演出，渐渐衍化为一根马鞭代表一匹马，一只船桨象征一艘船。在中国戏曲里随处是这种虚拟和写意的手法：不拘泥自然，不临摹自然生活形态，以虚实相生的写意手法，触发观众想象，以远离生活常态之法表现生活。大导演焦菊隐曾评价中国戏曲：“在表演中产生布景。”塑造人物是第一位的，通过塑造人物，场景是被虚拟的动作所暗示，并被观众想象、理解和接受到。将观众当作是人物形象创作的合作者，由演员的表演和观众的想象力，来完成布景的再现。坦白承认在演戏，不追求斯坦尼体系的生活真实的幻觉。《安魂曲》里也是如此，类似于京剧的"检场"，在表演过程中工作人员上道具，黑衣人扇动五彩缤纷的纸屑制造效果……无论是竹马还是检场，这种大胆的间离，是戏剧舞台的自我解放，尽管《安魂曲》中的舞美造景设计没有达到中国戏曲局部写实整体写意的程度，但依然呈现出了与中国戏曲相通的"表演造景""景随人现"的高度虚拟化特征。无论是上述的《安魂曲》还是中国元杂剧，在舞美设计上的景物造型都在戏中组织了人物活动的空间，描绘了人物动作与环境，渲染气氛，表达出了人物的情感，在最后还是为了帮助表演、强调表演，甚至参与了表演，可谓战功赫赫，但是舞美造型并不能代替表演成为舞台的重心。王梦生评价中国戏曲是以中国表演为中心的舞台艺术，"戏以人重，不贵物也"。虚拟和假定，也是中国戏曲无穷魅力的源泉，当然也是《安魂曲》成功的重要原因。

拉拉杂杂地说了很多，最终还是要说，《安魂曲》和中国戏曲最大的沟通还是对戏剧舞台审美原则追求的高度一致。中国戏曲美学既在历史中不断传承，又从生活中不断汲取养分，形成了独立的戏剧审美体系。程式是中国戏曲舞台实践中形成的一整套独有的虚拟性和象征性表现手法，具有规范化和写意化的特征。独特的时空观念，虚实结合的表现方法，歌舞性、程式性的艺术形式，使中国戏曲在舞台艺术创作上追求达到神似的写意境界，完成从形似到传神，从有形空间到无限世界的拓展。尽管中国戏曲舞台的发展在当下有这样那样的问题，但是中国戏曲美学精神和独特的艺术创作手法，是我们在话剧舞台上需要不断探索和开掘下去的精神宝库。

"戏中戏" 和 "形与神"

——《阮玲玉》的悲歌

"明天就要对一个强者中的强者,弱者中的弱者进行缺席审判。人们用你们的善心和良知听我说一句话,在这个叫做人间的地方,我生活了二十五年,检点我的所作所为,一丝一毫,无愧于心,我应该是原告,原告!"徐帆富有激情地在舞台上呐喊出了女明星阮玲玉的悲苦与抗争。随着一张硕大到足以覆盖整个舞台的白布从天而降,阮玲玉身着圣洁的白纱,一步步走向这片白茫茫真干净。这是话剧《阮玲玉》的最后一场戏,宣告了阮玲玉辉煌与困窘交战的悲剧人生之结束,一个艺术上的强者最终成了现实矛盾和时代苦闷的牺牲品。

与关锦鹏电影《阮玲玉》类似,该剧剧作采用了戏中戏的套层结构,通过一老一少两人的追忆,打破时空限制如电影蒙太奇镜头一般,将阮玲玉从艺十年里几个关键的人生片段、重要情景一一再现,随意组接。第一层时空是老年穆大师和阮玲玉义女小玉作为串场人物对阮玲玉人生故事的探寻;第二层是阮玲玉的现实世界,重点是其与三个男人的情感关系:俯仰周旋在张四达懵懂之爱、唐文山物质之爱、穆天培艺术之爱中;第三层时空则是阮玲玉拍摄电影中饰演的角色。如《挂名夫妻》中的弱女子和《新女性》中富有抗争精神的新女性。这两个银幕形象的选取颇有意味,银幕形象与阮玲玉的现实人生形成互文性关系，这两个电影角色成为阮玲玉真实命运的预言家，编剧选取的两个电影片段预言了她和四达夫妻关系的真相和她必然走向死亡的结果。另一个女演员骆慧珠在个人生活巨大的悲伤中被电影公司要求强拍嬉戏欢笑的场景，也暗示着阮玲玉命运同样的无奈与煎熬。本剧导演手法别具一格，手法自由跳跃。整体处理大写意，微观局部写实求真。时空随剧情自由转换，戏中有戏，真中有假，假中有真，将记忆与现实、虚构与真实人生对照着呈现，使虚构的镜像成为阐释现实人生的多棱镜。舞美设计值得称赞：一座巨大的空荡荡的废旧影棚颇具历史的沧桑之感，简洁而有气氛。十九年前的导演方法、设计方案，今天看来依然非常精巧大气，不落窠臼。另一方面，也正是这样的自由空灵的导演手法和舞台美术非常考验演员的表演功力。

这出戏的主角，不是张玲玉、王玲玉，她是中国早期电影"默片女王"——著名电影明星阮玲玉。阮玲玉在电影银幕史上所塑造的众多人物形象鲜活，真切自然，富有悲剧美，无论是演少女寡妇妓女女工知识女性，她永远保持着忧伤且意味深长的微笑，自有的一段风流态度中总有着一缕属于她自己的不屈的神情。1934 年某一套她的明星照上写着这样的话："玲玉，在中国电影界所有表演中，你的表演是最有灵魂的！"她创造过中国电影表演艺术的辉煌前史。今天重看她在《闲花野草》《神女》《新女性》里的表演，依旧叹为观止。1957 年，郑君里专门写了一篇谈阮玲玉的表演艺术的文章，他说："阮玲玉塑造的人物与她的切身的社会阅历有着密切的关联。她在生活中的阅历和感受有力地支援了她的艺术创造。"郑君里还说在那个时代大家可能还不知道斯坦尼体验派塑造人物的科学办法，阮玲玉已经凭着极好的艺术直觉将在生活中积累的记忆和经验转换为角色的创造能力。

凡此种种均表明：阮玲玉天才的表演能力和对待艺术的认

真态度，是展现阮玲玉精神生活的重要载体，是阮玲玉之所以是阮玲玉的关键所在。此外，女明星的婀娜风情、虚荣心和对物质和爱情的贪恋，都是这个人物的重要特征。在舞台表演上，这部分内容不在于篇幅多寡，而是要传神，传达出阿阮这个角色内心的气息和味道。徐帆的表演似乎更多的是本色出演，而不是塑造人物。阿阮的银幕形象和阿阮的个人形象之间缺乏明显的界限，识别度不够。或是徐帆本人的神态气质与阮玲玉相距较远，缺少了阿阮身上的妩媚；或是两人年龄相距较远或是受制于短发造型。

戏中戏的结构中，编剧选取了1926年《挂名夫妻》和1935年《新女性》"一夜奴隶"中两个截然不同的形象，借以展现阿阮从懵懂少女到觉醒的知识女性的跨越，无论是表演艺术还是她自己的现实人生，她都是经历了一番痛苦磨砺达到醒悟，醒悟则是她自杀的铺陈。既然如此，徐帆的表演就应该呈现两个维度的层次变化：现实的阮玲玉从十六岁少女到二十五岁明星稚嫩成熟间的变化，银幕上的阮玲玉则是从单纯弱女到有抗争精神的新女性的变化。如果这部戏叫《一个民国女明星的故事》，演员的表演似乎可以天马行空，《阮玲玉》这三个字就规定了演员的外部形象和精神气韵的追求指向。无论是写实还是写意，都不可能完全脱离开外部形象的相似性而到达"神似"。让人无法回避的是张曼玉在电影《阮玲玉》中的表演：演员张曼玉的现实人生，演员张曼玉演明星阮玲玉的现实人生，张曼玉演阮玲玉演妓女、演母亲、演女作家。三个维度的表演层次鲜明，自由转换中相互阐释，意味深长。京剧行里有一句话叫"好演人演猴，难演猴演人"，是说在舞台上演员模仿猴的动作神态是容易的，更吃功夫也更高级的表演是人演猴模仿人的情状，其实就是戏中戏的套层表演结构——演员先要对猴的动作神态烂熟于心，然后才能演绎出猴拟人的情状。这个类比未必恰当，但张曼玉的表演就有这种戏中戏里一层又一层的细腻与准确，有着"猴演人"式的更上一层楼的精彩。或许话剧舞台受限于时空，不如电影拍摄可以随时停下通过服装化妆背景的变化来帮助演员塑造角色，但是舞台上演员表演的"精神的化妆"永远是第一位的。

好花还需绿叶扶，虽然该戏主角是女性，但是与阮玲玉有情感纠葛的三位男性的烘托陪衬至为重要。穆天培的扮演者的表演过于概念化，很难想象人物原型电影才子蔡楚生是这样跟女演员谈艺术的。剧作本身对这个人物的处理就失于虚空缥缈，没有落在实处——一起看看海泛泛地谈论下生与死就表明了他们有精神之爱？电影版中梁家辉和张曼玉关于"站着"与"蹲着"这对颇具隐喻意味的对话镜头，将两人的微妙关系投射了出来。1994年谭宗尧塑造的唐文山颇为成功——有风度有城府，关键时刻凶相毕露。如今濮存昕的塑造相较于谭版，则过于流于表面——虚伪油滑有余而稳重不足，且有些惹人厌恶，这样的人可是民国商界大亨并赢得第一等的大明星的眷恋的人呢，濮存昕是优秀演员无疑，但是在阮玲玉的故事中他不如谭宗尧和秦汉的表演真实可信。张四达的表演也显得过于丑陋凶暴。

北京人艺一直奉斯坦尼体系为圭臬，坚持以演员表演为舞台创作的核心，强调舞台演出艺术的整体性。"深厚的生活基础、深刻的内心体验、鲜明的人物形象"这三句话，和老艺术家积累的舞台创作经验，至今仍旧不过时，依旧有强大的生命力。

戏，还得是戏

——从《天下第一楼》看北京人艺现实主义表演风格

　　近年，北京的话剧舞台上一片人声鼎沸、喧嚣骚动的繁忙景象。无论国家院团民营剧社抑或海外来客，先锋实验戏剧也好搞笑减压大戏也罢，导表演手法的多样探索、声光电多媒体的综合运用，间或夹杂着黑色幽默、荒诞等等或叛逆或高深的面孔，在大大小小的剧场、戏剧村、咖啡馆、艺术沙龙里粉墨登场。热闹是热闹了，然而这样的戏，时常会让人产生"不是戏""不像戏"的疑惑。戏剧，说到底，还是应该以演员表演为中心的舞台艺术。那种演员道具化，导演或者舞美、道具直接表演的戏，总如匆匆过客，一阵风过，便杳无踪迹了。而首都剧场里像北京人艺的《茶馆》这样的老戏，还在年年上演，至今已经超过了六百场，《天下第一楼》演出超过五百场次，为什么这样的剧目就能够经久不衰，常演常新。这靠得是什么呢？这里头应该有值得我们思考的地方。

　　今年恰逢北京人艺建院六十周年，从《龙须沟》《茶馆》到《雷雨》《日出》《蔡文姬》等，北京人艺先后将有十九出大戏轮番上演。京城里的戏迷们可谓翘首以待。大家常说北京人艺的演员"戏"好，举手投足都是"戏"。的确，是北京人艺的老一辈艺术家们在表演上的精打细磨，精益求精，逐渐琢磨出一套自己独特的表演创作方法,形成了人艺表演学派。唯有真正的"戏",才能留得住观众,守得住这铁打的营盘。"深厚的生活基础,深切的内心体验,鲜明的人物形象",这三句话是北京人艺一切艺术活动的创作宗旨,从剧作到导表演,从舞美设计到音效合成,这三句话贯穿始终。同时,以真实为生命的现实主义创作精神贯穿始终。京味儿是对北京人艺在艺术形式上的自觉选择,北京人艺表演学派的风貌和血肉,现实主义是北京人艺演剧观的内在的本质,是其演剧观的精神和脊梁。

说到演员的表演,戏曲讲究的是唱、念、做、打,话剧则讲究的是声、台、形、表。这些无疑是演员在舞台上进行表演不可或缺的手段,演员一定要认真研读自己所饰演的剧中人物,将这些手段深深地、不可被发现地运用到自己的现实主义创作当中。说到台词,台词的作用在于确定人物的身份和人物的状态。演员不仅仅需要认真研读所饰演人物的台词,需要分析自己所饰演的角色的心理动作,寻找人物行动的心理依据,传递出人物的性格特征。北京人艺的演员常说一个"拎"字,对台词的"拎"的能力,就是对台词的潜台词的理解和挖掘能力。同时也是对人物心理和性格的分析能力、把握能力以及呈现能力。人艺老演员朱旭有一句著名的话:"演戏别演戏,演人!台词别念词,说意思。""说意思"就是传递出最准确的言外之意,观众听得见听得清听得懂,言尽意远。例如林连昆所饰演的《天下第一楼》里的堂头儿常贵,其中有一段词儿是报菜名"拌鸭掌七寸,七寸糟鸭片,卤生口七寸,七寸鸡丝黄瓜……"。林连昆的处理堪称经典,首先这段词儿说得轻松自如,贴合饭馆里堂头儿点配菜单儿的娴熟自然,符合生活真实的逻辑,同时又通过对重音和节奏的把握,林连昆并不求快求响,而是有板有眼,重在节奏的流畅和声调的顿挫上,赋予这段词儿一种别样的音律美和艺术美,形成首尾相连的类似文学创作上的互文循环往复的重叠之美。可谓响鼓不用重锤。声音是有颜色的，有色彩的，伟大的演员懂得赋予声音以不同的色彩。就如同焦菊隐选择郑榕、于是之、蓝天野这三个人主演《茶馆》，除了他们的形象合适，还有就是他们三个人的音色、节奏和语感的不同。每个演员都应该在把台词的意思说尽说透的基础上，追求台词的色彩和味道。这是一个艺术化的过程。那么作为观众所欣赏的，就是看演员对剧本台词的这种遵循现实主义原则下的艺术化处理。

关于唱段的处理。在《天下第一楼》里，大少爷唐茂昌是个戏痴，对京剧痴迷到魔怔了的主儿，那么他的"唱"应该符合一个戏痴的形象。现在饰演卢孟实的杨立新曾经饰演过唐茂昌一角儿。为了这大少爷的开口唱，当年导演夏淳请来了京剧名角谭元寿来讲梨园行的规矩、戏曲知识和票友生活。二十多年来，北京人艺已经是第四代唐茂昌了，每一个唐茂昌都要一开口就唱出味道儿来，包括其中的一招一式，一站一坐，都要"挂相"，不能放了刻画唐茂昌票友这个形象的任何细节，唱腔更是首当其冲。此外，还有堂头儿常贵所唱的喜歌。林连昆在创作谈中说到自己对"喜歌"的处理时说，自己有意避开了评剧也就是落子的腔调，因为剧作当中，福聚德店规中规定了店员不许听落子，所以这喜歌不可以是落子，但又应该是底层平民喜闻乐见的腔调，还要有点京味儿。所以林连昆综合了太平歌词、快板书还有单弦等民间说唱艺术的曲调，既符合常贵的身份，又有通俗欢乐的气氛。最为出色的是对喜歌最后一个拖腔的处理，不经意中泄露了常贵此刻心底的悲怆，达到了喜中藏悲的意味。观众能感知常贵的心境，而饭局中人则仍在喜中浑然不知悲。

关于形体的处理。堂头儿常贵的形体语言处理也是非常富有特色的，这戏里说到"饭店要人服，全靠堂柜厨"，常贵是一个"有一批老主顾，不见常贵不吃饭"的堂头儿，这就话中点明了常贵在迎来送往的人情世故里的非凡本领，凭着给宾客舒适而周到的服务而赢得人气与口碑。林连昆在整个戏中基本是垫着脚尖儿的小碎步，一路小跑，来呈现常贵的勤快、灵活、有眼力见儿和恰当的分寸感。而在重头戏"常贵之死"，林连昆在中风的表现上也是精心铺垫：第一次是孟四爷上楼，他下楼一个趔趄扑扶椅背，第二次当他听说小五子学艺是不行了，他一只腿麻木不知差点滑倒，第三次是希望彻底落空又悲又累中风而死。这是形体表演所传递的语汇，是非常有力量感的行动叙事。不得不说，这是大艺术家的艺术创造和聪明才智的体现。

总的来说，特色鲜明的现实主义表演，是对人物的精心揣摩的表演，是非一般的表演。不同于自然主义对生活的自然呈现和照搬，演员通过在舞台上凝练和浓缩的台词、行动、反应、停顿及效果，精确传达出戏剧的价值和意义。常贵在大少爷让他见过孟四爷的时候，他首先捂脸，肝胆欲裂，然后手一拿开迎上去的就是笑脸一张，而后又要继续伺候别的主顾。这悲喜瞬间的替换，观众看着是笑中带酸。细节的真实往往是最要紧的褂节。北京人艺一直有"说戏"的传统，同事之间相互说戏，有一个集体创作和讨论的氛围。在北京人艺，每个演员不仅可以通过自己的分析加强对所饰演人物的理解，还可以从集体创作找到更多的灵感。在排练中，不仅仅跟你演对手戏的演员会和你交流，跟你同台的演员都会给你提出建议，甚至是没有演出任务的演员也会坐在台下，观摩排练，参与创作。所谓一棵菜的精神，戏比天大的精神。

中国的传统戏曲是以演员表演为中心的艺术，历来讲究看"角儿"。有"角儿"，才能有"座儿"，"座儿"是"角儿"的命。座儿是什么，座儿就是观众。从某种角度上说，观众就是演员的老师。高质量的懂得欣赏戏曲的"行家"观众才能够推动戏曲艺术的发展与进步。话剧亦如是。我们到底应该看什么，怎么看，这是一个永恒的话题。就北京人艺现实主义戏剧而言，我以为还是应该看演员行云流水的表演，唯有表演，能够集大成，呈现所有的"戏"。

一面名为荆轲的镜子

——话剧《我们的荆轲》观察

古人常说"以史为鉴",历史是一面镜子,能够照亮我们的现实之路。博尔赫斯也曾经说过,艺术应当像面镜子,显示出我们自己的脸相。北京人艺新近上演的原创话剧《我们的荆轲》,无疑是一面既是历史又是艺术的深邃之镜。这面以古观今的戏剧之镜,既不同于《茶馆》之写实,也不同于《蔡文姬》之写意,《我们的荆轲》的编剧思想、导演手法是极具有现代性的,充满对历史现实的想象、创造,甚至是变形。在莫言和任鸣的二度创作中,荆轲刺秦,已经成为一则现代寓言。就其思想和文化价值而言,是《刺秦》《英雄》等刺客影片无法比拟的。

荆轲,可谓中国历史上最有名望的侠客了,一次失败的刺秦,成就了一位中国历史上最悲情的刺客,千百年来,在历代文人墨客的文字中驻扎,在万千读者的目光中逡巡。作家莫言对荆轲刺秦这一经典文本做了颇具思辨性的颠覆,或者说戏剧性的假想。譬如,假如刺秦失败是机会主义者们一场精心策划的表演,或者假如刺秦失败不过是犬儒世风之所趋,荆轲挣扎不堪而无力自救的结果?历史,不过是将过去的现实变成后人们的幻觉。而戏剧《我们的荆轲》,则是将作家幻觉的历史变成一种现实的真实。作家在以现代视角推陈一个全新的历史故事，又在历史故事中审视自我，可谓在以今观古中以古观今。

《我们的荆轲》里，所谓侠士不过是一群没有是非没有信仰没有灵魂，依仗匹夫之勇沽名钓誉的犬儒式的可怜虫。"茫茫人世，芸芸众生，或为赢利，或为谋名。难道这就是人生的意义？难道这就是生活的真谛？"痛苦的荆轲在易水河滨独语："我在高高的星空下，俯瞰大地，高山如泥丸，大河如素练，马如甲虫，人如蛆虫。我看到了我自己，那个叫荆轲的小人……"郭沫若在看完《蔡文姬》之后说过蔡文姬就是我啊。同样，在这出戏的宣传页上《编剧的话》中莫言说：这些人物是所有人，也是我们自己。我们对他人的批判，必须建立在自我批判的基础上。

跟秦舞阳和狗屠不同，侠客荆轲始终是自知的，对太子丹的百般笼络也是冷静的。然而他的命运却是自己无法更改的。唯独面对燕姬，他热情的生命之火被点燃，无疑在此处，燕姬和高人，是荆轲另外一个自我和内心理想主义的象征。燕姬给他提供了另外一种人生的可能，高人使他觉醒，穿越时代的迷雾并抵达理性。"可怕的是我在这场戏尚未开演之前，我已经厌恶了我扮演的角色，可怕的是我半生为之奋斗的东西，突然间变得比鸿毛还轻。高人啊，高人，你为何要把我从梦中唤醒？……"

莫言是优秀的小说家，他的剧本台词华美绚烂，但是缺乏戏剧所需要的鲜明的人物性格和个性化差异化的人物语言。从作家语言到人物语言的让渡，丰富人物性格，丰满人物形象，任鸣导演和人艺一班青年演员出色地完成了这一使命，可圈可点。

就舞台呈现来讲，导演选择了一块矩形平台作为主要表演区域，空旷的舞台空间一会儿是太子丹宫中，一会儿是荆轲豪宅，一会儿是易水河畔……简洁、大气，也恰如一方镜子。灯光也选择了大片的极具现代感的白色光，映照在舞台上，如梦如幻，似真非真。音乐也是极简的鼓点和一两声古筝，而易水辞别又很现代地极度渲染，营造出辉煌宏大之势。最后那一幕，荆轲的血衣，成为某种象征，高高升起，挂在《史记·刺客列传》中，也挂在过去、现在和未来的任何一个时空里。荆轲的扮演者王斑，台词功力扎实，数次大段独白入耳，荆轲的痛苦心声，振聋发聩。班赞和雷佳扮演的狗屠和秦舞阳有段意趣盎然的哑剧表演，讨喜又可心。还有人艺其他的演员们，是他们的精湛技艺和敬重之心，共同成就了一台好戏。

又见《风雪夜归人》

经典作品，总有着恒久的光芒和力量，能穿透时间的坚实壁垒，照进新的现实。

《风雪夜归人》是剧作家吴祖光的代表作，创作于 1942 年，首演于抗战时期大后方的重庆。彼时的重庆是国统区政治与文化的中心，汇聚有郭沫若、曹禺、夏衍、陈白尘、老舍、宋之的、沈浮、丁西林、余上沅、于伶、洪深、郑君里、应云卫、陈鲤庭、金山、陶金、舒绣文、白杨、张瑞芳等众多剧作家、导演、演员。二十五岁的剧作家吴祖光也位列其中。彼时的吴祖光已经写出了《凤凰城》和《正气歌》两出描写抵御外辱讴歌民族气节的戏剧作品。彼时也正值中国戏剧史上的黄金时代，在时忧和国难面前，戏剧成为最主流、最前沿的文体。从 1941 年 5 月第一届雾季公演开始到抗战结束，重庆每年都有二十多部新剧上演。抗战八年，重庆共有两百五十多部话剧演出，蔚为壮观，为戏剧史写下了浓墨重彩的篇章。

1942 年，吴祖光有感于前方战事凶猛如虎，后方达官显贵们依旧犬马声色，欺侮百姓；又想起自己少年时遇到过的一位梨园行的朋友刘盛莲的不幸际遇，便开始酝酿《风雪夜归人》的写作。在剧本的开始他摘录下安徒生的一句话："高贵与尊荣埋在尘埃里，真理却终有一天可以显出的。"

红得发紫、誉满京城的京剧名旦魏莲生，遇上了位高权重

的法院院长苏弘基的宠妾玉春。妓女出身的玉春颇为主动地爱
上了莲生的善良和热心肠。而魏莲生也颇为得意自己能利用与
权势者的相熟与热络来帮助穷困的街坊。玉春却清醒地指出莲
生和她自己都只不过是权贵们眼里的"玩物"罢了,"其实就不
能算人"。曾为妓女的悲惨生活令她早早地觉察到所谓锦衣玉食
实则脆弱而虚伪,自己不过是有钱人豢养的金丝雀笼中鸟,不
过是捏在别人的手掌心里的蚂蚁罢了,"自己是天底下顶可怜的
人"。她是积极的,想要自由地爱,想要真正的人的生活。虽然
是出自青楼的姨太太,玉春却有着非凡的美,饱经人生的痛苦
与沧桑,她拥有玲珑剔透的青春和高贵的心灵,不断追寻自己
的幸福。玉春的形象,是一位觉醒者。也正是玉春将启蒙的阳
光照进了混沌懵懂的魏莲生的心里。莲生是在和玉春的恋爱中
对自己有了全新的认识,获得了人格上的新生,开始想要做自
己命运的主宰者。当然很快,他们的恋爱被莲生曾帮助过的得
势小人王新贵揭发,伪善冷酷的苏弘基果真翻手云、覆手雨,
把莲生逐出城外,将玉春买身为奴,曾经亲密友好的名伶、宠
妾在他眼里,果真是渺如草芥。

　　但是这故事并不是爱情的悲剧,这里不是讲爱情里的沉落,
而是意在生命的抗争与新生。临别之际,他们有这样的对话。
玉春说:"莲生,是我害了你。"莲生说:"不,是你救了我。"
莲生又说:"我将来也许会穷死,会冻死,会饿死,会苦死,可
是我会快活一辈子。"

　　二十年后,风雪苍茫的一个寒夜,似乎是为赴一个灵魂之
约,善良的他因为帮助潦倒同行负伤咳血,历经半世坎坷艰辛
的莲生恍惚间重回苏宅后花园——和玉春情定终身的地方,在
这一夜,他虽潦倒却像个圣者般自由地欣然赴死。在这一夜,
忍辱负重的玉春也阴错阳差重回此地,并消失在这茫茫夜色中。

　　戏子与姨太太的恋爱,在彼时被认为庸俗而轻贱的关系,

在吴祖光笔下，写出了一对被侮辱和被损害的人，可以拥有多么高贵不屈的灵魂；写出了卑贱的底层人对尊严、自由和平等以及爱的渴求；也写出了权贵者的虚伪冷酷，市侩小人的自私奸猾，未觉醒民众的淳朴与混沌等等，描摹出距离我们并不遥远的世相与人心。除了这对恋人，剧作家还成功塑造了莲生的跟包李蓉生。李二哥的存在提示着梨园行讨生活的艰辛凶险，他是莲生人前光鲜皎月般生活的背面，是莲生的命运的可能性。知恩图报的马大婶、马二傻子是最卑贱的人，却有着最善良最美好的灵魂。追星族公子哥"陈祥"则是吴祖光自嘲的影子。

时隔多年，2012年底北京人艺著名导演任鸣在国家大剧院将这部经典话剧重现舞台。细细想来，彼情彼景，此时此地，我们中间又何尝没有苏弘基、王新贵之流呢，我们中间又有多少人能如魏莲生、玉春般勇于逃离纸醉金迷的樊笼，追求心性的高贵和尊严？这就是经典作品所拥有的力量，也是我们重温经典的价值所在。

此次导演的排演，一如既往地在扎实细密的现实主义创作中，揉入一抹浪漫主义的亮色。老老实实的现实主义描摹最吃功夫也最见功力。最艰难里往往藏着最可贵。在话剧舞台各种所谓实验、先锋、创新等等乱花渐欲迷人眼的时候，有人恪守现实主义创作信条的"我自岿然不动"，反而弥足珍贵。任鸣说，他将原汁原味重现经典，原原本本按照剧本来排演此剧，"只删不改"。

导演选用余少群扮演魏莲生十分贴切，曾经的梨园时光给了他与人物之间最大的沟通与便捷。余少群身上的阳光和干净气息与魏连生是十分接近的。冯远征的苏弘基也很到位，他多次使用各种情景下的笑声表现这位显赫人物慈眉善目下的伪善与冷酷。苏弘基外化出来的和善与他内心的冷酷与贪婪形成了反差。当人物心口不一的时候，人物动作与人物语言出现矛盾参差时候，这个人物便有了鲜明的性格。演员的表演整体上不错，不过如果深挖剧本后，也不乏提升的空间。

该剧的舞美设计、音效设计中规中矩，未能如预期为本剧增添更多颜色。笔者认为，这次舞美设计过于写实，有流于自然主义的倾向，既没能很好地营造出年代感，也没能帮助剧中人物表演，似乎就是一堂一堂的景，未能参与到叙事中来。剧中颇为重要的海棠树与海棠花，缺乏生趣，失于呆板，若能较为写意地加上些光与影的朦胧，影影绰绰的气氛，会比较适当地烘托出莲春二人恋爱中的纯美浪漫。此外换景时间较长，多少影响了戏剧节奏，影响换景的桌椅道具似乎可以用用减法的。程丽莎扮演的玉春第一次亮相（与莲生相遇时）的衣服是黄绿色，这个颜色含混不清，又过于老成，不够鲜亮，与玉春玲珑剔透一片青春美的形象是不相称的。笔者认为，玉春的服装颜色应该是纯洁的白色或者明媚的海棠花的颜色，应该是与其内心的明亮艳丽相匹配的亮色。

整个戏的基调是素朴与写实。恰是这种素朴写实的现实主义导演与表演创作方法，与吴祖光剧作生动、真切、细腻、自然的气质与氛围是最为贴切与吻合的。值得称道的是，导演在序幕与尾声的两处处理饶有意味。一是序幕与尾声之呼应。剧作家曾多次想对首尾部分进行删改而未竟，此次排演是精心设计过的：序幕以花园为景，实写老年莲生寂然死去，虚笔带上左侧花园小楼上的人声。尾声部分在实写小楼内景苏弘基和王新贵的对话。王新贵推窗出声，大雪吹来，呼应序幕中的莲生之死。这次第，观众恍然大悟：原来序幕与尾声都是在写莲生之死，同一时间同一地点，不过是楼上楼下、屋里屋外，冰火两重天。不同视角的巧妙变化与链接，匠心独运。二是尾声的一个意象创造。在老莲生死后，苍茫风雪中，一袭红衣的少年莲生遗世独立，充满了象征意味。一身红衣的余少群在空旷苍茫的夜雪中翩然独舞，似乎在昭示着莲生灵魂的自由与不羁：雪下得更大些吧，将这人间的罪恶来洗涮，白茫茫一片真干净。

前苏联戏剧家瓦赫坦戈夫有一句话是："我爱一切的戏剧形式，但最吸引我的，不是日常生活中的一切元素。而是人们精神所生活于其中的那些元素。"此次排演在营造玉春、莲生、苏弘基、王新贵、李二哥、陈祥、马大婶、马二傻子他们生活于其中的时代空气，和显出他们每一个人物所带有的精神气度等方面，还是较为成熟的。现实主义戏剧的创作正是从日常生活元素中，不断洗练、不断雕琢，精心创造出剧中一个又一个鲜活深邃的人物形象，剧中每一个细微处都潜藏着时代的精神气息。

《喜剧的忧伤》：从对峙到融合

一台景，两个人，一小时四十五分钟的演出时间，在一间空荡荡的办公室，为了一个搞笑剧本能够通过审查上台演出，某喜剧剧团的编剧不断修改剧本，以迎合国民政府文化审查官的趣味和要求。七天时间里，随着多番的审查与修改，在和编剧的接触中，审查官内心的对峙情绪悄然发生了颠覆性的变化。这就是北京人艺正在上演的话剧《喜剧的忧伤》的大致故事。剧本改编自日本著名舞台剧《笑之大学》，导演徐昂对剧本做了本土化的处理，将故事移植到上世纪40年代抗战时期的重庆。

剧作家三谷幸喜刻意选择七天来展示两个人的内心变化，暗合上帝创造人类世界的时间，也许这出戏的潜在的语汇即是：艺术拥有能够创造出一个美丽新世界的神力。七天时间，从无到有，从暗到明，从混沌到清晰，从虚空到充实，一点一点地，人性力量不断发酵、成长，冲破了个人内心的限制，逾越过时代的藩篱，从战争年代的幽暗中慢慢显现出喜剧或者说戏剧艺术的光亮。这点光亮，烛照着惨淡的现实世界，也烛照出两个个体灵魂的尊严与高贵，尽管这点光亮，抵不过编剧注定要战死沙场的命运。

这出戏的成功，首先归功于导演对剧作的选择，对戏剧剧本思想性、文学性资源的敏感捕捉和深度开掘。从2001年处女作小剧场话剧《第一次亲密接触》，到2011年的首都剧场《喜剧的忧伤》,十年之间,北京人艺青年导演徐昂的进步令人叹为观止。个人认为徐昂对戏剧文学价值有非常独到的见识与理解。无论《动物园的故事》还是《小镇畸人》,两部戏的改编、排演都显示出了导演对当下戏剧现状、对时代生活的强烈关注和成功把握,丝毫没有戏谑与流俗,尽管没有如《喜剧的忧伤》这般赢得社会和大众的广泛关注,但是在戏剧界赢得了良好的口碑,积攒了不少人气。大家常说优秀剧本是一台戏成功的一半,对优秀戏剧的思想性资源的发现、发掘,是一种建立在艺术实践基础上的艺术自觉。从某种意义上说,文艺作品最终极意义的竞争,拼的就是理解力。你对世界的理解到达什么程度,作品才有可能呈现到什么程度。大众传播时代的戏剧,在商业化、娱乐化、大众化的方面自然无法与电视剧、电影匹敌。那么在艺术性和思想性方面不断掘进、彰显戏剧最永恒、最直接面对观众的力量,恐怕应该是中国话剧未来的一条光明坦途。

就舞台表现来说,陈道明不愧为一个天才演员,多年没有在舞台上演戏,一出手便"晶晶然如镜之新开而冷光乍出于匣也"。他所饰演的审查官这个人物一上台就带有一股子刚毅和不近人情的神色,全然不同于陈道明以前所塑造的方鸿渐、溥仪、康熙这样子书生或者帝王的形象。后来观众发现审查官这个人物有从军的履历,所以他的表演挂着审查官这一人物的前史,带着军人气质。此外陈道明演出了审查官内心的变化,从出场时漫不经心"铁板一块"式的审查官,到结尾时充满感情、热情和激情的作为个体的一个人,从开始的强硬删除到后来参与剧本修改再到融进戏里跟编剧一起扮演角色,直至最后认识到笑所代表的价值。而这正是这出戏的核心所在。另外,陈道明"独眼龙"的设计也暗藏语汇:始于个人或者时代目光之昏暗,终于喜剧艺术之明亮。

何冰所饰演的编剧十分中规中矩,他力图在舞台上展示一种底层小人物式的聪明与坚忍的状态，但是他的表演缺乏某种属于为文者的外柔内刚，甚至是秋菊式的"轴"，编剧内心对喜剧的近乎于自虐的坚持、修改、再坚持，他内心的"这是我一个人的战斗方式"的这股子坚韧和心理支撑没能被充分演绎，被何冰所表现出的小人物的圆融、嬉笑的顺从所掩盖，所以到结尾处编剧对审查官讲出只对他一个人说的那段话的时候，感染力很弱。另外编剧这一人物还是要有一些年代感的，多一股骨子里的文气才符合编剧这一强大的灵魂吧，或者可以参照一下中国上世纪 40 年代那么多戏剧团体的编剧、导演的形象。或许因为陈道明气场强大，我们从整出戏读到更多的是笑融化了一颗坚硬的心，而编剧身上所蕴藏的抗争精神被弱化了，他以卵击石的莫可奈何以及属于那个时代的忧伤也被弱化了。

从整出戏的效果来看，上半场有些沉闷，下半场又有些匆促。上半场陈道明的表现收得过紧，其实可以色彩更鲜明更有层次。下半场尤其是第六天第七天何冰有些过于轻易，应该强调出人物的变化。七天之中几番的修改，其间暗藏的人物心理的微妙变化应该更为明晰，更为夸张，依照顺序着力强调，只有这样结尾处点题的矛盾才能释放巨大的爆发力。陈道明所饰演的审查官作为文化官员的他，出于对职业的忠诚，他再次对编剧的剧本给予不予通过的决定，并祝贺他能为国而亡为国捐躯；作为一个个体的人，他完全被喜剧感染满腔真情：你一定要活下来啊，你的剧本我给你保留，没有演员我来为你演。何冰所饰演的编剧，他不畏人言，不畏困难，坚持一个人以喜剧的方式斗争到底，坚持用艺术释放我们的心灵，坚持普罗大众无论何时都应该拥有笑和美好生活的权利这一人道主义理想。从工作关系这对矛盾中，两人都要服从强大的时代对人物命运的安排（参军），和对剧本的审查行为（不予通过），而作为两个个体的人，他们在此刻，惺惺相惜，真情流露，互相致意。

我们，能从古希腊悲剧中看到什么？

——北京人艺新排希腊悲剧《晚餐》观后

如果我们的确太久地纠缠在莺歌燕舞、熙熙攘攘的一地鸡毛里了，那么请倾听一下毁灭中和毁灭后的生命悲歌吧，在我们的眼睛里播种思想吧。

北京人艺实验剧场正在上演北京人艺历史上第一个古希腊悲剧《晚餐》。当然，这次是第二轮。第一轮演出就去看了，一种复杂而庄严的情感在心头盘旋、萦绕，无法消散，却又莫可奈何。这一次观看后，就一定要说点什么了。

导演是中央戏剧学院的罗锦麟教授，研究古希腊戏剧的专家。演员也都是人艺踏实而富有表演实力的中青年演员，孔维、徐岑子、班赞、杨佳音、张福元、丛林、高倩、陈宣宇。没有花里胡哨的绯闻，也没有挠心抓肺的噱头，所以也就没有任何炒作或宣传的"素材"。当然也缺少足够的"围观"。有的只是古老命运悲剧的现代诠释，演员认真、诚挚的表演，精妙舞美设计的无声词汇等等诸如此类，与庄重、静穆的古希腊悲剧的氛围完全匹配。这部安静的戏，让人想到高贵，纯文学，学院派，知识分子这样的词汇。

那么，我们，能从古希腊悲剧中看到什么呢？我想，这里面有的是穿越时空，从古至今，由此及彼的，我们所有人的命运与抗争。我们所有人生命里所储藏的力量。这力量，往往被我们忽略，然而在命运里，却如划过茫茫暗夜的一丝白光，闪耀着人的痛苦、挣扎和力量。如果我们的确有太久纠缠在莺歌燕舞、熙熙攘攘的一地鸡毛里了，那么请倾听一下毁灭中和毁灭后的生命悲歌吧，在我们的眼睛里播种思想吧。

《晚餐》是希腊著名剧作家卡巴奈利斯的作品，取材自古希腊著名的三大悲剧作家埃斯库罗斯的三联剧《俄瑞斯忒斯》（《阿伽门农》《祭酒人》《复仇女人》）。卡巴奈利斯实际上续写了俄瑞斯忒斯和妹妹厄勒克特拉为父报仇，杀死自己的母亲和情人之后的故事。俄瑞斯忒斯和厄勒克特拉、伊菲格涅亚三姐弟聚集到厄勒克特拉的丈夫费罗斯的农庄里共进晚餐，祭奠父母，缅怀往事。而他们的父亲阿伽门农、母亲克吕泰墨斯特拉和情人埃克瑞斯特斯以及父亲的情人卡桑德拉的灵魂，也来到餐桌前。四个活着的生灵与四个死去的灵魂构建出一个巧妙的双层结构，死去的灵魂来到餐桌前尽情倾诉，却不能被活人感知。逝去的灵魂的自由行动、诉说起到了穿插、闪回的作用，将往事与当下勾连在一起。

杀人者、被杀者、无辜者，他们在死后放弃了仇恨，原谅了杀戮，却不能忘却爱，一起追忆曾经的爱。唯有阿伽门农追忆他昔日的战功和无上的权力，显示了其性格的复杂性。然而鬼魂就是鬼魂，他们只能徒劳地注视着因为弑母而近乎崩溃的孩子们。也亲眼目睹了伊菲格涅亚最终亲手用毒酒结束这个"被诅咒过的家族"循环往复的复仇与罪恶。纯真的希腊农民费罗斯是唯一活下来的人，他以仁慈、单纯的好心肠，以他的目光思考，让我们感知万物有灵，感知面包、无花果、橄榄油的芬芳和快乐，感知一粒种子从生根发芽，测量温度、经受风雨、穿越四季所蕴藏的生命力量。也是剧作家有意在贵族们的悲剧命运纷纷终了之际，为观众精心留下的令人喟叹的平民形象。

爱恨情仇，荣誉权力，什么都是浮云。只有生命本身，值得静静守候与关注。

《小镇畸人》：象忧亦忧，象喜亦喜

一句话点评：这是一部好看、引人发笑的戏，同时也是一部艰难，又令人心生敬意的戏。

还是先捋一下整出戏的思路：在大家耳熟能详的电视剧开演的背景音乐里，在一个貌似黑色电视机盒子的舞台空间中，灯光一亮，演员班赞先出来跟观众聊天，就是那种闲聊天，插科打诨，半真半假，诙谐而有趣地扯闲篇。聊人艺，聊话剧，聊爱情，聊当下，也聊过去。像是曲艺节目开场的定场诗、坐场白，用小段子套出大段子；也像《三言二拍》明清小说开篇的楔子，用小故事引出大故事，说得有滋有味，风生水起。然后，北京人艺这座老剧院里的一帮年轻演员们纷纷粉墨登场，开始进入一个不明地点年代莫辨的半荒诞半真切的戏剧故事的排演中。这时，你才发现，哦，原来是戏中有戏，情里藏情，虚实掺半，暗含玄机呢。

导演徐昂精巧地采用了套层结构的手法讲述了一个莫可名状的荒诞故事。先说戏核所在的内叙事层。这是一个虚构的故事：班赞扮演的 "我" ——一位民俗学者，来到大西南一个名为九阳镇的乡村采风，在九阳镇唯一的社交平台——酒馆里碰到了更夫车阿仓。阿仓有独门的口技绝活，在美酒玉钩藤的作用下，能惟妙惟肖地模仿出别人的声音，好似留声机一般，这成为了九阳镇人最大的娱乐和消遣。"我" 来了以后，使阿仓在玉钩藤的作用下，透露出了九阳镇车府大小姐不可告人的丑闻真相。阿仓却为之付出了生命的代价。这个叙事层里，演员的表演十分夸张，非常戏剧化。除了"我"和"阿仓"，其他演员带着假发套，涂着惨白的脸谱或者干脆是假面具。着装也千奇百怪，有的身着宫廷式戏服，有的穿着健美库、旧军装，甚至有的身着睡衣踩着拖鞋。这既像一个布满隐喻的现代寓言，也像是一个完全无厘头的解构主义实验。横看成岭侧成峰，远近高低各不同。

这出戏的外叙事层就是北京人艺的演员们讨论怎么来演出这个故事，怎么对待艺术，怎么对待真实。在这一叙事层上，演员采用了非常写实、非常贴近生活的表演。甚至让观众忘掉了表演，忘掉了距离。演员迈出镜框式舞台，暂时停掉了排演，从戏里跳出来讨论表演跟观众交流，形成鲜明的陌生化效果，并且直接影响了荒诞故事的发展及走向。排演到车阿仓死后，演员跳出来否定了这次表演及对剧情的选择，调整了故事的结尾，出现了一个没有不同声音的"小妈妈找蝌蚪"的故事。

媒体报道说这台北京人艺的戏非常"不人艺"，带有不少先锋和实验色彩。的确，在北京人艺青年戏剧人的探索中，这台还没有名字的小剧场话剧带有明显的后现代主义特征：戏仿、拼贴、互文、徘徊于真实与虚构之间的元叙事。其中不乏对《茶馆》《窝头会馆》里经典台词和一贯的老北京话语风格的戏仿，细心的观众还惊喜地发现班赞居然还模仿了濮存昕在话剧《李白》中的形体表演，另一位有京剧功底的演员闫锐充分地发挥了京剧身段的优势，一个鲤鱼打挺和亮相也能成为犀利的戏剧语言。

舞美、服装、化妆、灯光设计也充满语汇：虚假的头套，僵死的面具，不合时宜的服装，怪诞错位的配音，藏于身后的黑色曼纱，参差不一的老式椅子，悬于头顶的玉钩藤等等，一切的形式都参与到叙事中，饱有深意。假作真时真亦假，无为有处还无。谁又能说那散落一地的空空如也的各式各样的椅子，不是在象征一个又一个坐在或者希望坐在上面的人呢，或者就是指涉这世间的人的方寸立足地，发言席？仁者见仁，智者见智。

这是一部好看、引人发笑的戏，同时也是令人心生敬意的戏。从导表演上讲，这部戏的完成并不容易。没有前例可循，没有前情可鉴，班赞聪明地完成了两个角色的跳进跳出，尤其对台词的把握十分出彩，使之有一种轻盈的音律美，使我们看到人艺年轻演员们身上蕴藏的才华、光芒和力量。在这部戏里，徐昂的导演手法日趋娴熟，艺术上富有极大的想象力和创造力，十分难得。更重要的是，他如此年轻却有四两拨千斤的智慧。举重若轻，游刃有余。这是一切艺术前往的目的地。

《红楼梦》里宝玉有个雅谜："象忧亦忧，象喜亦喜"，说的是镜子。博尔赫斯曾说艺术应当像镜子，显示出我们自己的脸相。或变形或怪诞，在人艺这出无名的话剧的镜子里面，确实做到了博尔赫斯所说的"那里面，普通的陈旧的日常生活节目，会包含着反影所精心制造的一个虚幻而深刻的世界"。

散戏后，列位看官，无需多言，莞尔一笑或拱手抱拳，一个眼神即心领神会，尽在不言中。

牛肉饼·狗·观众

——《动物园的故事》

"如果今晚你在电视上看不到有关动物园的报道,那么明天您一定会在报纸上读到。"一个星期天下午,不明身份的流浪青年杰瑞走到在中央公园长椅上看书的出版商彼特的身边搭讪。"我到了动物园了。先生,我说我到过动物园了。"戏就是这样开始了。动物园的故事,成为杰瑞吊起彼特猎奇心理的引子,杰瑞突兀且滔滔不绝,或激将或哄骗试图了解彼特的个人生活,同时也讲述自己的生活境况,讲起了他的女房东和她的狗。

剧作家阿尔比用动物园的意象暗喻世界是个巨大的动物园,用离奇怪诞的舞台形象直指人类存在的境况。在动物园,动物与动物彼此用栅栏隔开,人与动物之间也是有栅栏隔开。人与人之间隔绝、孤立,无法沟通,在各自的国度里孤寂地生活。彼特是中产阶级安闲而无聊生活的代表,杰瑞是一个底层怪异而潦倒的青年。导演徐昂则对剧本进行了带有强烈个人风格的本土化和具体化处理。

在这一版中,杰瑞是戏剧创作者(导演)的化身,彼特和狗是欣赏者(观众)的化身,大段篇幅对当下话剧演出市场现状进行了嘲讽,对观众与导演这一观演关系的现实状况进行指涉。带有强烈的汉德克《冒犯观众》的色彩,与汉德克枯燥的"说话剧"不同的地方,杰瑞和彼特既是理念之化身,同时又是血肉之躯。杰瑞和彼特（狗）演出了两者的矛盾关系，也暗喻、阐释两者的矛盾关系。"我们安全地从对方的身旁通过……我们多次尝试使思想沟通，但是失败了……结果是：我和狗达成了妥协；更确切地说是某种合同。我们既没有爱，也没有恨，因为我们不试图接触对方。"戏剧创作者与戏剧欣赏者之间达成一种表面的安全关系，相安无事，不爱也不恨。

在最后，杰瑞迫使彼特把刀刺进自己的身体，用这种极端的方式打破了创作者与欣赏者，打破了人与人之间的栅栏和不痛不痒的不相干。杰瑞曾说："狗企图咬我不是一种爱的表现吗？"他企图挣脱人与人之间的障碍、封闭、安全的距离；他对彼特说："你不是一根呆木头，你是一个动物，动物。"他期望人如动物那样的原始的生命力和爆发力。

比较有趣的是，在戏剧结构上，导演为剧作搭建了另外一层外部的框架结构——五块牛肉饼。在讲故事的过程中，杰瑞不断跳出来跟观众讲这是第几块牛肉饼，不懂没关系，一会儿就明白了，然后进入对杰瑞故事的虚构中。直到最后杰瑞拿着牛肉饼去喂女房东的狗的时候，观众才发现原来我们也是"狗"，被喂了五块"牛肉饼"。这种双层结构，既有间离效果，又打破了杰瑞大段独白之沉闷，使观众的好奇心和探究欲不断累积上升，直到最后的恍然大悟，这种对观众的"冒犯"，何尝不是一种突破"不爱也不恨"的关系的有力一击？另外结尾当刀刺进杰瑞身体里，杰瑞把刀拔出来，展示这是一把伸缩弹簧刀，又一次的间离，既然不追求舞台的幻觉，既然都是虚拟和假定的，索性再消解一次，再提醒观众这是在演故事。这是创作者的机巧、幽默，也是自信的表现。

徐昂似乎很着迷于戏剧里象征和隐喻所具有的复杂而多义的力量，那种只可意会不可言传的心曲隐微。从《情人》《小镇畸人》到多次排演的《动物园的故事》，莫不如是。一水儿的小剧场话剧，也许因为某种内在精神脐带之连结，在文艺青年们当中颇有口碑。他似乎也寻找到了戏剧在观赏的愉悦性与思想力度间的微妙平衡。

　　此外值得一提的是，彼特的扮演者班赞成功地塑造了丰满多彩的人物形象。如果说杰瑞的挑战是大段的独白和台词，彼特的挑战则是对杰瑞大段台词的心理反应。班赞在有限的表演空间里，寻找到彼特这一人物的心理依据，创作出了符合中产阶级性格特征并带有个人色彩的鲜活形象。如果说徐昂的导、表演是骨头，是灯塔，是闪电；那么班赞的表演是血肉，是基石，是长空。这两个青年戏剧人在导、表演之间达成了戏剧理想和戏剧人物的内在沟通与和谐，使这个小剧场话剧骨骼清奇，血肉丰满。

2010年的陈白露

——看北京人艺最新版《日出》

纪念曹禺百年诞辰的2010年，京城内话剧界密集排演《雷雨》《原野》《北京人》。前日去看了北京人艺任鸣导演，陈好、谷智鑫版的话剧《日出》。我是满心期待去的。票面上座位靠后，心里暗藏着能寻个更好的空位的侥幸也落空了。上座率可见一斑。

不知是曹禺先生的号召力还是陈好、谷智鑫的号召力。这两日的报章和网络上，也多以陈好版的陈白露为话题，多是其妆容多么洋气或娇媚云云。今日方才看到郑榕老先生说，陈好的陈白露，太注重外在表现了，太过强调交际花的气质了。这才算是一句真真正正切中要害的评论。才是看戏人的话。

陈好饰演的陈白露，依然是电视剧里"万人迷"的扮相。一头卷发歪在一侧肩头，一只手臂端起一只手臂，手指抚着下巴，挑着眉毛或者嘴角扬着玩世不恭的笑。声音中有着刻意撒娇的柔媚，腔调里带着些许自恋和卖弄的风情。这就是交际花陈白露了，也是最露骨的做派。这个扮相，演肥皂剧里的都市粉红女郎或许可以。但是这哪里是曹禺先生笔下的陈白露啊。恰如同住上别墅穿上阿玛尼就是贵族，在脸上敷上厚厚的脂粉就是化妆了。这都是让人一眼就瞧得出来的，而真相往往藏在深处。

陈白露是什么人，曹禺笔下的陈白露是什么人。

曹禺创作《日出》的时间是 1935 年或者 1936 年。陈白露出身书香门第，是大都会里的知识女性，跟《雷雨》里的繁漪一样，受过新思潮的影响。她聪明美丽，自负又要强。她有诗情，曾经跟一位诗人相爱，她说过"我喜欢春天，我喜欢青年，我喜欢我自己"这样的话。她爱过恨过，生过孩子，做过母亲，当过电影明星，在生活理想幻灭后，成为大都会里的社交明星，所谓"交际花"。她绝不是简简单单的靠巧笑、扮妩媚就成为陈白露的。她得有修养有见识有胆识，有可爱处有不凡处，她必然有着自己别样的风流态度，她才能成为陈白露，成为大银行经理潘月亭、留洋归来的张乔治追慕的佳人。

在新一期的《新周刊》上，陈丹青在讨论"民国范儿"。什么是民国范儿？那是怎样一种风范、趣味、美学或者氛围。那个时代，是宋庆龄、宋美玲，是林徽因、张爱玲，是李香兰、阮玲玉、胡蝶。很多文学作品里都有提及三四十年代上流社会客厅沙龙文化，上流社会社交场面的情景。可以参照，可以类比。你看张爱玲《传奇》也好，钱钟书《围城》也罢，或者是上世纪三四十年代的老电影，民国时代的大都会里，那些女子男子，纵有百般不是，他们外化出来的那股子气息，是在那里的。

陈白露的过去（竹筠），这是这个人物的底色。有了这底色和前史，住在大饭店里那种场面上的打情骂俏或玩世不恭，才见出这个人物性格的复杂性、丰富性。也唯有如此，《日出》方可映照出人性的沉沦，人与人之间的凶狠，那个时代的颓败和残酷。陈好的陈白露，只得其形，未传其神。吞下安眠药，说出；"太阳升起来了，黑暗留在后面。而太阳不是我们的，我们要睡了……"这话不应该是轻飘飘的诵读，应该是从心底发出来的低回。

　　同样，潘月亭和张乔治也不应是那么低级和俗不可耐的。人物首先应该还原到那个时代，能留洋海外或者成为名噪一时的大银行家总是一副小丑作态，谁信呢？倘若是现在摩根斯丹利或者汇丰银行的高层或者海归回来的公子哥就是这般滑稽相，你信吗？张乔治可以对应当下西太平大学博士 MR. Tang Jun 那般做派。骗子骗人的时候一定要像个最诚挚的人。即使虚伪的装扮，徒有其表，贪财骗色定然是要扮成上流社会真正的绅士，气度要有。先有信，方能有破除迷信。其越绅士温存，越能烛照出内心之丑陋。不然，你不觉得一干人等，没一个可爱没一人真诚，观众不会信，更不会联想逝去的那个时代曾经的华光或者颓败。

　　再说方达生。谷智鑫帅气、正直，是戏里最大的光明。他的出演还不错。陈好的轻浮和他的持重形成对比。但是他的弱点也恰在于他那么高大俊朗，孔武有力。我个人认为他越是高大俊朗孔武有力，就越加不合理。原因是一个逻辑点：陈白露居然不喜欢这样完美的男人，她全无动于衷于这么优异的男子。我说得有点绕。我的意思是说，方达成应该更文弱、孱弱一些。他在那个时代里，一心明亮却使不出任何一点子力气，无力拯救谁，包括他自己。他是徒手无力的。我这样想。

　　值得称道的是妓女翠喜的扮演者梁丹妮和扮演福升的丛林。人艺的老演员把这戏的氛围营造了出来并托住了。丛林的福升让人相信，大抵 30 年代的天津、上海租界里的茶房就是这样一副嘴脸。梁丹妮的翠喜表现出下层女人的那一丝善意和真情，以及她的低头认命，在这个戏里头弥足珍贵。扮演黄省三的马星耀和扮演李思清的刘辉表现得也不错。他们都演出了那种年代的氛围和气质。你看，这就是老演员，有限的人物容量里，他能塑造出面目清晰的人物性格，让观众把人物的假，信以为真。

当然，评论永远比较轻易。表演在我看来就是理解力，是悟性，是演员对人物的理解的展现，是生活和艺术感受力的总动员。有理解没能呈现，是技艺不精；只有呈现没有理解，则没有灵魂。人艺那些老艺术家在历经岁月沧桑后，方能在戏剧史的长河中，闪耀出自己恒久的辉光。

居然有人说陈好是最好的陈白露。哎，我只能说，各花入各眼。悉听尊便，我手写我心。

北京人艺《原野》: 不必要的删减

《原野》是曹禺名剧中最受争议,也最难排演的。之前全国各地不少院团有不同剧种的改编和排演。但北京人艺从未排过大剧场的《原野》。在曹禺先生百年诞辰之际,北京人艺特邀导演陈薪伊在国家大剧院排演此剧,观众不可谓之不期待。

导演接受访问时说这一版《原野》要展现诗性的悲悯,更多地从人性美好的一面去挖掘,一切丑陋的东西都将被抛弃,"表现极致的爱和极致的恨"。导演的阐释精准而动人,这其中一句话曹禺曾经说过,是曹先生本意。导演有雄心壮志,既要重现原貌,又要力求新意。演员阵容更是豪华到奢侈,濮存昕、徐帆、胡军、吕中。他们正值盛年,有饱满的创作热情。这种氛围下,谁,又不是在静候一部恢宏大气的力作呢。

那么,坐在奢华的国家大剧院戏剧场里光影交错的两个多小时以后,呈现在你眼前的是怎样一版《原野》呢?答案是令人失望的。如果说之前人艺首都剧场《日出》的主要问题在演员表演,那么这次则是导演的处理手法。《原野》剧本很长,对剧本进行删减是必然的。导演的增删加减就是导演对剧本的理解、二度创作和呈现。但是该剧最大的败笔就是导演为了创新而做的"加法"。加的东西无实际益处,删的部分里必然有所损耗。

其一，增删之间得不偿失

此次导演新加入仇虎妹妹的鬼魂和小金子的形象。曹禺剧本里原本有这两个人物，但是鉴于话剧容量有限，一般都选择删掉。导演此次重拾这两个人物，仇虎妹妹的鬼魂阴森森的满场飘来飘去，小金子在金子或仇虎的回忆里蹦来蹦去，除了营造沉郁而恐怖的氛围，实在没多大意思。反而因为这过于直白的图解阐释，限制了观众的想象和对演员台词的理解，径直显得导演手法老套而平庸，实在不像大师级人物所为。常五的戏份倒是删了很多，删得只剩下一次出场，除了上场调戏下金子，看不出这个人物存在的价值。要不索性把常五都删掉，要不然就还原常五这一人物的性格复杂性。可惜了青年演员班赞的满腹锦绣。

其二，大量的唱段和配乐毫无益处

胡军所饰演的仇虎和徐帆所饰演的金子都有唱段，类似"初一十五那个庙门开，牛头马面排开来……"之类。能让胡军徐帆一展歌喉固然不错，但是这些唱段并未收到预期效果，对表现矛盾冲突和戏剧主题意义不大，反而以文害意，影响了戏剧的节奏。此外，导演还特意找人为该剧创作了大量类似电影里"大气磅礴"的配乐，意在烘托原野上的沉郁气氛或者烘托人物的心理矛盾。尤其在下半部分仇虎杀人后，大量使用交响乐烘托仇虎的焦虑和幻觉。刻意为了烘托而烘托，手段繁复却浅薄，并没有深沉的效果。《窝头会馆》里林兆华在每一幕紧要处只用一把忧伤的口琴声就压住矛盾和冲突，精妙的四两拨千斤的手法堪称经典。同样的演员在《原野》恢宏的交响乐巨声中犹如木偶。两相比较，高下立现。

其三，具象有余，写意不够

　　跟《雷雨》一样，《原野》剧本中人物矛盾冲突贯穿全剧，有巨大的戏剧张力。前半部分是交代仇虎寻仇，焦母为护儿孙而焦躁不安。这一部分基本上是现实主义手法，转折点是仇虎杀人；后半部分着力表现仇虎杀人后的恐惧、忏悔以及焦虑的幻觉，这一部分带有明显的表现主义色彩、也是全戏中最难处理和表现的，因此也最吃导、表演功夫。诚实地说，该剧得益于北京人艺优秀演员对表演的出色把握。尤其是写实的部分徐帆塑造出了最好的金子——野性、泼辣、风情，富有原野上的生命力。濮存昕的焦大星——懦弱、善良、真诚，丝毫不比《窝头会馆》逊色。然而在表现仇虎逃亡的写意部分导演处理手法笨拙，毫无新意，虎头蛇尾。与这前面两位相比，胡军则显得对舞台比较生疏，他的表演更像是在演电影——琐碎、迅速而平淡。顺便说一句，白傻子的表演不够准确。此外舞美设计的景深也有问题，在国家大剧院戏剧场二楼第一排的观众（三百八十元票价的座位）第一幕开场居然看不到仇虎和金子的大半个身子，之后也不断出现情况。这个瑕疵，笔者可是第一次遇到。

　　排戏不易，好戏更不易。《原野》能有今天这样的面貌也不容易，但不叫你看得畅快，是为不耐看；较以前版本有所升级，但又不高级、不经典。经典在今天是多么稀缺的资源啊，因其紧缺，所以我们不断期待，不停期望。

艺术家在传递些什么?

——看话剧《燃烧的梵高》

于坚曾在一篇文章里这样说梵高:"他是人群中的先知。像上帝一样,总是上了十字架,人们才发现,上帝就住在我们隔壁。"住在尘世"隔壁"的这位艺术上孤独的先知,衣衫褴褛入不敷出,需靠弟弟提奥的资助方可过活,他在贫穷和世俗道德的围追堵截下,创作出了绚烂惊人的艺术世界,这些一张也没卖出去的画作,就像神的长明灯一样烛照出我们的凡俗与贫困。这正是话剧《燃烧的梵高》传递给观众最直接的印象。

"当我画一个太阳,我希望人们感觉它在以惊人的速度旋转,正在发出骇人的光热巨浪;当我画一片麦田,我希望人们感觉到麦子正朝着它们最后的成熟和绽放努力……"这样诗意浓烈的自述,恰如他的绘画,热烈、跃动,像火焰般发出光芒。《燃烧的梵高》是国内第一次关注梵高的精神世界的话剧作品,作为北京人艺 2013 年原创小剧场剧目,曾在京津两地两度上演。在话剧舞台上呈现梵高这样一位深刻影响了 20 世纪绘画史的艺术家的精神世界,并不是件容易的事儿,尤其是对于他的绘画艺术世界的展现,将是个难题。况且,梵高的人生故事缺乏跌宕起伏的戏剧化效果,这部戏如何述出深意、述出新意,才是关键所在。

本剧剧作带有强烈的文献剧色彩和突出的纪实风格。作者截取了梵高一生当中最后十年里的六个横切面，用真实生活片段展现梵高二十七岁开始尝试画画到三十七岁自杀这段珍贵的艺术生命历程。梵高的扮演者王劲松成功演绎出了梵高激动、热情、略带神经质的精神气息。

这出戏导演在处理和舞美设计上，一反任鸣一贯在大剧场中坚持的现实主义风格，空空的舞台上大写意式自由跳跃的场景转换，在虚实相间中，三块白布上不断变化着与梵高创作相呼应的色彩与速写，既表达时空又烘托氛围，更重要的是，非常恰当地表现出梵高心理节奏的变化。多媒体投影的运用，既成功参与叙述又毫不突兀或抢夺演员表演，颇具国际水准。在这里，精良壮观的多媒体特效所投射出的色彩和图画，均取材自梵高画作，有着动人心魄的艳丽和热情，很巧妙地诠释了梵高的内心世界。梵高的一句话正好可以诠释这种处理："颜色不是要达到局部的真实，而是要启示某种激情。"服装化妆简单自由而妥帖，并不刻意追求复古，更重在追求与人物精神的契合度。王劲松富有激情的表演也重在表达出人物"不疯魔不成活"的性格。来自内心体验的现实主义表演风格中，扎实的台词功夫和富于变化的丰富表情，令王劲松做到了表演上的"当众孤独"。梵高越是滔滔地诉说和奔走，越是让你感到他是这世界上最孤独的一个人，先知的孤独。此外，王劲松的表演时而有一些夸张的漫画式的肢体动作，来展现艺术家天然无矫饰。全场最美妙的一个场景就是，梵高头戴草帽，夸张而快乐地走在热烈浓郁的黄绿色麦田里。"在炽烈的阳光下，没有一丝阴影，就一个人，像一只蝉在阳光里狂欢。"（梵高语）然后，梵高蹲下来，与一只蜜蜂滔滔不绝地对话……这已经是梵高生命的终点、临界点。自杀的枪声后，一幅幅梵高自画像投影在幕布上，不同时期的梵高，青春的安静的深邃的苍老的饥饿的生病的残耳的……先知是孤独的，除了与自然为伴，除了与真理为伴。

　　整体来看，这部剧空灵、精巧，富有诗意，有着四两拨千斤般的举重若轻，导表演者之间的默契引领，为我们打开一扇通往一颗高贵、炽热而单纯的艺术之魂的大门。从事文学艺术工作的人，最需要的莫过于这样一颗赤子之心。优秀的文艺作品，正应该是这样一种观众与人物灵魂的深刻相遇。一个灵魂绘画者所展现给我们的惊人的力量，如刀锋般锐利或明晃晃，直抵我们的内心深处，挥开盘旋在我们心灵上空的物欲迷雾。尤其是在抵抗拜物倾向对文化艺术领域侵蚀的氛围里，强调艺术和艺术家身上所蕴藏的精神力量是十分必要的。康定斯基在《艺术中的精神》中说：在精神的追求中艺术家须得从科学规范或任何物质约束中解脱出来，达到完全的自由。当心灵的力量增强，艺术的力量也必会增强。

　　我们的戏剧舞台目前最需要的就是这样质朴、纯粹的精神力量的鼓舞，需要高品位的文化追求和艺术创造。梵高早就说过："没有什么是不朽的，包括艺术本身。唯一不朽的，是艺术所传递出来的对人和世界的理解。"

曹禺的爱与怕

——看《寻找剧作家》

一句话点评：在真实人物和戏剧人物情感际遇的叠拼穿插里，那个苦闷灵魂和多舛的时代，或悲或喜，一并呈现在观众的眼帘中。

正如这个戏的编剧陈小玲所说，如果中国话剧百年史选十位代表性的剧作家的话，这其中必有曹禺，选三位的话，有曹禺，选一位，也是曹禺。这个评价并不过分。曹禺，是中国话剧史的一面旗帜，无论哪一位先生所著的中国现代文学史，谈到中国话剧，谈到《雷雨》《日出》，纷纷言称这是中国话剧真正成熟的标志，是经典技艺与中国现实的高度结合。话剧《寻找剧作家》正是对曹禺创作生活、情感以及人生际遇的寻踪访迹，既是对戏剧史实的探微寻幽，也是对经典作品的诚挚敬礼，更是年轻戏剧人对剧作家情感状态与创作变化的关联，剧作家与他所处时代的关系的理性剖析与思考。在真实人物和戏剧人物的情感际遇的叠拼穿插里，那个苦闷灵魂和多舛的时代，或悲或喜，一并呈现在观众的眼帘中。

灯光一亮：蘩漪、陈白露、愫芳三个剧中人款款而来，"她爱起人来像火一样热烈，恨起人来又像火一样把人烧毁，然而她的外表是沉静的，就像秋天的落叶轻轻落在你身旁……""她爱生活，又厌恶生活……""见过她的人第一个印象便是她的哀静，苍白的脸上宛若一片明静的秋水，里面莹然可见清深藻丽的河床……"三个虚幻又写实的经典人物形象，开启了青年万家宝成为大师曹禺的征程。一边是清华大学学生万家宝与郑秀的相恋，对密友同窗叔嫂畸恋的莫大同情，一边是青年曹禺创作《雷雨》的巨大热情，剧作家情感与创作生活的密切关系贯穿全剧始终。曹禺与小燕的偶遇，到对陈白露的塑造；曹禺与方瑞的相识，以及对愫芳人物形象的塑造……对蘩漪、陈白露、愫芳的生活原型的探访，将曹禺的情感和创作生活，片段式地展现出来。

该剧同时穿插着曹禺在建国初期的欢欣鼓舞和文革中的悲惨遭遇，编剧着重选择了红卫兵逼迫曹禺修改《雷雨》《日出》人物命运的艰难场景，前一个场景是构思和创作，后一个场景是摧毁和修改；一面是光明，一面是黑暗；一面是爱，一面是怕；一面是真，一面是假……交替行进，呈现电影蒙太奇般的效果和语汇。剧作者对史实选择、撷取十分精准且富有意味，片段式的结构，勾勒出曹禺先生创作生活与现实生活的概貌。但是剧作史实编排的逻辑性稍显欠缺，人物形象不够突出。

关于导演，笔者认为还有很大的上升空间，双面观众的舞台设计，固然很有新意，但是并没有对剧作的表达力度有所增益，在对重点场景的把握上，对曹禺情感变化以及其与创作的关系，表达不够清晰和充分。譬如从郑秀到方瑞、到愫芳的形象塑造，都一笔草草带过，只有史实的列举，没有其内在脉络和筋骨的呈现。另外尽管曹禺的扮演者十分用心，但是距离曹禺先生的形象还有一段距离。青年曹禺应该并不是那样子一直憨笑的。年轻的曹禺苦闷、悲悯、柔软的内心，他的复杂而丰富的爱与怕，他内心那种迫切要表达的需要，并不能尽显。倒是蘩漪、陈白露、愫芳三个剧中人形象值得称赞，尽管演员都是戏剧学院在校的女学生，但是她们很称职地表达出了文学形象那股子既现实又抽象的味道。

蓬蒿剧场的负责人王翔说："戏剧，让我们聚在一起，是为了一起抵抗恐惧，抵抗贫瘠。"戏剧能给人这样的力量，尤其是从剧作家的真挚的爱和脆弱的怕中，汲取力量，抵抗我们这一代的恐惧和贫瘠。

现实主义的光芒

——中戏教师版《红白喜事》

现实主义，在有理想的人们的精雕细刻中才能闪耀出永恒的动人光芒。

上周，中央戏剧学院实验剧场上演了郝戎导演的四幕农村风俗喜剧《红白喜事》，三小时二十分钟的演出，场面甚为壮观，观众反响热烈。演员是中央戏剧学院表演戏的青年教师们。身为中戏表演系系主任的郝戎说，表演系的老师不仅要会教课，更要会演戏，要善于拿作品说话。据说这部作品是中戏历史上第一部由在职教师担纲的完整剧目。

《红白喜事》的剧本由魏敏、孟冰、李冬青、林朗于1983年创作。以河北保定地区的农村婚丧嫁娶为题材，以郑热闹、金豆等年轻人主张婚恋自由、破除旧习俗，和郑奶奶老一代的保守传统的封建意识之间的矛盾冲突为主线，展示了改革开放初期北方农村的现实生活状况和精神风貌，富有浓郁的生活气息和地方特色。1984年北京人艺曾成功将其搬上舞台，由林兆华导演，封智、林连昆、朱旭、梁冠华、宋丹丹等演出，该剧采用冀中方言演出，一度成为话题。十几年后中戏重排该戏，依然可以感受到冀中平原那生动活泼的农村生活气息、话语方式，可以闻到人物身上散发的泥土芳香。这是优秀的现实主义剧作所葆有的，穿越时间依旧闪耀出的动人光芒。

相较北京人艺经典版，这次中戏教师版的《红白喜事》无论导、表演创作都有所创新和发展，融入了创作者在新世纪新时期对剧本和人物的不同理解与认识。展现出上世纪80年代北方新一代农村青年对婚姻自由的渴望与向往，以及以郑奶奶为代表的传统习俗的巨大力量和坚硬。现实主义的戏剧作品对导演、表演、舞美要求最为严格，最为谨慎，也最吃功夫。遥远的哈姆雷特或者无名的鬼魂可以有一千种想象和一千种演法，但是对于观众烂熟于心的中国现实生活，从一双鞋、一根拐棍，到一个眼神、一声咳嗽，稍有不慎，人物形象塑造则失于虚伪与矫饰。

中戏的老师们没有让我们失望，全剧显示出扎实的艺术创作功底和真诚的艺术创作态度。导演对戏剧场面的开掘和对节奏的控制十分出色，表现出强烈的艺术自信和创作勇气。尤其是结尾处赫然呈现的一大片绿色的玉米田，匠心独具，既给观众以视觉震撼，也带给观众无限的遐想空间。舞美也可圈可点，舞台上晾衣绳的运用颇具新意。表演方面无论是郑奶奶、二伯、三叔、凤莲，还是热闹、麻烦、灵芝、金豆等人物形象，性格鲜明，色彩各异。每个形象都让观众印象深刻，各有各的可爱之处，语言幽默而诙谐，富有个人特色且不失年代感。尤其是方立所饰演的配角凤莲非常富有个人特色，能感受到舞台上演员生活在角色里，很是出彩。

这版《红白喜事》每一个人物都有闪光点，每一个场面都带给观众强烈的现实生活气息，给人以心灵上的巨大的震撼。脚踏实地、稳扎稳打的现实主义创作依然拥有最强大的力量，拥有最闪耀的烛照现实的光芒。如果说1984年北京人艺版《红白喜事》对现实的忠实再现，带有浓郁的自然主义色彩，那么中戏教师这一版带有非常强烈的学院派的人文色彩和个性色彩。美中不足的是演员们的方言味道还不够纯熟，影响了表演，服装太新，也影响了生活真实感。此外，三个多小时的戏还是太长了，需要适当精简。

英国人马丁·艾思林说："剧场，是一个民族当众思考的地方。"说得多好，观众的确是可以从舞台上看到一个民族的精神与气质。我们都说当下这个时代里的人与事，躁动而喧嚣。戏剧舞台也如是。方寸之间，各种来头、各种路数，人声鼎沸，尘土飞扬，一片"乱花渐欲迷人眼"之势。市面上那些所谓先锋实验搞笑减压青春胡来穿越种种话剧，一次又一次轻易又轻佻地整蛊着中国戏剧之心。所谓的各种主义各种实验，真正的探索价值甚是寥寥。越是喧嚣的时刻，戏剧学院的选择和趣味，则更应该是体现专业戏剧人的艺术追求和戏剧理想。现实主义，在有理想的人们的精雕细刻中，才能闪耀出永恒的动人光芒。虽然这条路很艰难很漫长，我们应该向坚守现实主义传统和信念的戏剧人致意。

《外套》：迷人的力量

前天看了人艺"史上第一个还没有名字的小剧场话剧"排练，很兴奋，真是太给力了，好看又充满力量。戏剧和文学都应该有这样的力量，发出自己真正的声音。晚上又去看了英国壁虎剧团的《外套》，同样，非常给力，非常有力量。

这是我第一次看真正的形体剧，非常之震撼，充满想象力，涤荡心灵。今年已是第八届的北京国际戏剧舞蹈演出季，以英国壁虎剧团的《外套》作为开幕式演出。在京的最后一场，见到有不少中戏的老师，还有业内赫赫有名的编剧到场。演出的过程，很安静。没有中场休息，没有叫好或者掌声，只偶尔一两声寥落的笑。戏剧节奏却快得很，场景像是魔术般不停转换。结束的时候大家都站起来了，掌声矜持却又如此真诚如此持久。陌生的演员们一次又一次地出来谢幕。

《外套》是英国导演阿米特·拉哈佛（同时也是该剧的编剧和主演）根据果戈里同名小说改编。导演选取并夸张了果戈里《外套》男主人阿卡基对一件外套的无限渴求到灵魂被魔鬼带走孤独死去的悲惨人生。阿卡基是办公室里穷困且勤恳的小职员，租住在窄小的房间，每日拼命工作以求升职能获得一件像样的外套，却屡屡失败。破旧不堪的外套成为他的心病，并因此受到奚落无法参加同事们的聚会。他暗恋美丽的同事纳塔利亚，但没有勇气和信心去追求。在魔鬼撒旦的诱惑下，他出让了自己的灵魂得到了外套，却被上帝抢去，并将他从高处推落坠至原地。一切又都消失了，外套、爱情还有自己的灵魂。在恐惧和绝望中，阿卡基在那个昏暗的灯光和窄小的床上孤独地死去。

看到这里，你以为该剧主题过于严峻、色调过于阴沉，一定会看得人昏昏欲睡，那就大错特错了。本剧共七个演员却使用了英、日、意、西等八种以上的语言，没有一句一译的中文字幕，只有简单的中文故事梗概。观众和演员之间，演员和演员之间彼此是听不懂的。或许导演这个处理本身就大有深意：每个人都在自说自话，人与人之间无法实现真正的沟通，类似于"巴别塔"。《外套》刻意把戏剧台词的功用减弱到最低。此外每一个演员的脸上都涂着一层白色的油彩，像带着面具也像是小丑，昏暗阴冷的灯光下看不出多少表情。那么戏剧的主要叙事就只能依靠演员的形体表演。使用真正的戏剧语言——形体、舞蹈和迅速且充满想象力的场景转换推进情节发展。演员的肢体语言充满魅力，叙事清晰而幽默，间或让人想到哑剧或者法国的偶戏团，舞蹈也富有情感。类似于行为艺术或者装置艺术的舞台美术和灯光设计发挥了重要作用，参与到叙事中来。从来没见过舞美和道具具有如此强大的表达力。

这是一种充满想象力和表现力的戏剧观。使用类似于京剧中一根鞭千军万马，三五步万水千山的假定性，在《外套》空空的舞台上，同样用无限的虚拟烘托出舞台表演的无限真实。譬如微型的小门一挡，演员拿个镜框扮演阿卡基父母合影，即刻营造出阿卡基局促的卧室。办公室里的文件疯狂地传送，一会儿又变成狂风呼啸象征阿卡基内心的风暴。整场戏的灯光都是阴郁昏暗，完全契合果戈里小说里的氛围。演员在灯影里忽明忽暗，唯一的墙，一会儿是压抑的办公室，一会儿是冰冷的街角，一会儿又可窥见温暖却遥不可及的万家灯火，魔鬼撒旦盘踞其上。

　　《外套》里也有不尽如人意的地方，譬如过度依赖连续性的肢体动作和电影版的情境切换，譬如这个戏的规模比较适合二三百人的小剧场演出，千人座位的首都剧场的空阔舞台，使这出戏显得有些发散，不够聚神，没有达到最佳呈现效果。

　　《三个黑故事》和《安魂曲》也曾经给北京的戏剧舞台带来强烈的震荡。在这样的戏剧面前，我们只需纵情尽享智性的欢欣。导演、演员和观众一起探索戏剧舞台上无尽的可能性，一起开掘戏剧所拥有的独特而迷人的力量。

《雷人晚餐》的法式打卤面

一直很喜欢法国人的幽默感，无处不在的自嘲，独特的自信、轻巧，轻微的神经质。法国喜剧中惯有的那种小人物对大人物的嘲讽，有意或无意的捉弄，有大智若愚、大巧若拙的气度在。新年伊始，寒风凛冽中跑到世纪剧院去看陈佩斯导演的法国贺岁喜剧《雷人晚餐》。在《老宅》之后陈佩斯尝试烹调一道法国大菜。然而定睛一看，不过是一道撒上了法国胡椒粉的打卤面啊，在凛冽的寒风中怏怏而归。

或许是法国人认为白痴有什么都敢做的自由，更容易抵达事物的本质与真相。法国戏剧中有傻瓜喜剧的专门一派，基本程式是一个聪明反被聪明误的结构，聪明人拿笨蛋傻瓜寻开心却被傻瓜耍弄。《雷人晚餐》剧本改编自弗朗西斯·威伯（Francis Veber）的舞台剧《晚餐游戏》（又名《傻瓜晚宴》），戏里聪明富有、英俊帅气的图书出版商皮埃尔每周都参加知识精英或财富精英的聚会，比赛谁能带来最傻的笨蛋。笨拙臃肿的税务局底层小职员比弄被皮埃尔相中，并一心想要看比弄在傻瓜晚宴上出丑夺冠。偶尔的缘故，善良而无辜的比弄提前来到皮埃尔的家里，用一个晚上的时间，在一系列合理、搞笑又出人意料的"事故"中，一个底层傻瓜颠覆性地戏耍了社会精英所谓的"高尚人生"，上演了聪明愚笨间的惊天大逆转。戏谑地嘲弄了富足的中产阶级人士体面优雅生活背面的精神窘境，褒扬了市井小民善良而纯真的内心。也许是这个戏在法国太受欢迎了，1998 年编剧威伯亲自导演了自己这个戏的电影版，该影片还获得了法国凯撒奖最佳男主角、最佳男配角、最佳编剧奖。

很遗憾陈佩斯这一出中国版傻瓜游戏，无论是戏剧结构、节奏抑或表演舞美都十分中规中矩，乏善可陈。老实说，喜剧的翻译和本土化排演是十分不容易的。在语言转译过程中，语言本身的韵律美、谐音的讥诮、双关的夹枪带棍必然多有损耗。外加文化语境之不同，在彼处乐不可支的一个眼神一个表情一个手势，在此处则莫名其妙，无以对应。所以大部分翻译喜剧的笑点，一是结构性的，二是本土化的。

先说剧本改编。笔者认为陈佩斯的《雷人晚餐》的艺术基调模糊，不够鲜明。既然是法国戏，要么追寻原汁原味的法国味道，要么干脆彻底中国化，在咱们的人情世故里合理化他们的身份和故事。现在陈佩斯和伍宇娟无论从形象到气质都很难让人感觉到他们是法国的知识精英——作家和出版人，要知道皮埃尔可是娶了美丽的女作家，是精明强干的文化儒商。整个戏的格调不中不西，不土不洋。表面是要循着法国文化社会的风情面貌，但内里又混杂太多中国乡土味道，真是法式打卤面了。要不就是优雅的法国大餐，要不彻底就是家乡的打卤面，很难有中间状态。

再说导表演。其实观众是知道的，这个故事的戏核和焦点是在傻瓜比弄身上。他是当仁不让的男一号，人艺青年演员班赞成功塑造了傻瓜比弄善良、笨拙、真诚、憨直的形象。而且对比电影《晚餐游戏》里雅克·维列雷扮演的比弄，班赞塑造出的中国比弄毫无逊色，并且表达出了只有中国人能心领神会的可爱和憨态，我觉得他是全场表现最恰到好处的一位，表演精准，有灵性。

问题是陈佩斯的皮埃尔并未呈现出角色应有的持重儒雅与

体面，未能搭建起大人物和小角色，城市精英和底层草民两个
截然不同的形象之间反差、对比的层次感。过度依靠他惯用的
有些夸张和滑稽，过于外化的表情、声音和肢体表演，影响了
皮埃尔这一角色塑造。就是在戏剧基调上的混杂和平庸，使这
部戏偏离了结构喜剧的味道，带着浓浓的《吃面条》的滑稽味
道。想了半天，皮埃尔怎么也该是陈道明、陈丹青这样带有书
卷气、知识分子气质的演员或形象。在表现上皮埃尔一定是高
贵的，物质生活层面的无限精致、得体、优雅，才能映衬出其
内心的苍白空乏。比弄矮胖笨拙憨傻衣着不合体，但是内心纯
真柔软乐于助人。皮埃尔是这部戏沉稳的底色，比弄是鲜艳的
图案。艺术色彩的参差、呼应、衬托才好看。不然就如同顺撇
走路，两个相声演员不能同时逗哏。

　　说句题外话，第一次看陈佩斯的话剧就是《老宅》，当时甚
为惊讶。曾经滑稽夸张的吃面条的那个人在舞台上塑造了一个
从容淡定并且机智的老刑警，他是在塑造人物，而且表演得那么
松弛自然。但是在《雷人晚餐》里，吃面条的陈佩斯又回来了。

　　此外，这部戏主要依靠戏剧结构剥开喜剧笑果，刻意本土
化加入的"小三"啊男女勾逗偷情的笑料，即便观众笑过也觉
得过于低俗，反而影响戏剧的趣味和品质。伍宇娟的表演过于
市井庸俗化了，缺乏艺术感。而玛荷兰的扮相风尘气过重像是
夜总会的不像写书热衷瑜伽的人士。倒是吕西安的扮演贴切符
合规定情境，形象塑造自然。舞美也不够高级，大出版商皮埃
尔家的油画品味太差，估计挂在法国的乡镇集市上也不会有人
愿意花钱买那样的风景画。

　　总的来说，《雷人晚餐》有一定的观赏性，呈现了法国傻瓜
喜剧的基本面貌，但是对于戏剧制作人来说，恐怕在国外喜剧
的本土化上需要更多时间研磨与精进，观众需要更多时间的期
待。

在世界的角落里呼喊

——关于话剧《朦胧中所见的生活》

《朦胧中所见的生活》一剧的文学创作，来源于对几则社会新闻的强烈印象，来源于对高尔基、李师江短篇小说的改编整合，更来源于对伟大诗人帕斯这首同名诗的念念不忘。

对我而言，这个剧本的创作过程与一次烘烤面包的经历极为相似。真实生活场景就像是不同的面粉，小说素材是黄油和蛋液，诗句就像酵母和盐，戏剧构作的过程就是对食材配比的理解，从对揉面醒面的把握，对形状口感的想象，到对烘焙时间的判断。这个 "烤制" 过程是十分个人化的，自由的。这个 "面包" 是朴素的，简单的。我心中没有任何限制与规则，除了强烈的情感。

我特别喜欢契诃夫的《天鹅之歌》和以色列卡梅尔剧院的《安魂曲》这两部戏。这两部戏也是我在创作过程中反复想起的戏，给我启迪最多的戏。我最激赏的是，这两部戏中充盈着的卑微生命在残酷现实中依旧葆有的高贵与诗意。这个戏以诗为名，落点是诗，追求的也是底层人物心灵的诗性价值。所以，可以说这个戏的内在是抒情性的。编剧所要做的工作就是赋予这份附着在人物身上的抒情以行动性、戏剧性、观赏性。我由衷感谢导演班赞对这个剧本的认同和支持，并且和我一起，竭力对这三个人物内心的抒情性进行舞台化呈现。

　　具体谈构想的话，这个戏着眼在几个城市边缘人物的生命状态。这个戏，没有刻意追求戏剧事件的跌宕，也没有仔细经营人物性格的落差，只为了一点人物心灵上的光亮，生活在昏暗角落里的人身上所能呈现的诗意和光芒，也就是帕斯说的"闪电"。上场三个人物，演绎出两个相对独立的"对子戏"，其中最年轻的角色一人贯穿全场。这三个人可以说都是生活搏斗的失败者、失意者，他们对悲剧人生是毫无还手之力的，但这并不妨碍他们在世界上的任何一个角落里生根、发芽、挣扎、歌唱、呼喊……闪耀生命的光辉。人海中渺如草芥的卑微者、困窘者，在某一个特定的情景，在某一个脆弱的瞬间，某一柔软的时刻，完全有可能将自己的悠悠心事交付给一个陌生人。这一次心事的托付，是生命火花的碰撞，是每一个人都拥有的"天鹅之歌"。这里面，有自己的脆弱，自己的挣扎，自己秘密的爱与苦，更有每个人都有所期盼而无法抵达的理想中的自己。现实人生，多是暗淡甚至绝望的，尊严是人之为人的最后一口气。

　　在日常生活中，或者是阅读文学作品时，我常对令我心生酸楚、令我心头一震的细节，印象深刻。我记忆的仓库中储藏有不少这样的细节。触动我们灵魂的，有时候是故事，有时候是一句话，有时候是一个手势，或者一个眼神。凡是触动我们的，无一人无一事不可入诗入画。戏剧是自由的，应该展现生活对我们的触发。

　　《朦胧》一戏中老梁和小白这两个人物原型，最早来自社会新闻。譬如，一个眼睛快要瞎了的老母亲怕活不到儿子出狱，徒步十一天去探监，仅靠干馒头和水过活。路人送了个小蛋糕，她想要带给坐牢的儿子。见到儿子时，这个小蛋糕已经过期发霉了。这位儿子揪发痛哭。又比如，女子带子看病钱被盗，小偷良心发现附悔过书还钱。再如一个小偷翻墙入室，被老农写在墙上的自耕自种自食其力内容的诗句打动，留下悔过字条和一百元钱。生活中真实发生的事情，总叫人惊奇不已。与高尔基的切尔卡什身上自由和救赎主题相区别的是，老梁的善念和自省，中国人的"将心比心"和"反求诸己"是我所着力的。我无意去给窃贼盗窃的罪责开脱，我只是更关注有罪的人身上残留的善念，更关注放逐自己的人对自我的眷恋与重建。就剧作来说，越是有缺憾的人物的生命故事越有鲜活生动的可能，就像帕斯捷尔纳克在《日瓦戈医生》中借日瓦戈之口说："我不爱没有过失，未曾失足或跌过跤的人，她们的美德没有生气，价值不高，生命从未向她们展现过美。"

我曾听到有观众说无法理解和接受在这个戏中让小偷、流浪汉这样的人站在了道德制高点上来质疑我们的生活。首先，这个戏里没有道德制高点。所有的人物都不完美，都有瑕疵，他们的生活低于普通人，道德也低于普通人。没有任何圣光笼罩在他们身上，他们只能自己发光。再者，如果他们有疑问，更多的是诘问自己，质疑自我。即便是对时代、对当下的生活有所疑问，难道就因为他们当过贼、犯过错，就没有了质问生活、质问时代的权利了吗？别说是人，一心追求自由、平等、博爱的人类，就是一只猫、一条狗，甚至一只全无用处的跳蚤或蚂蚱，它们也有发出感叹和疑问的权利。这个戏，正是写给在这个世界上所有在偏僻角落里挣扎、纠葛的小角色的！正是小角色们在昏暗角落里用生命发出爱的呼喊，善的呼喊，发出终归诗酒田园的呼喊，聒碎乡心梦不成的呼喊……

而老邱的形象，最初源于李师江短篇小说《老人与酒》中那个爱喝酒的独居老人。原小说讲的是一个老钉子户和一个认识的小警察在拆迁过程中的对峙与和解。在剧本创作过程中我对老邱这个人物的重塑最吃力，最下功夫，也最喜欢。我喜欢这个改造、变迁到丰富与崭新的过程。在《朦胧》中，老邱既是一个志愿老兵、一个乡村诗人，也是一段即将消失的礼俗生活的代表。所有的诗句，都是为老邱量身打造的，从他的视角出发，对世界发出感叹。老邱和小白的交流，既是乡村底层人的生存困境和生命状态，更多是一种乡土文明过去与未来的对话。这里没有说教，对话也不过是各自发自心底的呼喊。

关于老邱和乡土社会，我想插叙一个我亲身经历的小故事。也许和这个戏没有直接关系，但是我对这个故事里的人的感受正如我对老邱的情感把握。上世纪 80 年代中后期，我五六岁的时候，一个夏日的黄昏，一个陌生人踏进我爷爷的乡村小院中，问东问西，和爷爷对暗号似的说了半天话，说他找了好几天才找到这儿，然后从口袋里掏出一张崭新的十元钱纸币递给爷爷，说是他爹临终前让他来还的。大概是二十年前，文革中，我爷爷借过一个烧饼给这个人的父亲。我很惊奇这种事。爷爷说他自己都不记得了，没想到人家还记着这事呢还当真了呢。那一夜，我使劲想也想不出是个什么样的烧饼，什么样的借与还。就只是觉得心里满满的，沉甸甸的。乡村乡党之间经得住时间考验的那份与默契与恪守有关的品质，令小小的我十分讶异。同样，善良的小白在最后那样的气氛下，是有可能帮助老邱达成心愿的，是会真诚地叫一句沉甸甸的"爹"的，恰如一道闪电划过昏暗夜空。

写作、绘画、演剧，爱一回，痛一回，哭一回……凡此种种，都是凡人黯淡人生中的一次次闪电。生之前的世界是漫长黑夜，死之后的世界也是一片黑暗。在黑暗和黑暗之间，是生命的火光在照亮世界。活着本身，也许在不死之神的眼里，就是渺如草粒的小人物在某个夜晚的一次徒劳的自我吟咏。尽管如此，我们依旧会在世界的各个角落里爱、恨、痴、缠。

《老炮儿》——管虎的生活痕迹学

"他的世界已被狂风吹了走"

——老舍《断魂枪》

一、不演的表演观：演得好，不如用得好

冯小刚在《老炮儿》中的表演，不着痕迹，严丝合缝。金马影帝，实至名归。

同场竞逐金马奖杯的邓超，在《烈日灼心》中的表演着实精彩，你能感觉到邓超走人物、抓细节，寻找心理依据，不遗余力地展现人物内心变化。但是跟冯小刚相比，还是显得太"演"了。在《老炮儿》中，冯小刚没有演，他就是。他在，六爷在。他的精神气质，就是六爷的精神气质。与其说冯小刚演得好，不如说管虎用得好。

管虎对冯小刚的表演点评特别到位，冯小刚"做到了和六爷你中有我，我中有你"。选角儿，用角儿，是一大学问，是导演对电影基调、精神风貌的整体把握，也是其艺术修养的集中展现。焦菊隐在排演《茶馆》时，用于是之、蓝天野、郑榕饰演三个老头儿，不是因为于是之他们这几位名头大，或者演技好，关键还是既符合角色身份又参差错落的形象气质。

假如换个人来演六爷，谁更合适？葛优、姜文，还是倪大

宏……这几位优秀甚至可以说卓越的演员,能不能来演六爷?笑呵呵的葛优,更多的是动口不动手,"狡黠""蒜儿"着的"葛大爷(轻声)",少了点北京大爷(阳平)的"葛"和"冲"。倪大宏也是很有质感的演员,身上有骨子"蔫儿狠"和"轴"劲儿,又少了顽主六爷的那股子凌厉,那股子曾经是坏孩子头领的气焰。姜文,面相似乎不那么底层,少一股子属于平头老百姓的烟火气。

思来想去,这个演员人选的"不可置换性"和"精神气质最接近性"很说明问题。用对了人,常有事半功倍的奇效。用错了则是一泻千里,救无可救。电影中六爷的一套"行头"极其讲究、极其凝练、极其典型。从头发、皮衣、自行车、鸟笼、军刀、娴熟的木工活儿、接地气儿的枸杞代茶饮……这些道具无一处无来源,无一处无生活。这些精彩的设计和气氛营造,有力地帮助演员获得人物的信念感、时代感。更重要的是,让人物形象的空间一下子广阔、纵深、立体了起来,能让观众感受到人物身上不平凡的前史,对他后面要来的故事有所期待,有所预判。我先生告诉我,他小时候在鼓楼一带住,房东儿子怕人上门找茬,夜里先拿日本军刀悄悄藏到他屋子里以备不时之需,是和电影中一模一样的军刀。

许晴的表演对她平日娇媚的形象有诸多突破,不过总觉得少了些辗转红尘所留的沧桑感。儿子的扮演者李易峰,他的表演看得出用心用力,完成得也还可以。可是观众不会相信他是个北京土生土长的孩子,他的形象气质真不像是会有顽主六爷这么个爹。爷儿俩在精神气质上沟通不足。吴亦凡作为代表富二代们的造型和生活气氛,似乎为了接引90后观众,已超出写实的范畴,陷入浮夸和概念化。我看网络上"二环十三郎"的真实照片,其实很斯文,很妥帖。

二、"有些导演，一生都在拍同一部电影"

尽管演员冯小刚很夺目，但《老炮儿》更多的，还是管虎的导演作品，带有鲜明的管虎印迹。如果你看过《头发乱了》《走吧，上车！》《斗牛》，你会坚信这一点。这不仅仅是老炮儿演老炮儿的戏，这更是老炮儿写老炮儿，老炮儿导老炮儿的戏。

从《头发乱了》开始，管虎一直保持着对个体生命运行轨迹的强烈关注，也一直保持着对与人物命运密切联系的周遭现实的敏感。管虎的电影，始终围绕人物开展，以人物带出空间，带出时代气象。尽管他曾在《杀生》《厨子·戏子·痞子》等影片中不乏对后现代话语、寓言化叙述进行过种种探索，但他的电影一直流淌着中国电影写实传统的血脉。保持了底层立场，着力于展现对日常生活中的社会变迁，社会变迁中的平凡人生。管虎电影中的主人公在各自的困境中，无一例外地保持着与现实的距离。在内心生活与现实生活的落差中，他们不断寻找和确认着自己的生命价值。他对时代的关注，都是从个体经验切入，这很像《老炮儿》中闷三儿的军刺，切口小而深入，扎进生命痛处，进而深入时代深处。

《头发乱了》（1992）是管虎导演处女作，也是第六代导演早期比较重要的作品。女大学生叶童在桀骜不驯的摇滚歌手（耿乐）和已是沉稳精干片警的发小儿（张嘉译）之间摇摆不定。她既喜欢摇滚歌手身上激荡的青春活力，又害怕那种游荡在自毁与失控之间的放荡不羁。她对在北京胡同度过的童年生活和发小儿间的深情恋恋不忘，但她又不愿陷入和片警一样按部就班平淡无奇的现实人生中去。在对童年记忆的寻找中，在与现实的对峙、抵抗中，她发现了成长的无奈与平庸。旧时的胡同生活，青春与往事，每一样都不可留、不可追。影片结束在尖锐、响亮又些悲凉与哀伤的口哨里。

《上车，走吧!》（1997）是管虎的第一个电视电影作品，获得了全国大奖，并在中央电视台电影频道多次播放。很多观众对两个讲青岛话的私营小巴司机和售票员，即年轻高虎和黄渤记忆犹新。影片展现了两个乡村青年在北京谋生存、求立足的生命状态，关注农民工城市"寻梦"的心酸历程。

费里尼有句很著名的话：有些导演，一生都在拍同一部电影。《上车，走吧!》似乎就是《头发乱了》的乡村青年版。《斗牛》则是《头发乱了》的抗战版，一个渺如草芥的乡民和一头庞然大物在战火中"抗争—求活"的生命片段。而《老炮儿》是六爷这位老少年、老青年最后的"坚守与抵抗"，是管虎电影集大成版。《老炮儿》显得手法更娴熟，更戏剧化，时代感更强一些。或许出于商业的考虑，跟前几部电影相比，《老炮儿》为了追求人物性格的奇绝和风格化，影片在纪实性上和日常生活质感上有所减弱。富二代夸张的生活，向中纪委举报，像个孤胆英雄一样战死冰场，这些环节的设置，或有些出跳，或有些过于浪漫，已然跳脱出管虎早期作品中细密的写实路数，涂抹些许或传奇或荒诞的色彩。

三、京味儿文化：自祭自奠，或者《断魂枪》

很多观众都感叹《老炮儿》这部电影中，六爷这个孤胆草莽英雄以死践诺，以生命吟唱了一曲京味儿文化的挽歌。在最后一幕，六爷自我梳洗一番，身着旧日战袍，手握军刀，骑着自行车，在马路上追随一只逃脱樊笼的鸵鸟。这是电影一处非常写意，有诗意、暗喻，行云流水的大手笔。在此处，飞奔的鸵鸟是对生命自由的礼赞，是对压抑和异化的嘲讽。这也叫人想起《茶馆》最后一幕，三个老头儿话沧桑撒纸钱自祭自奠那场戏。既是对北京城几百年沉淀下来的世态礼俗的眷恋哀叹，又有对自己一生挣扎的幽默嘲弄，是对自己抗争一世的自尊自颂。《老炮儿》的结尾也有点这个意思。

老炮儿，奉行着他的"江湖法则"，就像王利发在《茶馆》里奉行着他的熟人团结法："在街面上混饭吃，人缘儿顶要紧。"管虎把年轻时莽撞强悍的顽主儿，从麻烦制造者置换成了传统的捍卫者，一个不被时代巨浪裹挟，不肯改移品性的人，一个与自己、与时代搏斗的人。让六爷以死来祭奠他心中的"道义"和"规矩"，给这个有英雄情怀的顽主抹上催人泪下的悲情色彩。老炮儿冰面上挥着一把军刀奋力奔来，观影时身边人脱口而出，这不是战风车的堂吉诃德吗？老炮儿，守护、捍卫的不仅是自己的尊严与体面，老北京的规矩、道义，还有他们的时代，渐行渐远的乡土北京。

但是，这位顽主六爷身上的那点"爷"劲儿，究竟是什么。讲规矩，讲义气？茬冰、茬琴、茬架……无论武侠电影中的旧日帮会、行会、民间风尚，还是香港电影、日本电影中的古惑仔、黑社会，也都是讲规矩和义气的。这个不单单是北京城北京人中间独有的。六爷胡同口横刀立马睥睨众生似的那股子"爷"劲儿，老炮儿身上的北京爷们儿的"精气神"，所谓的京味儿文化精神到底是什么。赵园在《北京：城与人》中说，这来源于这座城市里平民身上的淡漠阶级和阶层区隔而产生的一种文化自足心态，是冷眼观世，是苦中作乐，是自嘲自讽的精神。是一直潜藏在这座城市平民百姓中的文化意识。是几百年帝都文化和胡同习俗的融合，是多民族文化的融合。从王利发、常四爷，到六爷、灯罩儿，他们中间一以贯之的"文化性格"，是对平凡胡同生活和凡俗人生的认真履责，对世故人情的思考、辨析，也是对社会结构不合理的嘲讽和抵抗。最体现"京味儿"的是北京人的幽默和嘲讽。这体现了北京人的思考与理性，也是对社会生活与人情世故深思熟虑后的态度选择。

老舍的小说《断魂枪》里，早已经把世事变迁中文化承载者的复杂心态揣摩得精细入微：

> 生命是闹着玩，事事显出如此；从前我这么想过，现在我懂得了。
>
> 江湖上的智慧与黑话，义气与声名，连沙子龙，他的武艺、事业，都梦似的成昨夜的。今天是火车、快枪，通商与恐怖。
>
> 如今，这条枪与这套枪不会再替他增光显胜了；只是摸摸这凉、滑、硬而发颤的杆子，使他心中少难过一些而已。只有在夜间独自拿起枪来，才能相信自己还是神枪沙。在白天，他不大谈武艺与往事；他的世界已被狂风吹了走。

四、散淡众生相：生命的印记和文化的瘢痕

从《头发乱了》开始，管虎似乎热衷去拍街头众生相。《头发乱了》中穿插有大量在胡同里的手持镜头，懵懂的孩童，下棋的老人们，好事的老阿姨，行色匆匆的街头过客……这些看似闲笔的众生相，在多年后，反而让你看到那么恒久的时代气象和文化印记。管虎电影几秒中晃过去的每一张脸，都是有内容的，都承载着故事和生命。

在《斗牛》里，不识字的文盲把自己要人给写在墓碑上的字，搞错了顺序，改成了"二牛之墓"。在牛二和管虎眼里，牛二和那只牛是平等的，生命的价值也是一样的，都是宝贵的存在，和死去的村民、日本兵、土匪，国军中的每一个人都相等。

《老炮儿》中的次要角色、龙套角色设置精到。一票中老年

"顽主儿"、街坊邻居，神情各异的生活姿态，大大帮助了影片现实感的营造。管虎善于捕捉生活中鲜活、生动的生命细节，力求人物性格的丰富多样，这对于演员表演信念感和观众观赏时的带入感的建立，大有裨益。窝囊老实巴交的灯罩儿，彪悍忠义、肝胆相照的硬汉闷三儿，发达成为 CBD 商圈成功人士的洋火儿，还有看大门的胖子、地产中介、修自行车的、垂暮老者、教师、乞讨者、自杀者……

刘桦饰演的灯罩儿的形象，太有生活气息了，观众对这个人物给予了无限同情，因而备受好评。他的出场，窝憋着侧身呆立，缩在厚厚的棉猴里，手抓着赖以生存的煎饼果子车不撒手。无所凭借又不得不坚持着微弱而尴尬的抵抗与对峙，面对着总也不遂人愿的、不能更糟糕的 "审判与裁决"。这个形象，给了观众想象的空间，观众看着他，就愿意猜想他在生活中蔫不拉唧的怂样儿和他年轻时追随六爷一起横冲直撞的青春。

上文也提到了，这部电影里对我们正在经历的当下生活中一些有趣细节的捕捉和提炼，值得称道。比如六爷用玻璃瓶子自制的枸杞金橘代茶饮，肯定是直接从生活中捞取的。六爷出场时，对余皑磊扮演的小偷的训斥，要求他把钱包寄还失窃人，城管队对无照煎饼摊的盛气凌人，三环十二少对二环十三郎不乏幽默的讽刺与调侃，相信很多人都记得的一则新闻，逃逸的鸵鸟在马路上一路狂奔……这些社会新闻的改造与变形，这些令人过目不忘的面孔，都成为可以入诗入画的素材。

鲁迅先生《华盖集》题记中说道："这是我辗转而生活于风沙中的瘢痕。凡有自己也觉得在风沙中辗转而生活着的，会知道这意思。"电影中，老炮儿们的脸上，每一个重要的微不足道的人物的脸上，都刻写着我们生活的瘢痕，文化的瘢痕，心灵的瘢痕。

你，又是哪个勺子？

——《奔跑的月光》与《一个勺子》之间

一

一旦谈论电影艺术，我们总觉得有责任、有义务去指认出意义的私处。试图说出电影中不肯轻易示人的，被遮蔽了的匠心独运。似乎影评成了一种独特的专属的才能，像弹钢琴、开飞机一样专业的技能。其实，看电影不是应该像下馆子吃饭一样吗，口感如何，果真还需要一个穿西装的发言人来替你发布？

千百年来，我们习惯听话，仰赖接纳语言传递的智慧。而不是观看、察觉。观察是一种更为理性的发现生活的方式，是一种更富激情的心智运行机制，更应该属于我们的时代。不是吗？

电影如果真的是一个等待破解的谜语，谜面暗藏的玄机，必然要精妙地谱写在演员的脸上，等待你的察觉。创作者的高下，就在影像的蛛丝马迹之间。

二

电影《一个勺子》以一个叫大旺，自称是"傻子"的亲哥哥的人的出现，并以此为分界线，分成一出戏的上半场、下半场。上半场是一个 "神" 一样的傻子（勺子）从天而降的人世羁旅；下半场是一个 "幽灵" 一样的傻子（勺子）不知所终的怪诞命运。上半场是发现与探索，下半段是思考和疑惑。

这个勺子，是拉条子，是陈建斌。

三

上半场，戏，落在人身上。镜头始终关注的是人的境况，人物的生命状态。重在铺陈、展示人物关系。大量街市上的偷拍、跟拍镜头，向我们展现的是拉条子泥沙俱下的心灵场域。这一段落，很有《秋菊打官司》的气质。强烈的纪实风格，粗粝的生命质感，质朴荒凉的生活气息迎面扑来。细密精微、毫发毕现的现实主义表演风格。人物身上，涌动着生命中喷薄不出的力的扭动，像地热与岩浆一样在人物的肢体与眼神中盛满。

开场第一个镜头，满身人世风霜的 "拉条子" 落寞无奈地低垂着头，蹲坐在寒冬的集市上一处一无用处的凉棚下，负气又莫可奈何地吃一块馕饼。一个傻子突然莫名地、自上而下地伸出一只强烈的脏手。一只无畏、坚决的索取、呼唤的手。自顾不暇的拉条子不打算理他。谁又能怜悯他，帮助他的灰暗生活呢？在傻子那只强烈的脏手的执着下，拉条子不咸不淡地分了一块饼给他。从这一块分食的馕饼开始，人物关系就此延展开了。索取与拒绝的拉锯演变为跟随与驱赶的争斗，直到拉条子在无奈自保中帮傻子洗澡，赫然发现了一个活泼生命的存在，进而发现自己的生活，关注到人的生命和命运。傻子帮他切干草、编麻绳，一派澄明，电影在此处达到情绪至高点。

这个段落的表演很出彩。拉条子和傻子之间，微妙的情感变化，自然、流畅、摄人心魄（傻子演得稍微有些单调直白）。何炳珠老师（陈建斌、王学兵中戏读书时的班主任，曾是中戏主管表演教学的副院长，大导林兆华的夫人）看后一定很开心。这么多年过去了，陈建斌的电影里，一开场，上来就是人物形象，就是一片生活，简直就是交了一段漂亮的生活观察练习作业。这是很中戏、很舞台的东西，属于表演创造的东西。京剧中说，这是人保戏的东西，值钱的玩意儿！这也是演员出身的导演最擅长的部分。

在姜文的电影中也随处可见这种对生命细节的抓取，凝练和精准的呈现。人物的满身风雨或者满身霞光，就在岁月的褶皱处，人物灵光一闪间。上半场还有一个叫人印象深刻的细节，拉条子在小店打完一个电话顺走一把瓜子的细节，见人物、见细节。所谓演戏，演细。

有人说，这部电影前半部傻子的出现，是事件性交代、铺垫，后半部分才是戏剧性的结构。恰恰相反，真正的戏剧性，全篇最好的戏剧性构作，就是展现拉条子或者说拉条子夫妻和傻子的关系的段落。

戏剧性是什么？戏剧性，是对人物内心情感的精微展现，是你叫观众看到的人物心灵划过的那一道弧光。

上半场的影像表达，十分忠实于胡学文这篇小说的前几个章节。越是细密真实的现实主义笔法，活灵活现的人物形象塑造，扎实深刻的人物关系刻画，反而越具有一飞冲天的象征性和精神指向性，指向了无限透明的人类自身的境地。

从沉重现实性中萃取出透明诗性，具有了隐喻和寓言色彩，映射我们的时代与生活。这是我喜欢的现实象征化法则，在现实中锻造、萃取更高的现实。这是契诃夫、鲁迅们所拥有的将近乎无事的平凡现实磨炼成哲学概括的本领。堂吉诃德、套中人、阿Q……这些名垂文学史的人物之所以成为一个时代又一个时代的象征符号，恰是来自对现实的淬炼。大导说，我导戏从来没想过什么现实主义、后现代主义，我就觉得该这么干，就这么回事。

四

下半场的戏，黑色、怪诞。重心从人转向了对事的结构上，叫人想到迪伦马特《贵妇还乡》这样的戏。戏从对人的观察，对生活际遇、生命场域的精雕细琢，跳跃到对大开大合的戏剧事件、大情节的运转上。

下半场比上半场要仓促、直接。刚猛有余，弹性不足。节奏不太好，观看的过程很压抑，几乎喘不过气来。无论镜头还是表演，几乎没有给人留气口。且表演风格不统一，几番冒领傻子的"哥哥们"表演浮夸、失真，这种表演主题先行，直奔结果，属于跑风露底，出卖了上半场的苦心经营。

苏小刚饰演的大旺，篇幅过少就忽略不讲。第二波讲天津话戴口罩的冒领者，是曲艺团说相声的吗？从他们出现开始，一点点地损毁、破坏掉了整个电影扎实细密的生活质感。骑摩托车说保定话的第三波冒领者，更是不知所云，似乎还不如直接用非职业演员更具质感。上半场很温的戏，陈建斌文火慢炖，张弛有度；在下半段过于跌宕的情节起伏中，少了些克制与控制。

可能最大的问题，还是下半场两次三番的冒领"游戏"，拍得太"实"了，有点闹剧感，缺少必要的遐想与回味的空间。如果这个段落像半遮半掩地"虚"着拍大头哥的部分那样来处理，可能更富有意味。这一部分，落点还是应该在拉条子身上，镜头还是应该对准拉条子和金枝子的表情和心迹。在小说中胡学文写到了宋河的反应：

> 你是傻子的亲弟弟？你是傻子的表弟？你叫什么？
> 你呢？傻子叫什么？你们看清了，你们要找的人就是

他吗？问清了，听清了，宋河却更傻了。傻子怎么会有这么多家人？如果他们是，那么男人和女人又是谁？

    包括村里的小卖店主熟人三哥的表演，胡学文小说中一个重要的桥梁人物，是大头哥和拉条子之间的过渡人物，被陈建斌的同班同学演成了水了吧唧的龙套角色。这个角色应该比村长、杨警官有更多语汇、更多色彩，他是介乎乡土礼俗与城镇现代文明之间的半明半暗的地带。他是帮凶，还是无辜者？还是有限的知情者？

    王学兵饰演的大头哥出神入化，导演处理也很巧妙，让人想到《教父》里马龙·白兰度在半明半昧中的出场。这个西北乡野小镇上的教父式的人物，一直在驾驶着一辆在荒原上显得庞然蛮横的越野车。也是半张脸，自始至终没露出个正脸，要么就是叫老婆对着楼宇对讲机，睥睨"拉条子"低人一等的生活。你说那是一种真正冷漠而荒芜的俯瞰，也无不可，这就是镜头要给的暗示、象征。叫你些微感受到，荒原上黑涩、虚无、怪诞的生活真相。反正你怎么说都可以。你只听到、只看到了人物凤毛麟角的言辞和蛛丝马迹的生活。

五

    小说的结尾高于电影，更意味深长。小说中宋河在奔跑中完成对勺子身份的确认，在文字描绘中弥漫着精神性和诗性的气氛。电影结尾，拉条子装上五万块钱，带上了傻子旗帜性的"破损不堪的红色遮阳帽"，在一片雪野中被不知从哪里冒出来的孩子用雪球掷打。总之，这个结尾可以不可以？可以，但是不够高级，不够叫人拍案称快。还是太"实"了，太具体了。不够写意，不够意味深长。此外，电影把小说中暗示但从未说出来的"黑煤窑",像《神木》《盲井》中"贩卖人口"这种可能性,让金枝子轻描淡写地说出来,说出来了,便框定住了其他的可能性。

六

从小说到电影的让渡中,有所改易的部分,最明显的是场景,即从胡学文熟悉的塞外坝上草原,移植到了西北戈壁荒漠。荒原镜像更为洗练,有更为明确的精神色彩。自然这也是陈建斌最为熟悉的生活场景。其次,是人物名字的变更。小说中相对抽象,颇具文艺气息的"宋河",换成了很有民俗色彩和象征意味的"拉条子",以西北民间草根性的食物使这个人物更富有性格的韧性与弹性。"金枝子"替换了"黄花","大头哥"替代了"吴多多",这些人物的名字,更有即视感。一是更具生活质感,二是观众辨识度高,三是对人物性格与命运有所暗示。曹禺的剧作在人物的名字上极其下功夫。如周朴园、繁漪、金子、仇虎……人物名字就是人物境况与命运的象征图景。

七

福柯说过,不疯,也许不过是疯的另一种形式。现实人生,谁,又不是另一个人的傻子呢?难说。

在傻子与拉条子这对关系中,傻子是弱者,拉条子是强者。在拉条子和大头哥之间,拉条子是弱者,大头哥是强者。

每一个人都迷失在自己的盲目里。傻子提醒了拉条子生活的真相。世界,有时候就是一个人人欺人又自欺的荒诞剧目。

《奔跑的月光》,或者《一个勺子》,帮我们观看、察觉到一点人生真相的影子，展露出一些平凡现实中可怖的生命真相。
如此而已。

八

凡你所熟悉的事物，必然有所遮蔽。

博尔赫斯说，艺术当如一面镜子，显现出我们的脸相。

"我"与"我们"被剥夺的经验

——王敏①、范党辉对话录

王敏题记:

2015 年 4 月，2016 年 1 月，《朦胧中所见的生活》在北京人艺实验剧院两度上演。一日，与友人相约去看范党辉编剧、班赞导演的实验话剧《朦胧中所见的生活》。那天下雨，北京人艺实验剧场的小厅里，仍然坐满了前来看剧的年轻人。灯光暗下来，角色陆续出场。一部有关"城市边缘人的命运""不同个体间价值观的协商"与"新旧经验合法秩序"建立之可能的实验剧，撑满了整整一百分钟。角色与观众间些许"明晰"、些许"朦胧"的交流也为该剧上演后，我们的对谈提供了可供回忆的前景参照。

《朦胧中所见的生活》剧本故事简介:

飘荡在城市边缘的老梁为了顺利地行窃找来小白当帮手，但他的内心又有着隐隐的不安。初来乍到的

---

① 王敏，笔名伽蓝，80 后生人，乌鲁木齐人。文学博士，在站博士后。副教授。硕士生导师。中国现代文学馆客座研究员，现任新疆大学人文学院影视艺术系主任，教电影与文学，写散文也写文艺评论。

小白，面对金钱的诱惑，同时也将面对着一个全然陌生的自己。而对于垂暮之年的老邱，晚年横遭变故，他一生苦乐哀荣，更与何人说？人海中渺如草芥的人，拼命挣扎的人，内心绝望的人，他们在一个雷雨之夜偶然相遇。在这偶然相遇里，他们各自玉成与世界的关联，各自碰撞出令彼此都很讶异的生命火花。

一、边缘人的命运

王敏：当时怎么想到让同是"城市边缘人"的小白和小梁争夺偷窃来的"窃款"这个开场的？你觉得这个情节设计在反映主人公的"城市边缘性"上有什么作用？

范党辉：我喜欢"边缘"这个词。从某种意义上说，外部世界正如叶芝的诗句所云："一切都是四散开了，再也保不住中心。"我们每一个人都是纷纷扰扰的世界各处角落里的孩子。而对于初到城市打工的乡村青年小白，对于放浪形骸，混迹在城乡各处偷窃为生的老梁，他们更是"边缘"中的"边缘"，他们的世界更为低沉、更为灰暗。

而老梁在剧中窃取来的贪官家的"赃款"，与他们暗淡的人生相比，这笔钱显然就是来自城市"中心"，无比耀眼。在低处的边缘人看来，这钱款就是城市生活的高地或者核心部位。这样就直接构成诱惑，构成明暗对比，直逼边缘人的欲望中心。这笔钱，像诱饵，慢慢下钩子，垂钓起底层青年小白的真实欲望，更勾连出他和老梁黯淡然而又不失纯良的生命质地。

王敏：嗯，因此，"钱款"的偷盗行为在某种程度上就与渴望摆脱边缘者身份，实现身份跃迁的希冀具有同构性了，你把它摆在整场戏的开场，多少有些主题先行的设计，那与同是边缘人的小白、老梁相比，我好奇的是，老邱的"边缘体验"有什么特殊性吗？

范党辉：老邱也是边缘的，同时也是极度念旧的，执拗的。相比老梁与小白，他有自己一套独特的价值体系或者价值观念。他的老兵经历，他身体的残缺，他多年孑然一身和无所依倚的生活状态，使他独自活在自己的旧世界和旧家园中。他的世界里有祖训老宅，有父严母慈，有世代相传，有诗酒田园……老邱似乎更是一个从上个时代的旧梦中未曾醒来的 "老朽"。他以自己的混沌和偏执活在旧梦之中。

王敏：嗯，也就是说，与老梁、小白相比，老邱的 "边缘感" 不仅来自阶层的旁落，还来自时代的抛却。我好奇的是，就我所感知到的你作品中所反映的这种 "城市边缘人" 与 "时代边缘人" 的命运而言，在原著中有什么共同的表达？

范党辉：《朦胧中所见的生活》一剧的戏剧构作，来源于对几则社会新闻的强烈印象，来源于对高尔基短篇小说《切尔卡什》、李师江短篇小说《老人与酒》的改编整合，更来源于对诗人帕斯这首同名诗的念念不忘。在高尔基的小说里切尔卡什和加夫里拉这组关系中，偷窃仓库的流浪汉切尔卡什是高尔基不吝赞美的对象，高尔基给予这个城市边缘人物的心理灵光是他对自由的热望，他不甘被生活束缚，以及他在关键时刻的心灵救赎。

而加夫里拉则是他嘲讽的对象，高尔基讽刺了俄罗斯农民身上的贪婪、自私、计算等私欲。在《朦胧中所见的生活》中，老梁与小白更像是一个人的过去与未来。老梁和小白，都是生活搏斗的失败者、失意者，他们对悲剧人生是毫无还手之力的，他们的冲突不仅来自阶层与身份。与高尔基的切尔卡什身上自由和救赎主题相区别的是，老梁身上的善念和自省，中国人身上脱不开的 "将心比心" 和 "反求诸己" 是我所着力的。我无意去给窃贼盗窃的罪责开脱，我只是更关注有罪的人身上残留的善念，更关注放逐自己的人对自我的眷恋与重建。

而老邱的形象，最初源于李师江短篇小说《老人与酒》中的那个爱喝酒的独居老人。原小说是在一次拆迁维稳过程中，一个有诗情的老钉子户和一个从小熟识的小警察，通过对往事的回忆，从对峙走向和解。李师江对被拆者和维稳者都给予了同情和关注，并认为两者之间没有真正的对立。

而《朦胧中所见的生活》中的老邱，具有更多的象征色彩，他既是一个志愿老兵、一个乡村诗人，也是一段即将消失的礼俗生活的代表。老邱和小白的交流，既是乡村底层人的生存困境和生命状态，更多的是一种乡土文明过去与未来的对话。而对话，也不过是各自发自心底的呼喊。所有的诗句，都是为老邱量身打造的，从他的视角出发，对世界发出感叹。在《朦胧中所见的生活》一剧的剧本创作过程中，我对老邱这个人物的重塑最吃力，最下功夫，也最喜欢。我喜欢这个人物由改造、变迁到丰富与崭新的过程。

二、价值观间的协商

王敏：我非常喜欢你有关"自我的重建"这个提法，在一定意义上，这种"自我重建"的压力不仅来自该剧角色在面对情节转折时的内驱力，也来自于你对高尔基、李师江作品改编的一种下意识的主体追求。当然，我理解这部剧还存在一个价值观间协商的问题，比如有关"幸福"的定义在老梁、小白与老邱间意义不同，当然，表面意义是类似的，譬如"金钱"，但是，金钱所能交换的价值完全不同。比如，对小白而言，"金钱"能够交换来"房子""工作"与"女人"；对老邱而言，可能能够交换来"老房子"的维护，"陪他说话的人"，诸如此类。不过，在老梁这里能够交换的，或许是对"朋友的义气"？

范党辉：你说的 "价值观间的协商" 蛮有意思的。也的确是，在老梁和小白的矛盾和对峙中有一个对金钱与幸福之间关系的商榷。小白的简单理解就是有了金钱，可以解决很多问题和麻烦，能带来体面的生活——女人、房子、家庭以及母亲的健康、弟弟妹妹接受良好的教育，或者和他人的尊敬。这不就是他所期盼的幸福吗？

而老梁通过他几十年的城市生活遭遇，质疑金钱真的是否可以带来幸福。老梁是经历过女人、爱情、大笔金钱的，然而他没有得到小白所期盼的那种幸福，他从个体体验出发，发出了自己对生活、对城市甚至对时代的诘问。老邱的疑问，则指向新旧时代与文化与生活方式的更迭。在《朦胧中所见的生活》一剧中，老邱既是一个志愿老兵、一个乡村诗人，也是一段即将消失的礼俗生活的代表。

剧中所有的诗句，都是为老邱量身打造的，从他的视角出发，对世界发出感叹。老邱和小白的交流，既是乡村底层人的生存困境和生命状态，更多的是一种乡土文明过去与未来的对话。而对话，也不过是各自发自心底的呼喊。

王敏：你的意思是，你只是呈现了差异的价值观，但未能完全体现协商吗？事实上，我觉得有些细部的对话还是体现了这种主体间的协商的，比如老梁的独白部分。与这个问题相关的是，在老梁和小白间还存在一个有趣的互为否定的命题，譬如，同为小偷的老梁在小白认可其 "金钱" 所表征的交换价值上，发现了 "自我的否定"，于是，全剧中首次有关意义的讨论在于他对 "幸福" 的独白。这个问题，能展开谈谈吗？

范党辉：的确，老梁对钱所能带来的幸福表示怀疑。他举着偷来的钱说，难道你们的幸福就这么容易，就这么可怜，就这么轻贱。他又说："我现在站在城墙上，看下面来来往往的人群和流来流去的车辆，我就觉得我已上岸，而你们还在河里挣扎。"

　　他不仅是在否定小白对金钱单纯的渴望，质疑钱究竟能换取多少幸福，同时他也在对时下对物质世界的过度追逐，发出自己的担忧、讯问甚而咒骂。从老梁的心理支撑来说，他多少也在美化或者合理化自己的偷窃行为，在他看来，金钱如粪土，金钱是最庸俗轻贱之物，他用偷窃行为表明他对时代整体 "拜物性" 导向的不屑与抵抗，以消解他内心深处对幸福生活的价值观上的虚无感。

　　王敏：没错，与老梁以 "幸福" 为名，消解掉 "金钱" 的意义呼应的是，全剧的结尾，老邱以枪维护老房子的行为，被一朵玫瑰消解掉，这个细节我很喜欢。你创作时，是怎么想的？

　　范党辉：老邱的枪，也就是说老邱以为最强、最有杀伤力的武器，其实不过是暴露出他无比虚弱无比穷困的，支撑他行为意义的 "他的手杖"，它甚至不是一支真正的枪，残缺斑驳，可能来自一根废弃的消防锹的手杖。即便是自我的幻觉，也还是被养老院来的人用一朵花给注销了，唤醒了。醒来的世界依旧一片昏暗无光，是老邱无力参与、干预与制止的世界万象。

三、旧经验的余烬

　　王敏：嗯，对，也有可能，枪与玫瑰是互为幻象的。我们从相同的经验出发，收获的意义可能是不同的。老邱的老房子，在我看来颇具隐喻性质，它表征的是一种 "旧经验的余烬"，我是这么理解的。我会觉得，"老房子被拆除" 事实上代表的是一种 "旧有经验" 被否定，无形中又与时代加速发展所施加于老邱身上的贫穷（这个贫穷当然不只是财富的贫穷）相呼应，可以这么理解吗？能谈谈吗？

　　范党辉：关于老邱和乡土社会，老邱与你所说的 "旧有经验"，我想分享一个我亲身经历的小故事。也许和这个戏没有直接关系，但是我在这个小故事里所感知到的对老人的感受，正如我对这部剧中对老邱的情感把握一样。

上世纪 80 年代中后期，我五六岁的时候，一个夏日的黄昏，一个陌生人踏进我爷爷的乡村小院中，问东问西，和爷爷对暗号似的说了半天话，说他找了好几天才找到这儿，然后从口袋里掏出一张崭新的十元钱纸币递给爷爷，说是他爹临终前让他来还的。

大概是二十年前，文革中，我爷爷借过一个烧饼给这个人的父亲。我很惊奇这种事。爷爷说他自己都不记得了，没想到人家还记着这事呢，还当真了呢。那一夜，我使劲儿想也想不出这是个什么样的烧饼，这是一种什么样的借与还。就只是觉得心里满满的，沉甸甸的。乡村乡党之间那种经得住时间考验的默契以及恪守承诺的品质，令小小的我十分讶异。

如你所说，这份 "旧有经验"、旧有价值、旧有观念在老邱那里，是他的寄身之所，为他所坚守，而现在却在城市化总体的历史进程中，犹如不得不拆迁的一幢老房子一般碍了 "一往无前的时代" 的眼，日趋颓圮，被人遗忘。

王敏：所以，你看，我觉得，这是一部 "有关贫穷" 的剧，一部有关 "被否定的经验" 的剧。或许，这部话剧的 "朦胧" 主题所反映的不过是一种生活权威的 "朦胧性"，这种朦胧性表现为一种朦胧的 "权威秩序"，它通过建立在无法经历的基础上，以 "普遍价值" 的权威性悬置了对 "共通经验" 的获得，进而分化了所谓 "贫穷" 与 "富有" 的人们。

范党辉：呵呵，这种理解很有意思。这戏看似朦胧地从边缘人的视角，从底层人的感受，似是而非、自言自语地对物质家园进行了些许谈论，半真半假、半嗔半痴地对精神家园进行了一点追问，你说这种质疑在某种意义上是对我们想当然耳的 "权威秩序" 的一种反思？是一种对生活权威的疑问？我觉得未尝不可。

我都怕自己不敢有这样的野心，能引发我们坐在一起的这场谈论，回身来看我们有关这部剧的行文至此的这些讨论，我便觉得就是有价值的了。另外，我曾听到个别观众说这个戏的编剧让小偷、流浪汉这样的人来质疑我们的生活，是不是也就是你所说的对我们习以为常的"权威秩序"的质疑？我以为，他们有疑问，更多的是诘问自己，质疑自我。

所谓对时代、对当下的"美好生活标准"有所疑问，也不过是"弱者"在世界角落里的细微呼喊。这个戏，正是写给在这个世界上所有偏僻角落里挣扎、纠葛，被"大""小"抽空了意义的时代里具体"生活着"的"小角色们"的！正是"小角色们"在昏暗角落里，面对"无所遁形"却又未必涵盖所有人经验的、标准化的"权威秩序"，用生命发出爱的呼喊，善的呼喊，发出终归诗酒田园的呼喊，聒碎乡心梦不成的呼喊，是呼喊也是彷徨。

王敏：我们聊得很愉快，谢谢你。美中不足的是，这场讨论本应该在该剧结束时的"小剧场现场提问"中展开，我有些遗憾，没有组织"现场提问"的环节（笑）。

范党辉：真是意犹未尽。哈哈。谢谢你的问题和解读。交流对话互相触发的感觉真棒。触动我们灵魂的，有时候是故事，有时候是一句话，有时候是一个手势或者一个眼神。凡是触动我们的，无一人无一事不可入诗入画。

戏剧是自由的，应该展现生活对我们的触发。谢谢王敏！最后还想说说帕斯的诗句。生之前的世界是漫长黑夜，死之后的世界也是一片黑暗。在黑暗和黑暗之间，是生命的火光在照亮世界。活着本身，也许在不死之神的眼里，就是渺如草粒的小人物在某个夜晚一次徒劳的自我吟咏。尽管如此，我们依旧会在世界的各个角落里爱、恨、痴、缠，无休无止。

图书在版编目（CIP）数据

后"茶馆"时代的艺术观察——《茶馆》再解读及其他 /
范党辉著. -- 北京：作家出版社，2016.7
（21世纪文学之星丛书. 2016年卷）
ISBN 978-7-5063-9099-6

Ⅰ. ① 后… Ⅱ. ① 范… Ⅲ. ① 话剧剧本 - 评论 - 中国-
当代 - 文集 Ⅳ. ① I207.34-53

中国版本图书馆CIP数据核字（2016）第190737号

后"茶馆"时代的艺术观察——《茶馆》再解读及其他

作　　者：范党辉
责任编辑：李亚梓
特约编辑：朱晓岭
装帧设计：守义盛创
出版发行：作家出版社
社　　址：北京农展馆南里10号　　邮　　编：100125
电话传真：86-10-65930756（出版发行部）
　　　　　86-10-65004079（总编室）
　　　　　86-10-65015116（邮购部）
E-mail:zuojia@zuojia.net.cn
http://www.haozuojia.com（作家在线）
印　　刷：三河市北燕印装有限公司
成品尺寸：142×210
字　　数：203千
印　　张：8.5
版　　次：2016年11月第1版
印　　次：2016年11月第1次印刷
ISBN　978-7-5063-9099-6
定　　价：30.00元